Green
Grow
the
Tresses-O

Stanley Hyland

論創海外ミステリ
Ronso Kaigai MYSTERY
181

緑の髪の娘

スタンリー・ハイランド

松下祥子○訳

論創社

Green Grow the Tresses-O
1965
By Stanley Hyland

目次

主要登場人物

アーサー・サグデン……西ヨークシャー州ラッデン警察　警部
シドニー・トードフ……刑事
クレイヴン……部長刑事
ハウ……部長刑事
ハリス……部長刑事
ヒュー・ウォーバートン……本部長
ブリッグズ……警視
ボナー……警察医
ライトフット……巡査
ジーナ・マッツォーニ……イタリア人の工員
ウォルター・ハースト……寮の管理人
ハナ・ハースト……ウォルターの妻
ジョゼフ・ブランスキル……紡織工場経営者
ユワート・ハーデイカー……工場の染色場監督
リチャード・デンビー……公共図書館館長
ポール・ニクソン……航空機会社社員
レンズ……合衆国空軍大尉、警備警察部長
ジョゼフ・カリノフスキー……航空兵、無線通信士
フランク・トードフ……シドニーの兄
マルプラケ……役人
マーカス・ピアス……情報局員
クリストファー・パリスター……情報局員
フォークス……古書販売人

緑の髪の娘

本書は愛をこめて妻に捧げる。謎を解きほぐすときも、もつれた謎を作るときも、彼女は実に力になってくれた。

Veritas per se placet
honesta per se decent:
Falsa fucis, turpia
phaleris indigent

真実は心を喜ばせる、なぜならそれは真実であるから。
高潔な行為はよいものだ、なぜならそれは高潔であるから。
だが嘘には化粧が
悪行には装飾が必要だ。（十六世紀、エラスムス収集の『ことわざ集』から）

著者注
西ヨークシャー州エアデール地方にラッデンという場所は実在しない。本書の登場人物もまた架空の人々である。

第一章

「やだ！　誰か来て、これ、見てよ」

　アリス・ローソンの声が紡織工場の節玉修繕場（織物を検査し、ピンセット状の器具で節玉等を取り除く工程）の騒音を切り裂いて響いた。彼女は脂じみた仕事台の傾斜面に身を乗り出し、織りむらや傷はないかと、検査していた布地をしげしげと見ている。洗いざらしの緑色の上っ張りが大きな尻を覆って突っ張り、じっと動かない姿は岩のようだ。

「信じらんない」口をへの字にして言い、それからふと思いついたかのように、「うそ！」と三音高くして言い足した。いきなり一歩下がったので、隣の台のサンドラ・ソーントンは骨盤を仕事台にしたたかぶつけた。サンドラの悲鳴には耳も貸さず、アリスは手にした砲金製のピンセットで、灰色がかった布地に金の針金のように織り込まれた、長い、細い、明るい一本の線をつついた。「う・そっ！」一字ずつ区切って、低く繰り返した。

　隣の織り場の織機の音が古い漆喰壁のひび割れのあいだから漏れてくる。リズミカルに一定のテンポで響く音は、ホットなジャズのダブル・ベースのようだ。二十ヤード離れた、二階下の中庭からは、コークスの散らばった敷石を踏みしめる足音、指示を出す男の大声が聞こえる。羊毛起重機のディーゼル・エンジンが荷の重さに轟音を上げる。

節玉修繕場の中を奇妙な沈黙が支配したが、その静けさを破って、油を塗った木の床板をこすって後ろに引かれる椅子の鈍い音、ぱたぱたというサンダルの音がして、二十人の女たちがアリスの仕事台のまわりに集まってきた。サンドラ・ソーントンは骨盤の痛みを忘れていた。

「なによ、アリス」彼女は言った。「黄色い木綿糸がちょっと混じったっていうだけじゃ……」

「冗談じゃない！　木綿糸なんかじゃないわよ！」

「あれが木綿糸だとしたら」エルシー・ウィットフィールドは言った。「肉の切れっ端に縛りつけてある」

「それも、新鮮な肉じゃない……」

ぎこちない笑い声が上がり、また静まった。若い娘の一人はくすくす笑ってから、お上品に指三本を口に押し当てて声を殺した。

「ミセス・ヘンダソンはどこ？　見てもらったほうがいいわよ」サンドラ・ソーントンは布のその部分を指でそっと触ってみたが、そのときドアがバタンとあいて、隣の織り場からカタンカタンと動くシャトルの音が流れ込んできた。ドアは重さ二ポンドの鉄塊を紐に下げたおもりに引っ張られ、また大きな音を立てて閉まった。織機の騒音はふいに薄れ、背後で控えめにリズムを刻んでいるだけになった。

ミセス・ヘンダソンが人をかき分けてアリスの仕事台に近づいてきた。がっちりしたブラジャーで高々と押し上げられた胸は、あたかも海草を分けて進む砕氷船だった。

「なんなの、アリス？」

「あんなの、ですよ」

「取り除けばいいでしょ」ミセス・ヘンダソンは怒鳴るかわりに、ささやき声で言った。

アリス・ローソンの薄い唇は酸っぱいものでも嚙みしめるように動き、歯が小さくかちりと鳴った。彼女は両手を上っ張りのポケットに深く突っ込んだ。「いやです。自分でやってください」

二十秒間、誰も動かず、誰もしゃべらなかった。それから人の群れの後ろのほうで、興奮した甲高い声が上がった。「おしゃべりジニー。きれいに結った髪も、あれで台無し!」すると、そうだ、そうだ、という低い小声がしばし続いた。

ミセス・ヘンダソンは下唇を嚙み、小さくうなずきながら身を乗り出して、張り伸ばした布をじっと見た。色染めしていないサージの中央に、明るい金色の髪の毛が十数本、長い一束になって織り込まれている。その片方の端には、茶色くごわごわした皮膚と肉がこびりついていた。

第二章

シドニー・トードフ刑事は自転車を鋳鉄製の小さなうずくまったライオン像の腰骨のあたりに慎重に立てかけ、幅広の石段を五段昇って、ぼろぼろのポーチに達した。目を上げて〈岩山荘《クラグ・ロッジ》〉全体を眺めると、はるか昔の日々に思いを馳せ、ちっちっと舌を鳴らした。ヴィクトリア朝後期、この家の全盛期には、どんな様子だったのだろう。当時はまだ羊毛産出地帯の理想的個人家屋で、初代ミスター・エイサ・ブランスキルを筆頭に、関白亭主に仕える妻、子供十人、メイド六人、料理人一人、執事一人、馬車二台、馬四頭、それに屋根裏には狂ったおばさんが住んでいたに違いない。今では労働貧困層（というか、比較的貧しい層）のための寮となっていて、見るからにそれらしい。刑事は哀しげに首を振りながら一歩進み出て、呼び鈴の引き紐をぐいと引っ張った。それはすっぽ抜けて手に残った。

　紐をじっと見て、わかりやすい悪態をつくと、月桂樹の茂みに放り投げてやりたい気持ちをなんとかこらえ、投げる代わりにもとの四角い埃っぽい穴にきちんと紐を戻した。ぐいぐいと先を押し込んでやるあいだ、彼の顔には微笑が広がり、愉快な出来事を期待して目が大きくなった。サグデン警部が遅かれ早かれ必ずやって来る。体重十五ストーン（約九五キロ）、短気なデブのサグデンが力まかせに紐を引っ張ったらどうなるかと思うと、おかしくて、にやにやしてしまった。もんどりうって石段を落ち、地滑りさながら、アジサイの中へ。鉄のライオンにぶつかり、ドライブウェイを横切り、月桂樹の茂みを突き抜け、下り坂を転がり、どんどんスピードを上げて一マイルと四分の一進み、最後にはラッデン町役場の外に立つ故エイサ・ブランスキル氏の緑色の銅像の台座にぶつかってようやく止まる。そんなことを考えてトードフは声を上げて笑い、すっかり想像を逞しくしたあげく、よろしく言っておかなきゃなと、ライオンの鉄の頭を撫でるため石段を降りかけたとき、ふいに太いしゃがれ声が聞こえて現実に引き戻された。

「なんだって笑ってるんだ?」声は訊いた。

シドニー・トードフは笑うのをやめ、まじめな顔になると、不審げにドアを見た。ためしに押してみたが、動かなかった。

「ほら」声は言った。「郵便受けだ」

トードフは膝を曲げ、ドアの下半分にくっついている装飾的な鉄製品をしげしげ見た。見ればわかるのに、わざわざ万国博覧会風の太字で〈郵便受け〉と書いてある。

「押すんだ」中からいらいらした声が言った。「引っかかってる」

トードフが指二本でぐいと押すと、それはキーッといって開いた。即座に指を離すと、またキーッといって閉まった。覗いたこちらの目から五インチのところに、しょぼしょぼした老人の目玉が二個見えて、思わずぞっとした。背筋を伸ばし、気持ちを落ち着けてから、イタリア人の娘と話がしたい、とドア越しに大声で言った。

「どの娘だ?」声は訊いた。「三十二人いる」

「うんざりよ」別の声がした。女の声だが、同じくらいしゃがれていて、不吉な予言者の声みたいだ。

こちらはトードフの右側にある部屋の張り出し窓から聞こえてきたようだった。首を回し、色あせた茶色の厚地のカーテンに目を凝らしたが、見えるのはカーテンだけだった。

「ドアをあけて」カーテンの向こうで女の大声がした。「この紳士を入れてあげなさいよ」

「だめだ」男の声が言った。嬉しそうだ。「鍵がかかっていて、鍵がない」間を置いた。どうだと言わんばかりだ。それからまた声がした。「それに、紳士なんかじゃない。おまわりだ。あのごつい靴を見ればわかる」

「なるほど！」女の声が、今度はずっと近くで聞こえた。「で、なんの用だって？」温かい歓迎の意はまったく含まれていなかった。

トードフが郵便受けを見ていると、内側から汚らしい人差指がそれをあけた。指はそこから逃げ出そうとでもしているかのように、ゆっくりにょろにょろと動いていた。

「かみさんだ」指の向こうから男の声が言った。「ミセス・ハースト」カエルの鳴き声のような、かすれたささやき声になっていた。「薄情ハナ」と言ってから、いやらしいくすくす笑いが続いた。

「ジーナという名前の若い女性に会いたい」トードフは閉まったドアに向かって言った。

「はっ！」女の声が急に大きく響いた。「あんただけじゃないよ、ミスター！　この人だけじゃないって言ってんの。そうでしょ、ウォルター？」ほとんど怒鳴り声になっていた。

郵便受けがまたきーっといって閉まり（今回は軋みが少ない。ひさしぶりの運動が効いてきたのだ）、男の声が聞こえた。言葉は判然としないが、怒って悪態をついている。「この人ひとりじゃない！」女は言い募り、そのあてつけた言い方にはますます毒がこもってきた。

トードフは我慢した。「で、彼女はどこにいるんです？　一言、話がしたいんですよ」

「たったの一言」女は言った。「はっ！」

「一言です。彼女が怪我をしたかもしれないと思われる理由があるので」

「あの子が！　まさか！」

ついにトードフの堪忍袋の緒が切れた。ドアノブをつかんでがたがたいわせたが、ばからしくなってやめた。首の後ろに血が上り、短く刈った金髪の耳のまわりの毛がちょっと逆立ってきたように思えた。突然、骨と皮ばかりの巨大な手が二つ現われ、彼の右側二ヤードのところで上げ下げ窓のサッシをつかんだと思うと、いっきに押し上げた。ギーッと音がして、釣り合いおもりは割れ鐘のように響き、サッシは窓枠のてっぺんにばしっと勢いよくぶつかった。ガラスが粉々にならなかったのは驚きだった。

「ここにはいないよ。いないって言ってんのに」ミセス・ハーストの顔は声と同様、魅力に欠けた。長くて青白く、骨の上に引き伸ばされた肌がてらてらしている。しゃべるときその唇がまったく動かないので、トードフは思わずじっと見つめてしまった。

「じゃあ、どこにいるんです？」刑事は質問を繰り返し、挨拶のしるしに帽子に軽く触れた。礼儀というより反射的な動作で、厄除けに木製のものに触れるのと同じだ。

「どっか、いちゃいけないところ」ミセス・ハーストは唾を吐くように言葉を投げつけた。「男と一緒よ。それはぜったいだね。ああ、ぜったいだ」強調して、ゆっくりリズミカルに首を振った。

トードフ刑事が、のちに控えめとはいえお褒めの言葉を受けるに至る行動に出たのは、そのときだった。この半年後、警察本部長からまずまず温かい握手を頂戴したのだ。本部長は、やりすぎは禁物を旨とする男だった。今、屋敷に続く道、クラグ・レーンの半ばあたりから、警察車ウォルズリーがエンジンの回転を上げ、三速に入る轟音がかすかに聞こえてきた。同じ瞬間、家の中からは木の板がめりめりっと裂ける音がした。二つの音はトードフの意識の中で出会い、つながった。野生のヤギ顔負けの跳躍力を発揮して、彼は即座に両足を同時に窓敷居につけた。天井の高い、細長い部屋に飛び込むと、ミセス・ハーストは止めようともしなかったから、刑事は一秒のうちに中央を横切り、あいたドアに向かった。その先の玄関ホールには明るく電灯がついていた。

彼がホールを抜けたのは、ウォルズリーが百ヤード先で中央ゲートに曲がり込むより早かった。階段に足をかけた。警察車の運転手は、ドライブウェイの装飾としてずっと昔に建築家が配置した中世風の偽の岩屋の最初の一つにぶつかりそうになり、なんとかステアリングを切って避けたところだった。トードフが曲線を描く階段をてっぺんまで駆け上がると、真鍮の絨毯押さえ棒《ステアロッド》（階段の絨毯を押さえるため、踏み板の奥につける金属棒）がかたかたと鳴り、はっしとつかんだ踊り場の手すりが震えた。

警察車は砂利敷きのドライブウェイの最終カーブに入り、一方トードフはドアがめちゃめちゃになった寝室に到達した。車は砂利を勢いよくはね散らかして玄関ドアの外に着いた。刑事は部屋に入った。車のドアがバタンと閉まる音が聞こえたとき、トードフの手はウォルター・ハーストがしっかり胸に抱えている大きな木の箱にかかった。

「つかまえたぞ」トードフは芝居の登場人物のように言った。これで昇進確実だと思うと、にやりと笑みがこぼれた。

その笑みがさらに広がったのは、一階下の玄関ポーチから盛大な衝突音が聞こえてきたからだ。続いて、怒りと痛みのトランペットのごとき吠え声。

「うちの警部だ」シドニー・トードフは嬉しそうにウォルター・ハーストに言った。「おたくの呼び鈴の紐を引いたんだな」

ウォルター・ハーストはなにも言わなかった。ベッド――ジーナのベッド――の端にすわり、目に狼狽の色を浮かべて、トードフが手にした箱を見つめている。男は怪しげな様子だが、箱はどうということもない箱のように見えた。

第三章

アーサー・サグデン警部は芝居気たっぷりに顔をしかめ、押し殺した短い唸り声を漏らして、大きな尻の片側から反対側へ体重を移した。座っている安楽椅子が――当然、部屋の中でいちばんいいやつだ、とトードフは見て取った――軋んで、思いがけない和音を奏でた。

「もちろんわかっているだろうがね」サグデンは窓際に立っているトードフを意地悪く睨みつけた。「こんな目にあったおもな原因は、あのいまいましい石段のふもとにきみが自転車をとめていたせいだ。なんで自転車なんか使わなければならないのか、理解に苦しむね。普通の人間らしく、歩いたらどうなんだ?」

トードフはぐっと唾を呑んだが、口答えはしなかった。工場の出来事が署に通報されるとすぐ、自転車を使えと命じたのはサグデンだったのに。警部に目をやると、優しく微笑していたので驚いた。それに、分厚い手をこすり合わせている。ヴィクトリア朝の凝った漆喰細工が施された天井をぼうっと見ているが、装飾など目に入っていないのは明らかだ。太い眉毛が鼻の上でつながり、不吉な一本線になっていた。

「よく気が回ったな」警部は天井から目を離し、テーブルのほうを向いてうなずくと、その角張った顎が小さく震えた。シドニー・トードフは称賛の言葉にそなえて姿勢を正した。そろそろ褒められていいころだ。テーブルの上には彼がウォルター・ハーストから奪い取った木の箱が、祖先崇拝の神器かなにかのように鎮座していた。敏速な考えと行動が勝利につながったと、認めてもらった。

「よく気が回った」サグデン警部はまた言った。いやらしい猫なで声になっていた。「これを教訓としろよ、トードフ。今後、自分で殺人事件を扱う機会があったらな、例の工場の髪の毛事件が通報されるとすぐさま、わたしは行動を起こし、きみをここに送り出した、そのすばやさを思い出すんだ。大事なのは、まず行動すること、考えるのはあとでいい」また揉み手して、うんうん唸りつつ椅子からなんとか立ち上がろうとし始めた。

トードフの憤慨は窓から飛んで出てしまった。「殺人事件?」静かに言った。

警部はあがくのを途中でやめた。負傷した英雄の戯画よろしく、妙な具合に体を曲げたまま引っかかっていた。

「まさか、絶景を眺めるためにわたしがここまで車を飛ばしてきたとは思わんだろう?」むっとして言った。「ジーナ・マッツォーニ。金髪。イタリア人。われわれは時間を無駄にはしないよ、トードフ」

「殺人に間違いない」ドアのそばの椅子に座ったクレイヴン部長刑事が言った。「煮えたぎる染料桶の中で見つかった」悲しげに小さな頭を振った。「エメラルド・グリーンの染料だった」色に意味があるかのように付け加えた。

サグデン警部がこれみよがしに足を引きずりながらテーブルに近づくあいだ、誰もなにも言わなかった。警部は屈んで、まだあけられていない箱の美しい象眼細工をじっと見た。「いやな死に方だ」とつぶやいた。「エメラルド・グリーンとはな」口をとがらせ、ぞっとしたようにふーっと息を吐いた。クレイヴン部長刑事は同意を表わして唸った。トードフは体重を左足から右足に移し、歯のあいだから怒ったように、だが静かに、口笛を吹いた。

ふいに静寂が破られた。玄関ホールに重い足音がして、二人の男の声が聞こえた。一つは厳しい調子のよく響く大声、もう一つは耳障りでめそめそしたような小声。ドアの向こうでウォルター・ハーストが平身低頭しているのは、見なくてもわかった。するとドアがあき、四十代後半のがっしりした体格の男が足早に部屋に入ってきた。ダーク・グレーのコートが大風にあおられたテントのようにひらりと開いた。クレイヴン部長刑事はぱっと立ち上がり、トードフは一歩進んで気をつけの姿勢になった。警部はただ会釈しただけで、さっきの安楽椅子にひょこひょこと戻った。

「お入りください、ミスター・ブランスキル」警部は静かに言った。「ミスター・ブランスキル、ですね?」太い眉毛が大げさな疑問符となって上がった。

男はなにも言わずにうなずいた。テーブルの前まで歩いてくると、ジーナ・マッツォーニの箱をじっと見下ろした。色あせたカーペットにしっかり足を踏ん張って立ち、両手をポケットに突っ込んで、コートをずんぐりした体にぴったり引きつけていた。流行はずれに長く、ずいぶん厚手のコートだった。

サグデン警部が沈黙を破った。

「ロンドンにおでかけと聞いていましたが」

「そうです」ブランスキルは箱から目を逸らし、ゆっくり警部のほうに向き直った。「それがなにか?」

「いいえ、べつに。ずいぶん早くお目にかかれて、ちょっと驚いたまでです」

ブランスキルはコートの前をあけ、ベストのポケットに手を入れると、金の蓋付き懐中時計を引っ張り出して文字盤をさっと見た。

「三時だ、早いとはいえませんよ、警部。キングズ・クロス駅九時五〇分発に乗った」時計を慎重にしまい込むと、ホールに続くドアのほうへ顎をしゃくった。

「ウォルター・ハーストはなんの話をしていたんです？　あなた方がうちの女の子の一人を探していると言っていた。ジーナ。彼女が何をやらかしたんですか？」

サグデンは質問を無視して、自分から質問した。

「工場のほうにはまだ行っておられませんか？」

「ええ。家からまっすぐ来ました」彼は肩越しに漠然とした方向へ親指を突き出した。「ハウスキーパーが、あなた方が坂を上がってくるのを見たと言ったので」

ふいにしゃべるのをやめ、ゆっくり部屋を眺め回して、警察官一人ひとりを順にじっと見た。

「何があったんですか、警部？　彼女が何をしたんです？」声は静かだが、その目は怒りにぎらつき始めていた。

「彼女が何をしたと思われますか？」

ブランスキルはサグデンを睨みつけ、すり足のような奇妙な動作で足踏みした。トードフは大いに興味をそそられて観察した。

ブランスキルの動作は犬が地面を掻いているみたいだった。

「ずいぶんばかばかしい質問ですね、警部」ブランスキルはふと緊張を緩めた様子になった。さっきはサグデンの答えを恐れていたのだろうか。「あの子を知っていれば誰だって、何をやらかしても不思議はないとわかっていますよ」声が大きくなった。

「あなたは彼女を知っていますか？」

「もちろんです。たいていの人よりもよくね」

「それはいい。お手伝いいただけますな」警部はだいぶ長いあいだ黙っていた。

「いやだなあ」ブランスキルは言った。「言ってくださいよ。彼女は何をしたんです？」

「命を落とした」

「事故にあったということですか？」

「命を落としたということです」

「それは殺されたという意味ですか、警部？」ブランスキルはぽかんと口をあけていた。あわててその口を閉めると、歯がかちんと鳴る音が部屋の反対側にいるトードフの耳にも届いた。

「そうです。殺人です」深い椅子に埋まったサグデンは、したり顔でひとりうなずいた。

「なんてことだ！」ブランスキルはそれ以上は言わなかった。だが、少し震えが始まっていた。向きを変え、ゆっくり歩いてテーブルに戻った。

「彼女のものです」箱を指さし、警部のほうは見ないで言い切った。

「そのとおり。彼女のものだ……。いや、手を置かないでください」サグデンはすばやく立ち上がった。打ち身のことはすっかり忘れてしまったらしい。ブランスキルのそばへ行った。「指紋ですよ。山ほど採れそうだ」声を少し落とし、部屋の向こうを指さして付け加えた。「あいつのも含めて」

トードフはもじもじした。「ハンカチを出す暇がなかったんです」病気をはやらせたのはおまえだと非難された小学生みたいな言い方だった。警部は無視してブランスキルとの話を続けた。「それに、ウォルター・ハーストのもね」

「どうして彼の指紋が？」

「われわれが到着したとき、ハーストは箱を抱えていた」

「なぜです？」ブランスキルは警部をじろりと見た。

「くそ憎らしいが、わからんな」サグデンはくだけた言い方をした。「調べてみないと。ほかにもいろいろあるが」

「まあ、わたしの協力をお求めなら、もうちょっと言葉に気をつけたほうがいいですね、警部」ブランスキルは向きを変え、サグデンを見据えた。二人は二、三秒のあいだ、睨み合った。

短い沈黙を破ったのはサグデンだった。

明るく、にっと笑った。「できるだけのご協力はしていただけると確信しておりますよ」椅子のひとつを指さした。いちばんいい椅子ではなかった。「どうぞお寛ぎください」

「ありがとう」ブランスキルは歯を見せて笑い、一瞬、五歳ばかり若返った。「ここはわたしの家ですが――ご存じのとおりね、警部――ご親切に感謝しますよ」

「あなたにお目にかかりたかったのは、それが理由です、ミスター・ブランスキル。あの娘はおたくの工場で殺されましたのでね」ブランスキルはさっと目を上げた。なにか言いかけたが、サグデンはいらいらと手を振り、割り込ませなかった。「というか、遺体があそこで発見された。正確な言葉遣いをしなければいけませんな？　で、彼女はあなたの家に住んでいたから……」

「社員寮、とおっしゃってください。わたしはもうここには住んでおりません。自宅はたっぷり四分の一マイル離れたところにあります」

「なるほど、おたくの社員寮、ですな」サグデンは訂正を受け容れた。「どこから捜査に手をつけたらいいか、あなたに伺うのがいちばんだと思いましてね。ともかく、どこかから始めなければならない」

ブランスキルはうなずいた。ぶらぶらと窓に近づき、谷の向こう側にそびえるペナイン山脈の荒涼とした灰色の遠い山々に目をやった。山腹の半ばあたりにある工場の煙突から上がる黒煙が、周辺の灰色の石造りの家々に覆いかぶさっている。〈岩山荘〉から向こうへ続く険しい丘のふもとには、エア川の汚い茶色の流れと、それよりもっと幅は狭くてまっすぐだが、同じくらい汚い運河のリボンが見える。コートの前をあけ、両手をズボンのポケットにぐいと突っ込んだ格好で、ふと立ち尽くし、重いため息をついた。「外国人にとって、あまり住みやすい土地ではないですよね」外を向いたまま言った。「イタリア人の女の子たちがよくあれだけ落ち着いてくれたものだと、驚きます」

「ちょっとした問題を抱えた子もいる」サグデンは温和につぶやいた。「たとえば、ジーナ・マッツォーニだ」親指をひょいと動かし、クレイヴン部長刑事に目をやった。クレイヴンは黙ってメモ帳を取り出した。

ブランスキルはゆっくりうなずいていた。「もちろん、ジーナのほかにもいました」

「殺された人が？」トードフはぎょっとして、つい口を出してしまった。

「いや、そんなことは少なくともここではありません。みんな帰国しましたから」

ブランスキルは部屋の中を向いた。窓を背にすると、さらに堂々として見えた。肩幅が広く——広すぎるほどだ——首はさっきより太く、ごつくなったようだ。窓から射し込む冬の午後の光を受けて、髪の毛はぼさぼさに突っ立って見える。彼は太い指をその髪に走らせた。クレイヴンが膝の上に広げたメモ帳をしばしじっと見てから、ゆっくりと、だがためらわずに、話し出した。

「ジーナ・マッツォーニもほかの子たちと一緒に帰国してくれたらよかったのにと思います」ブランスキルは言った。「外国人の若い娘ばかりのこういう寮をやっていくのは容易な仕事じゃありません。一人がほかのみんなに悪影響を与えることもある。イタリア人が悪いというんじゃない、誤解しないでくださいよ、警部。たいていはごく普通の、いい娘です。自分のものはろくに買わず、地味な、まじめな生活をして、稼いだ金のほとんどを親元に送る。知っているんです。送金の支払い許可証にサインをするのはわたしですから。だいたいにおいて、こういう娘たちを来させたのは大成功でした。西ヨークシャー州内各地に、これまでに何千人も来ています。実に働き者でしてね。正直なところ、戦後の毛織物工場は、あの子たちなしではとてもやってこられなかったと思いますよ。本当にすばらしい。まあ、地元の娘たちはとてもかないませんね」ブランスキルの熱弁に嘘はないようだった。それから、口調が変わった。

「ジーナ・マッツォーニ、とびきりの美人……」

「美人だったでしょうがね、ミスター・ブランスキル」警部が静かに口を挟んだ。「今は違う、それは確かです」

ブランスキルは厳粛な顔でうなずいた。「亡くなった今、こんなことを言ってはいけないんでしょうが、知っておいてください。ジーナはほかの娘たちに悪影響を与えていた。風評をもとにあれこれ言うことはいたしませんよ、警部。お調べになれば、すぐ直接証拠が見つかるでしょう。わたしから申し上げられるのはこれだけです。二週間ほど前、わたしはここでジーナと話をした。寮母のミセス・ハーストも同席しました。わたしはジーナに、今月末で引き払ってもらうと言いました。ええ、解雇予告を与えたんです。二月一日、今度の月曜ですが、その日に、故郷アラッシオに帰る航空券と、未払いの給与全額、ずいぶん稼いでいたのでかなりの額ですよ、それに契約途中解除金二十ポンドを渡す、と説明しました。二十ポンドですよ。これをすべてミセス・ハーストの面前で伝えました。訊いてくだされば、必ずそのとおりだと言うはずです」

ミスター・ブランスキルは話をやめ、内ポケットを探ると、一通の封筒を取り出して差し出した。

「これが紙に書いた証拠です、警部。この文書はわたしが自分で書いたんですよ」やや自慢げな顔になって、「間違いが起きないようにね」と説明した。

「なんとしても彼女をやめさせたかったわけですな」警部は歯に衣着せずに言い、許しも求めずに文書をポケットにしまい込んだ。

「みんな、彼女にやめてもらいたがっていた――ほかの子たちも大部分がそう思っていたんじゃないかな。お調べになれば、そのとおりだとわかりますよ」

「それで、彼女はなんと言いましたか？　あなたからそう聞かされたとき、ということですが？」サグデンは訊いた。

ブランスキルは肩をすくめた。「かんかんになりました。ミセス・ハーストに食ってかかり、わたしのことでは、とても口に出せないようなひどい言いがかりをつけました。わたしに面と向かって、それもミセス・ハーストの前で、言ったんですよ」ブランスキルは急にぐったりしたように見えた。ゆっくり首を振った。「彼女を赦す気にはなかなかなれません、警部」陰鬱に言った。「今でもね」

サグデンは座って待った。左手の人差指で脚をとんとんと叩いている、とトードフは観察した。

「それから、われわれを脅してきました」考えただけでもぞっとする、といった声でブランスキルは言った。

　警部は脚を叩くのをやめた。

「われわれ？　われわれとは、誰のことです？」

　ブランスキルは指を使って並べ上げた。「ハースト夫婦、工場の監督の一人、わたし。ことに、わたしです。あと、付随的にいろいろ。〝ほかの男たち〟と名前は出さずに言っていました」

「どうやって脅そうとしたんです？　暴力ですか？」

「まさか、違いますよ、警部」ミスター・ブランスキルはほんのわずか愉快そうな顔をした。「わたしが彼女やほかの女の子たちを騙して金を巻き上げていると、ブラッドフォードのイタリア領事館に苦情を申し立てる、と言ったんです」

「しかし、ほかの女の子たちが支持してくれなければ、そんな申し立てはできないでしょう？」

「はっはっ！　警部はあのお嬢さんをご存じないからな」

　サグデンはゆっくり顔を上げ、ブランスキルを見つめた。「今は知っていますよ。まったく死んでいる」

第四章

「ハウが来た！」トードフは言った。窓際に立ったままで、座りたいと願っていた。今の一言には妙に浮き浮きした響きがあり、それに気づいたのは言葉が口から出てしまった瞬間だったから、照れ隠しに軽く咳をした。

部屋のドアがあいて、長身痩軀、顔のいやに青白い男が小型のアタッシェケースを手に、せかせかと息を切らせて入ってきた。

「ハウ！」警部は言ったが、これでは愛想のいいインディアンの挨拶に聞こえかねないと気づいて、厳しい顔をつくった。「遅かったじゃないか」

ハウ部長刑事は気にもとめず、すぐに重いトレンチコートとジャケットを脱ぎ、テーブルの上で忙しく仕事を始めた。アタッシェケースをあけ、ぶつぶつ独り言を言いながら、さまざまな道具を広げて、決められた順番にきれいな長方形に並べている。それから、専門家としての深い興味を持って、ジーナの箱を調べ始めた。手を触れないように気をつけていた。

「きれいな箱ですね」世間話のように言った。

「どこにいたんだ？」サグデンは話を逸らされるまいとした。

「工場ですよ」ハウは上唇をゆがめたので、ふさふさした黒い口ひげが鼻に押しつけられた。鼻がひくついた。「あそこはいやなにおいがする」

「工場というのはにおいます」ブランスキルが口を開き、ハウに向かって言った。「羊毛はくさいものでしてね」礼儀正しく微笑した。

「死体もね」鼻がまたひくついた。「警察になんか、入るもんじゃない」ハウは軽く言った。死体と聞いただけで、ブランスキルの微笑はその口元からきれいさっぱり消えてしまった。

「結果は？」サグデンは話を戻した。

「まあまあです。五、六人分の指紋に、かすれたやつは無数。汚らしいかすれだ」彼は最後の一言の響きが気に入って、もう一度繰り返した。

「汚らしいかすれはどうでもいい。誰の指紋だった？」

「被害者のものはなかった。四人はまだ不明。一人はボスです」

ハウはようやく道具をすっかり広げ終わった。小さな黒い箱を慎重に左へ半インチ動かし、嬉しそうににっこりした。部屋が静まっているのに気づいて、さっと顔を上げた。「いったいどうしたんです？」

ブランスキルがきっぱり言った。「話しておられたボスというのは、わたしです」きっとした目でハウを見た。「わたしの指紋だと、どうしてわかるんですか？　指紋の話をしておられたんですよね？」『ヴェニスの商人』のシャイロックでおなじみの身振りで両手を広げてみせた。

「いや、あなたのじゃありません。もう一人のボスですよ！　染色場のボス、ミスター・ハーデイカーという人だ」

「ユワート・ハーデイカー。ええ」ブランスキルは深刻な顔でうなずいた。「彼の指紋があそこにあるのは当然ですよ。仕事場ですからね！　いつもあそこにいる」

誰も答えなかった。クレイヴンはメモ帳に落書きをして、市民の税金で買った紙を無駄にしていた。トードフは立ちっぱなしでくたびれてきていたから、最寄りの椅子にじりじりと半ばまで近づき、サグデンに見つからずにあそこまで到達できるだろうかと考えていた。サグデン警部は会話に耳を傾けつつ、トードフがこっそり移動しているのをぼってりしたまぶたの下からちゃんと見ていた。あと十八インチ動いたら、怒鳴りつけてやる。

ハウはジーナ・マッツォーニの箱に取りかかっていた。古めかしい、使い込んだ指紋現出器から、器用にフレンチ・チョークの粉を散布している。悠々と箱のまわりを歩きながら全体に粉をまぶし、やがて彼の周辺の空気は粉だらけになった。そのうち、彼の広い背中がブランスキルと警部のあいだに割り込む格好になった。

「指紋を採るにはすごくいい表面です、警部」彼は軽く言い、言葉の合間に右手でシュッシュッと粉を吹きつけた。だが、ブランスキルからは見えないその顔は喜劇じみた大げさな表情を作り、歯をむき出し、ひげを震わせ、眉毛はぐいと上がり、目玉は無言の警告に飛び出しそうだった。

警部は立ち上がった。なにかまずまず如才ない形で邪魔だということをにおわせ（ただし、如才なさもほどほどに、という主義だ）、ブランスキルを追い払うつもりだったが、そのときブランスキルのほうも立ち上がり、サグデンをじろりと見据えた。苦い表情で顔を赤らめ、怒った様子だった。

「ミスター・ハウの首と耳の後ろから判断させていただくと、警部、わたしが部屋にいないほうが好ましいようですな」そう言いながらふいに愛嬌を見せてにやりと笑い、出口に近づいた。ドアをあけ、ハウのほうを向いて微笑すると、頭を下げてから出ていった。サグデンはやや困惑して、ハウを睨みつけた。

「きみの耳と首は紫色だ」ぶすっと言った。

「でも、清潔ですよ」ハウは言った。「この箱と同じで、よく拭きましたから。それも、最近ね」

第五章

「ありえない！」

クレイヴンとトードフはかすれ声をそろえて叫び、ハウは芝居がかった仕草でぎょっとひるんだ。サグデンに目をやり、肩をすくめると、同じ言葉を繰り返した。

「拭いてある。それも、最近」

サグデン警部は睨み返した。今にも飛び出そうと身構える——遠くまでは飛べそうにないが——太った巨獣のように安楽椅子の上で体を丸めていた。それからまた緊張を緩めた。

「ばか言え。トードフがこの部屋に持ってきてからずっと、わたしは目を離していない。トードフのみっともない指紋がべたべたついているのは確かだ。それはわかっている。それに、ウォルター・ハーストの指紋もな——ハーストが執事よろしく家の中ではキッド革の手袋でもはめているというんなら別だがね」

「はめていません」トードフはきっぱり言った。「あのときも、はめていませんでした」サグデンは鼻を鳴らし、「ばかめ！」とつぶやいた。

「そんなことを言ったんじゃありません」ハウは言い返した。「二種類、まったく違う指紋が確かについています。ほら、見ればわかる。どれも第一級の見本ですよ」

トードフはテーブルの上に身を乗り出し、おっしゃるとおりとばかりうなずいた。ぽってり大きな指紋は自分の、小さいほうはウォルターのだろうと推測した。

「しかしね」ハウは親指を箱のほうへ突き出した。「その二人分の指紋がつくより前に、箱は拭いてあった。丁寧に拭いてあったんだ！」

「埃を払った！」

「いや、埃を払った程度じゃありません、警部。拭いたんです。まるで違う。小さいもの、たとえばこの四分の一くらいの大きさの箱だったら、丁寧に埃を払ってきれいにすることはありえます。掃除をしている人が慎重に箱を乾拭き布でくるむようにして扱えば、最後まで指紋はつかないでしょう。異論はありませんね？」サグデンは先を促すようにうなずいた。

「乾拭き布はこの箱にぐるっとかぶさるほど大きくはできていない。何者かがわざわざ拭いたんですよ、おそらく手近のシーツかなにかを使って」

「乾拭き布二枚ってこともある」

「それはありえます。でも、ずいぶん徹底的に拭いたことは確かだ」

「わかった、ハウ、わかったよ。だが、どうして最近だ？」

「埃がついていないからです」

「そのとおりだ」トードフが口を挟んだ。「わたしも気がつきました」

「嘘つけ」サグデンは冷たく言い、ハウのほうを向いた。「じゃあ、あけてみろ」

「この指紋の写真を撮ってからね」

それから五分間、一人も声を出さなかった。ハウはライトやカメラの扱いにいやに時間を取っているように思えたが、誰も面と向かってそんなことは言わなかった。サグデンさえも。言ったら、ハウはもっと悠然とやりかねない。

クレイヴンは時間つぶしに部屋の中をぶらぶら歩き回った。いかにも推理小説に出てくる私立探偵を思わせ、見ているほうが恥ずかしくなる。置時計の裏側を覗き（時計は止まっていて、後ろにはなにもなかった）、サイドボードの引出しの奥まで見ると、古い吸取紙が二枚に綿埃がたっぷり見つかった。家具はろくにないし、驚くほど無個性な部屋だ、と彼は観察した。電球すら埃っぽい。しかも百ワットでなく、六十ワットだ。いかにも寮の部屋らしい。おそらくは書き物部屋として使われているのだろう。〈岩山荘〉のこんな生気のない環境で書かれてきた手紙はどんなものだったろうと悲しく空想をめぐらし、自分の家は少なくとも暖かく、心地よく、どっちみち手紙を書くのは妻の仕事だと考えて、わが身の幸運を喜んだ。

「さてと！」ハウはぱんぱんと両手をはたいた。「これでよし。じゃ、鍵はどこにある？」サグデンを見た。

「それが問題だ」警部はもっともなことを言い、トードフを見た。「鍵はどこだ？」

「わかりません。箱を手に入れたとき、鍵はささっていませんでした」

「ハーストが持っているのか？」

「持っていないと言っていました」

サグデンは嫌味な様子で舌をちっちっと鳴らし、トードフをねめつけた。雷が落ちそうだ。「鍵はかかっていないのかもしれませんよ」クレイヴンはすぐにも首を引っ込める態勢で言った。

警部が蓋を上げると、すんなりあいた。どうだと言わんばかりの目つきで見られたトードフは、拍手喝采が期待されているのだと察したが、ジーナの箱の中に目をやると、口をついて出たのは褒め言葉どころか、「なんだこりゃ！」の一言だった。

第六章

「黄色い口ひげ！　なんとまあ、カナリヤ色の口ひげだ！」

言葉はクレイヴンの喉から搾り出されたように震え、彼の小さい頭はショックのあまり首からはずれそうな勢いでこくこく動き出した。「それに、ほら」金切り声で続けた。「蝶の標本みたいに、厚紙に留めつけてある！」目を見張って見つめ、指さした。

ハウはかすれた裏声で静かにひっひっと笑いながら、ピンセットを持った手を箱の中へ入れた。ややヒステリックな声だった。慎重な手つきで風変わりな標本のついた厚紙をつまみ上げ、うやうやしくテーブルに置いた。口ひげは端から端まで七インチくらいあった。「ジミー・エドワーズ（一九五〇～六〇年代に活躍したイギリスの喜劇俳優。大きな口ひげがトレードマークだった）」ハウがささやくと、その息で口ひげが軽く揺れた。

「きれいすぎる」トードフはまじめに言った。「それに、黄色すぎる」

確かに黄色かった。明るい、燃えるようなサフラン色に、ほんのり赤銅色がかかっている。「ずいぶん見事なひげだな」ハウは感心して言った。自分の堂々たる黒い口ひげに手を伸ばし、慰めるように撫でた。それからテーブルに身を乗り出し、厚紙の上の標本を個人的かつ職業的興味を持ってしげしげ眺めた。こんな近くで見ても、やはり立派な口ひげだ。長く、絹のようで、太く、非常に黄色い。

「おや」ふいにハウは言った。「名前がついてるぞ」

「何に？」トードフは熱っぽく訊いた。「ひげに？」それから、遅まきながら、冗談だったふりをして軽く笑った。

「黙れ」サグデンは言った。

「厚紙にだ」ハウは言い、紙を指さすと、警部が見られるように一歩下がった。

「ほんとだ」警部は目を細め、顔を標本に近づけた。ごく小さい、わずかに飾りのある文字で、一語、〝トパーズ〟と書かれていた。

サグデンは背筋を伸ばした。急に指揮官になっていた。ハウを見た。「気をつけろよ、ハウ、指紋がついているかもしれない。紙を逆さにしてみろ」

ハウはピンセットを使った。

「ほらな！」サグデンはトリックに成功した素人手品師のように得意満面だった。「やっぱりだ」胸を張り、ポケットに親指を突っ込んだ。もしジャケットを着ていなかったら、ベストの腕ぐりに指を突っ込んでいただろう。

彼がその場を退くと、ほかの三人がテーブルのまわりに寄ってきた。ハウは紙に目を近づけ、書いてある言葉を読み上げた。

「トパーズ：
○・八四パーセント　クーマッシー・イエロー　R・S
○・一三パーセント　ポーラー・オレンジ　R
○・七パーセント　サルフォニン・レッド　G

二・〇パーセント　酢酸　八〇パーセント
一九六四年一一月二五日　Ｅ・Ｈ」

サグデン警部はいやらしいほど優越感をあらわにしていた。「一目でわかった。羊毛の見本だ。染めた羊毛のな」言葉を切り、さらに賢人ぶった。「Ｅ・Ｈはおそらくユワート・ハーデイカーのイニシャルだろう。染色場で指紋が見つかったという、あの男だ」

異を唱える勇気のある者はいなかった。

「じゃ、福引に戻るとしようか」サグデンは急に、不吉に、明るくなっていた。「次はなんだ？」

「カフリンク一個」ハウは言い、ピンセットでそれをつまみ上げた。

「一個だけか？」

「一個だけです。エナメル細工でヴェテラン・カー（第一次世界大戦以前に製造されたクラシック・カー）の絵がついている」

サグデンは呻いた。「カフリンクといえばなんだってヴェテラン・カーの絵がついている」不快そうに言った。ハウとクレイヴンは目立たぬようにジャケットの袖口を引っ張った。

トードフがふいに鼻を鳴らした。「あれえ」テーブルの上のカフリンクを指さした。「たいしたジョークだ。ジャガーなんて書いてある」笑い出した。

「いったい、なんだっていうんだ？」サグデンが言った。

トードフの笑い声はしぼんで消えた。「ジャガーですよ。ヴェテランのジャガー」警部も笑うものとばかり思った。

笑わなかった。「だから？」警部は笑わずに訊いた。

「だって、ヴェテランのジャガーなんてものはありません」トードフは言った。「最初のSSジャガーが製造されたのは、一九三五年頃です」

「だが、〝ジャガー〟と書いてある」

「はい、警部。でも、だからジャガーだってことにはなりません」トードフはエナメル細工のカフリンクをよく調べた。「ここになんと書いてあろうと、こいつは一九〇七年のダイムラーです。TP35。有名です」

「ビューリーのモンタギュー卿（一九二六～二〇一五。第三代男爵。クラシック・カー収集家で、一九五二年に自動車博物館を創設した）のご登場か？」サグデンは渋い顔で言った。「では、なぜここに〝ジャガー〟と書いてあるのか、閣下にご説明いただこうじゃないか」

「ユーモアじゃないでしょうかね」

「ちっ」サグデンは信じなかった。「ばかばかしい」警部が箱のほうへ親指を突き出すと、ハウはまた手を入れた。

「おや、こりゃなんだ？」ハウはさっきからプレゼントの袋を前にしたバズビー（西ヨークシャー州ブラッドフォードにあった百貨店で、クリスマスに子供たちがサンタに会えるので人気があった）の偽サンタクロースみたいな様子だったが、今度は口調まで似てきた。「戦争で海軍にいたときからこっち、こいつは見たことがなかったな。わたしも自分で作ったものだった。ナットとボタンで作る煙草用ライターですよ」

　ピンセットに挟まれているのは、今では消滅したこの工芸品の一例だが、きれいな出来で、かなり新しいものだった。クロムめっきを施した直径一インチの六角形のナットの、ボルトがささる穴の部分の両側を、制服の金属ボタンを溶接してふさいであり、六角形の一辺に二本の小さな柱がぴったりはまっていて、そこに発火石《フリント》と芯《ウィック》がついている。

「ずいぶん巧みにこしらえたもんだ」クレイヴンは熱をこめて言った。

「政府の金の無駄遣いもいいところだ」サグデンは良心的市民らしく言った。クレイヴンの顔からすぐに熱が引いた。

「ふむ」ハウは無駄遣いに関してはどっちつかずの声を出した。「しかし、どの政府です？　こんなボタンは見たことがない」

サグデン警部はハウのピンセットを取り上げ、ボタンをよく調べた。地味な砲金灰色で、高く盛り上がった部分以外は艶がない。盾形の紋章の図柄は、炎の中から飛び上がる火の鳥のように見える。盾の上方には翼を広げた鷲、ボタンの周辺には十三個の星が左右対称に配してあった。

「外国のものだな」サグデンは怪しいと言わんばかりだった。

「イタリアじゃないですか」クレイヴンが言った。「彼女のイタリア人のボーイフレンドのものだったとか」

「鷲はドイツっぽく見えるな」ハウが言った。「ドイツ人は灰色のボタンを使う。それに、鷲もだ」

「でも、イニシャルは？」トードフはナットのクロムめっきが施された表面に繊細に彫り込まれた文字を指さした。ナットの一辺を見ると、〝G・M〟とあった。

「ジーナ・マッツォーニ」ハウはうなずいた。

「それに〝J・K〟」トードフは無表情に警部を見た。「アメリカ兵かもしれませんよ」

「そうだな。そうかもしれん」サグデン警部は言った。「合衆国空軍では確かに制服に灰色のボタンを使う」J・Kというのが誰であれ、何であれ、探し出すのは一仕事だと思い、ぞっとした。トードフとクレイヴンはもっとぞっとした。この紳士を探し出す仕事が誰にまわってくるか、わかっていたからだ。

ハウの声でみんな現実の仕事に引き戻された。「安物」彼は言っていた。「若い女のつけるつまらないアクセサリーだ」箱の中を覗き込むのをやめ、ピンセットでこまごました安っぽい宝石類をあれこれ取り出した。テーブルの上に置き、よく調べられるように広げた。「ブローチ一個、ウールワース（廉価な商品を売るチェーンストア）のおすすめ品……イヤリング二個、同上……指輪一個……」彼は言葉を切り、警部に目をやった。

「みんな同じ色の石がついていますね、警部」

「ああ。黄色だ」サグデンの目にちらと興味の色が浮かんだ。「トパーズ」彼は言った。

「ネックレス」ハウは続けた。「ヴェネチアン・グラスだろうな。ウールワースでないのは確かだ」

「だが、やっぱり黄色だ」

「十字架。シンプルだがいいものだ。〝G・M〟とある」

「ほかにはなにか彫ってあるか？」

「いいえ、警部、なんにも」

「それでおしまいか？」

「はい。あとは書類だけです」

「どういう書類だ？」

ハウは紙の束を取り出した。厚みは一インチ以上あり、安物の白い紙に書いた手紙のように見えた。きっちり縛った薄汚れたピンクのゴム紐が、ぞんざいな蝶結びになっている。ハウが束をテーブルの上方でぶらぶらさせていると、クレイヴン部長刑事がペンナイフを手に進み出た。

「ストップ」サグデンの叫びに全員が凍りついた。トードフは息も止めたほどだった。

「底になにかくっついている」サグデンは言い、指さした。ハウがピンセットでしっかりつかんだ束を持ち上げると、警部は慎重に底を見た。

「洗濯物のリストかな」そう言ったとき、八折判《オクタヴォ》（A5判程度）サイズの灰色の紙がジグザグを描いてカーペットに落ちていった。

洗濯物のリストではなかった。印刷された羊毛注文用紙で、左端にはミシン目が入り、ページ番号を振った帳面から切り取ったものだった。

「一四三ページ」トードフは期待に応えて言った。機敏だ。

「裏を見てみろ」サグデンは言った。「ああ」目が輝いた。またうまくいった手品師か、とトードフは思ったが、そんなことは口にしなかった。

ハウは紙をピンセットで挟み、読み上げた。

〝ジニー、H・H・Hは今夜ホイスト（カードゲームの一種）をしに出かける。帰宅は遅い。だが念のため、玄関の鍵を持っていけ。台所にある〟

ハウは目を上げた。「地下室でいかがわしいことをやってたな」明るく言った。「〝ウォルト〟と署名がある」

「それならハーストだろうな、ウォルター・ハースト」サグデンは握った右手で左手をばしっと叩いた。サッカー・ボールを蹴ったような音がした。

「あのエロじじい、あわてて箱に飛びついたのも無理はない！」サグデンはドアのほうへ顎をしゃくって爆笑した。「ウォルト、ウォルト、アルトで歌ってちょうだいな！」ふいにみっともない裏声で歌い出し、顎の先がぷるぷる震えるさまは見ていられなかった。トードフは窓から外に目をやり、サグデンとその奇行にまずまず慣れているクレイヴンすら、しばし目を閉じた。

ハウは妙に平然としていた。たぶん、サグデンの顔を見ていなかったせいだろう、とトードフは思った。その視線の先は、ウォルターの手紙だった。「H・H・Hか」ハウは言った。「誰だろう？」

「例のがみがみばあさんさ、決まってるだろ」サグデンは大きな赤い親指でドアをさした。

トードフはウォルター・ハーストの妻に紹介されたときのことを思い出した。「薄情《ハード・ハーティド》ハナ」そう口に出すと、ばかげたあだ名に思え、自分がちょっと意地悪にも感じられた。「奥さんはそう呼ばれていると、ハーストが言ったんです」

サグデンは大笑いし、太腿を二度ぱんぱんと叩いて、その名前を嬉しそうに繰り返した。「薄情ハナ」大声で言った。「そいつはいい！」よくやったと言わんばかりに、トードフのほうを横目で見た。

「よおし。そんじゃあ、仕事だぞい！」わざとらしく陽気なヨークシャー人を気取って言ったので、みんな思わず顔をしかめた。

しかめ面のまま、ハウは手紙の束を改めてつまみ上げ、テーブルに置いて、クレイヴンにゴム紐を切らせた。

「封筒はない」ハウは言った。「それに、ぜんぶ外国語だ」怒った口ぶりは喜劇的だったが、誰もそんなことに気づかないようだった。「Gina tesoro mio（ジーナ、わたしの宝物）――」いちばん上の手紙の最初の三語だけ、なんとか読み上げた。母音がヨークシャー訛り丸出しで、とてもイタリア語には聞こえなかった。ピンセットで手紙を裏返し、最後の一行を試みた。スローモーションのナンセンス語で、わかったのはおしまいの一語だけだった。「tanti tanti baci dalla tua aff. issima Mamma（たくさんの、たくさんのキスを、愛する母より）」勝ち誇った顔を上げた。「母親からの手紙だ」

「おやおや、なるほどねえ」サグデンは言い、ハウは顔を赤らめた。

「おい！　おふくろさんからだけじゃないぞ」クレイヴンはボールペンの端を使って手紙を動かしていた。「違う筆跡のが一通ある」その手紙をつついた。「ルイジっていうイタリア人からだ。まだある。同じルイジからだ。あっ！」彼も読んでみた。「Mille baci appassionati（情熱をこめた千のキスを）」通らしく舌を鳴らした。

サグデン警部は音高くため息をついた。いったいどうしてこういうことがおれのところに降ってくるんだ？　まったく普通の、単純な殺人事件だった。工場で働く女の子がボーイフレンドにセックスを迫られ、殺された。それも、ヨークシャーの片田舎、ラッデンだ！　ところが一時間としないうちに、まるで国連の様相を呈してきた。イタリア人のボーイフレンド、外国のボタン、鮮やかな黄色の石のついたアクセサリーに黄色い口ひげ、ときたもんだ。

彼は不吉な様子で唸り、ハウをねめつけた。

「それでぜんぶか？」

「あと、本が一冊あります」

「きっとロシア語だろ」サグデンはぶすっとしていた。

「いいえ、警部、英語です」ハウは本を箱から取り出してテーブルに置いた。

「なんだよ」サグデン警部は言った。「こいつも黄色か！」

「ゴランツ社から出ている推理小説です」トードフは気軽に言った。「みんな黄色の表紙なんです」

サグデンの眉毛が、重いおもりに引っ張られたかのように、じわじわ上がっていった。

「きみは推理小説を読むのか！」一語一語はっきりと言った。

今回もハウが救いの手を延べた。本を開き、とびらを見ると、目を丸くした。「またまた面倒なことになってきた。これもイタリア語だ」

みんなそろって舌打ちし、怒った顔で本のとびらを見つめた。

死の果てしない夜
リチャード・ハリー

A Gina
Quando son'
con te non esiste
fretta

Riccardo

ロンドン
ヴィクター・ゴランツ・リミテッド
一九六四年

第七章

「よし、クレイヴン、あいつを連れてこい。見てみようじゃないか」

サグデン警部はその広々した背中をマントルピースにもたせ、ウォルター・ハーストを次の次のクリスマスまで忘れられないくらい厳しく締め上げてやろうと、てぐすね引いて待った。嬉しそうに喉を鳴らし、顔は意地悪の極致だ。トードフは、警察官としてはどうかと思うが、ハーストに深く同情せずにはいられなかった。

「ウォルト」ドアがあいてウォルター・ハーストがおずおずと入ってくるなり、サグデンは部屋の奥から言葉を投げつけた。真っ向から来たな、とトードフは思い、きりっとした顔をつくった。

「ウォルトォ！」サグデンはまた言った。即座に驚くべき結果が出た。

ウォルター・ハーストは明るくにっと笑い、「ボンジョルノ、シニョール・サグデン」としゃがれ声で言ったから、次には部屋を横切ってサグデンに駆け寄り、握手を求める、それどころか両頬にキスをするのではないかとトードフは一瞬思い、わくわくした。

サグデンはなにも言わず、意地悪な表情のままだった。

完全な静寂の中、ウォルター・ハーストは薄っぺらなカーペットの上を悠然と進み、さっきまでサグデンが使っていた安楽椅子に腰を下ろした。いちばんいい椅子だ。サグデンの口がぱかっとあいた。

「ジニーに宛てたわたしの手紙を見つけたんですな、警部」居心地がよくなるにつれ、ウォルターの訛りが強くなった。「よかった。ひやひやしてたんですよ」またにやりとした。「かみさんが手に入れたんじゃないかと思いましてね」それから、喜劇に出てくる共謀者のように身を乗り出して、言い加えた。「そいつはまずい!」右手をひらひらさせて顔をあおぎ、「そいつはまずい!」と繰り返すと、シドニー・トードフのほうを向いた。

「あんた、ハナに会ったでしょう」それですっかり説明がつくような言い方だった。

トードフは会ったと言った。意味はわかった。

「あの人に訊いてみりゃいい」ハーストはサグデンのほうへ向き直り、トードフを指さした。

それから急に、その顔に強い不安の表情が戻り、一瞬、ジーナの部屋で箱をしっかり抱きしめていたときと同じ顔になった。

「訊いてみりゃいい。でも、ハナには教えないでくださいよ」

いかにも権威と責任のある人間らしい警部の雰囲気に、ハーストは急に慰めを見出したようだった。警察官は明らかに親切で理解があり、頼れる! サグデンは彼が膨らませた期待をはじいてやった。

「どうして奥さんに教えてはまずいんだ?」訊かれて、ウォルターは愕然とした。次の質問を耳にすると、彼は行動に出た。

「奥さんが留守のあいだに、あんたはイタリア人の娘と出かけて、彼女を殺した、そうでないと、どうしてわかる?」

「彼女を殺した?」ハーストはぱっと立ち上がった。ひどく怒っている。口から泡を吹かんばかりだ。「ジニー? わたしがジニーを殺した?」敷物をあいだにしてサグデンを睨みつけ、敷物の上の電気ストーブの光に照らされても、その顔は青ざめて見えた。「ばかなことは言わんでくれ。まったく、ばかなことは言わんでくれ」

また腰を下ろし、サグデンに背を向けた。全身がぶるぶる震え、両手は膝をぐいとつかんでいる。顔を上げ、トードフを見た。

「ひどい言いようじゃないか」トードフがサグデンの質問を耳にしなかったかのように、ハーストはつぶやいた。「わたしがジニーを殺しただと！　あいつ、図体はでかいが、あの口に一発食らわして歯を折ってやる」

「やめとけ、ウォルター」トードフは小声で言った。サグデンのほうを見ると、警部はまだマントルピースに寄りかかっていたが、さっきまでの自己満足は薄れ、体が二サイズ縮まって見えた。トードフはなんとか勇気を振り絞った。

「ジーナは鍵を取っていったんだろうな」やはり小声で言った。

ハーストはうなずいた。

「ええ、そうです」

サグデンにまた目をやると、警部はその調子で続けるようにと――一度だけだが――うなずいたので、トードフはびっくりした。

「しかし、どうして奥さんがホイストをしに出かけるまで待つ必要があったんだ？」

ウォルター・ハーストはやや落ち着きを取り戻していたが、今も警部には背を向け、無視していた。

「あの子は毎晩、寮で寝なければいけないと、ハナとボスが言ったからです。そうしないと給料の一部をカットされる。もう解雇を申し渡してあったしな」

言い方からすると、ハーストが誰の肩を持っているか、疑いの余地はなかった。

「ミスター・ブランスキルが、ということか?」

「ええ。彼とハナがね」

「それで、彼女が帰ってきたとき、鍵はどうしたんだ?」

ハーストはゆっくり顔を上げ、油断なくトードフを見た。「帰っちゃこなかったと、あんたもわたしと同じように知ってるでしょうが。鍵はまだ彼女が身につけてますよ」個人的な思い出が頭に浮かんだらしく、かすかに悲しげな笑みを見せた。「いつも服の中に入れて持ち歩いてた、ゴム紐かなんかに結びつけてね」

「どうしてそんなことがわかったのか、訊いてみろ」クレイヴンが言葉を挟んだ。ハーストを部屋に連れてきたあと、口を開いたのはこれが初めてだった。その声音も言葉に負けず無愛想だった。

「お偉いさんのお言葉かね」ウォルターはくだけた口調で言い、身を乗り出してトードフの膝に触れた。「じゃ、くちばしをいれるなと言ってやってくれ」向きは変えなかったが、質問には答えた。

「本人が教えてくれた」さらりと言った。「そのことでよく冗談を言ったものさ。気の毒なジニー」

「どうしてハンドバッグに入れなかった?」

「外出するとき、バッグを持たなかった」

「じゃ、ポケットは?」

「あの鍵は大きすぎる。古めかしい鍵なんだ。長さが八インチ（二〇センチ）くらいもある」また小さい微笑が口元をよぎった。「一時間か二時間、服の中に入れておくと、ベッドの保温器代わりに使えるくらいあったまると言ってた」トードフがにやりとしたのを見て、ハーストは睨みつけた。「そんななじゃないぜ、お若いの。彼女はそんないやらしい意味で言ったんじゃない」

トードフの微笑は消えた。

ウォルター・ハーストはふいに思い出した。

「そうだ、彼女はあの晩、鍵を手に持って台所を出た。殴られて鼻血が出たら、これを服の中に入れてちゃ役に立たない、と言ってね。冷たくなくちゃ、鼻血は止められないからって」

はっとして言葉を切った。

「なんてこった」しゃがれ声で言った。「わかってたんだ」

トードフは次の言葉を待ったが、沈黙が深まるばかりだった。

「誰に会いに行ったんだ?」刑事は訊いた。

「誰とも言わなかった」ウォルター・ハーストは目を上げた。「だが、あんたら、そいつを見つけ出してくれよ」

「もちろんだ」サグデンは冷たく言った。「見つけ出す」間を置いた。「もしまだ見つけていないんならな」

ウォルター・ハーストは挑戦するように、サグデンの両脚のあいだから暖炉の中へ唾を吐いた。

第八章

「あれを見ろ」サグデン警部はたいして同情を見せずに言った。「みんな、まるでこれから銃殺刑だって顔をしている」

　車が走り出してから、サグデンが口を開いたのはこれが最初だった。〈岩山荘〉社員寮の外で警察車に乗り込み、無線がガラガラと雑音を立てるほど乱暴にドアを閉めるやいなや、運転席の制服警官に向かって、怒鳴りつけんばかりに指示を出したのだった。「プロスペクト工場。さっさと行け」

　だが、そう遠くまでは行けなかった。〈岩山荘〉の曲がりくねった砂利道を出て鋭角に左折、クラグ・レーンの急坂を降り、使われなくなった石切り場と町役場所有の堆肥の山を通り過ぎ、高く黒い石造りの煙突が目立つ鍛冶屋の廃屋の前に散らばった砂利の上を滑り、ブラッドフォードとスキプトンへ続く幹線道路まで来ると、標識に従って、キーッとタイヤを軋ませて止まった。この交差点はブランスキル病院のすぐ外にあるのだが、ここでサグデンは若い女性が三十人以上もかたまっているのを見かけたのだ。顔は青ざめ、おびえて黙り込み、西ヨークシャー・バス会社の監督官を囲んでいる。

「あそこに寄せろ」サグデンは言った。車が女たちの脇を通っていくと、中の一人が進み出て、怒った様子でイタリア語でなにか叫んだ。

「びくついてるな」クレイヴン部長刑事は安全な後部座席から言った。「叫んだりして、行儀が悪いぞ」

「工場の子たちですよ」バス監督官は言い、のろのろと、ややこわばった動きで車に近づいてくると、運転席側の窓から顔を突っ込んだ。「工場で人が殺された、だから寮まで歩きたくないと言うんです。バスに乗りたい！　次のが来るまであと三十分あると言ってやったんですがね。わたしを魔法使いだとでも思っているんだ」言葉を切り、後ろを向いて、まずまず同情をこめた様子で女たちを見た。二人は泣いていた。残る女たちは黙っていた。その顔は、病院の建物の黒っぽい石壁を背景にすると、はっとするほど青ざめて見えた。

バス監督官は車のほうに向き直り、運転手の向こうにいるサグデンに話しかけた。「本当ですか？　人殺しってのは？」

サグデンは答えるかわりに鼻を鳴らした。

「トードフ！」ふいに言った。「トードフのやつ、どこにいるんだ？」

トードフの居場所なら、警部はよく承知していた。傷物になった自転車を飛ばし、車に半マイル遅れて、クラグ・レーンを走ってくる。プロスペクト工場まで急げ、と命じられていた。

サグデンはバス監督官のほうを向いた。「しばらくあの子たちについていてやってくれ。うちの警官が一人、あとからやって来る。大柄でぽっちゃりした金髪の男だ、自転車に乗っている。そいつをつかまえて、わたしからの命令だ、娘たちを寮まで送ってやれ、そのついでにできるだけ情報を集めろと言ってやってくれ」

「なんの情報です？」

「ジニーについて」

バス監督官の目がきらめいた。「死んだ子だね」芝居がかったわざとらしく大きなささやき声で言った。

「死んだのは確かだ」サグデンは言った。

　警部が運転手に向かってこくりと首を動かすと、車は出ていった。

「ああ、死んでいるともさ！」サグデンはいらいらとひとりごちた。ぶすっとした様子で身を乗り出し、ぴかぴかに磨き上げられたダッシュボードの表面をその太い指先でせわしなく叩いている。運転手は新米で、まだ感受性が強かったから、顔をしかめた。彼の車のダッシュボードにべたべたつけられた、ばかでかい指の跡を拭き取らなければならないのは誰か、わかっていた。

　運転手はかなり乱暴にステアリングを切ってスキプトン・ロードに入ると、ベルを最大音量で鳴らしながら（当時の警察車にはサイレンでなくベルがついていた）、交通の流れを斜めに突っ切り、バス・ターミナルの裏をまわる、やや静かな細道を目指した。今日は金曜日で、青空市場に人が出ているから、そこを迂回すればプロスペクト工場まで行く時間を二分くらい縮められるとわかっていた。

「ああ、彼女は死んだ！　手の施しようもない！」クレイヴンは後部座席から歌うように言った。手足を伸ばしてシートの背にもたれ、我が物顔で気持ちよさそうに席を占領している。この姿勢になった拍子に帽子の後ろが押し上げられ、目を覆う格好になったので、非常識にのんびり構えているような雰囲気に見えた。

　サグデンはこの瞬間を選んで振り向き、「子守唄を歌って聞かせてほしいかね、クレイヴン？」と怒鳴った。

運転手がその怒鳴り声をまともに左耳の鼓膜に受けたせいで、車は一瞬進路からはずれ、クレイヴンはぎくっとして背筋を伸ばし、小さく恐怖の悲鳴を上げた。彼はサグデンの目は避けて、仏頂面で窓から外を見つめた。それから、小声ながらはっきりした口調で「バーバラ・ファース」とゆっくり言った。もう少し大きな声で「バーバラ・ファース」とまた繰り返し、ふんと鼻を鳴らした。

なにかひどいことが起きたと、運転手はふいに気づいた。警部の顔が怒りに黒ずみ、突き出した唇は震えて、まるでささやくのと、どもるのを同時にやっているみたいだ。なんとか音を口から押し出したときには、びっくりするほど穏やかで、ほとんど声にならない、哀れを誘う言葉になっていた。

「なぜあんなことを言ったんだね、クレイヴン?」

「そう書いてあったからです」クレイヴンはむっつりと答えた。

「何に?」

「ついさっき、通り道に貼ってあったポスター。今日の新聞のポスターです」

サグデンは引かなかった。「なんのポスターだって?」また大声になっていたが、今度の大声は調子が違った。

「《テレグラフ&アーガス》。〝またしてもバーバラ・ファースか〟とあった」

「ほかには?」

「なんにも。〝またしてもバーバラ・ファースか〟とあっただけです」

「わかった、わかった。ちゃんと聞こえたよ」

車は左折してステーション・レーンを進み、モルト・シャベル交差点を過ぎて、谷間を南北に貫く交通量の多い幹線道路を離れると、スピードを上げた。道の両側に建ち並ぶ背の高い羊毛倉庫は、薄黄色いガス灯の明かりに照らされて、打ち捨てられた様子に見えた。ほかに車はほとんどなかったが、ただエアデール&クレイヴン梳毛《そもう》会社で、十トン・トラックが構内へバックで入ろうとしているところだったため、団子状の渋滞が起きていた。警察車は徐々にスピードを落として止まり、そこで運転手は悪気のない爆弾発言をやってのけた。「バーバラ・ファースか。あの犯人は結局つかまらなかったんですよね」

サグデンとクレイヴンは声を揃えて唸った。運転手はそこに含まれた脅威を無視した。

「もちろん、わたしが警察に入る前ですけど」バックしているトラックに目を据えて、軽く言った。「よく覚えていますよ」記憶していたとは立派だと、即座に褒めてくれる人はいなかったので、少し驚いた。「死体はクラグ・レーンの先の石切り場で見つかったんでしたね」反応はなかったが、それでもめげずに続けた。

「被害者は髪の毛をすっかり切り取られていたんでしょう?」羊毛運搬トラックがやかましくエンジン音を上げながら、ようやくその尻尾を構内におさめると、交通は動き出し、運転手は車のギアを入れた。「なんで犯人は女の子の髪を切ろうなんて思ったんでしょうかねえ?」ギアを入れ替えながら言った。誰も答えようとはしなかった。

「おい、気をつけろ。ここだ」

無愛想な指示が出たが、まるで必要なかった。車はもうプロスペクト工場の大きな木の門を通り抜け、幅広いでこぼこの敷石道をがたがたと走っていた。

「よし、ここでいい」サグデンはいらいらした様子で片手を振った。運転手は警部に目をやったが、なにも言わなかった。車はすでに止まっていた。

車のドアがあくと同時に、警察本部長ウォーバートンが大股に近づいてきた。

「ずいぶん時間がかかったな、サグデン」

サグデンは本部長を見上げたが、なにも言わなかった。大きな太った体を車のシートから持ち上げようと奮闘するのをしばらくやめただけだ。この格好だと、異常な姿勢で気をつけをしようとしているような誤った印象を与えたが、警部には気をつけをする気など毛頭なかった。

ブリッグズ警視が上司の脇に現われた。「《テレグラフ》を見たか?」声音は友好的ではなかった。

簡単には答えられない質問だった。サグデンは実際に新聞を見たわけではなかったので、しっかり首を横に振った。それから、《テレグラフ&アーガス》の報道方針はわかっているということを示すために、しっかり首を縦に振った。

「バーバラ・ファースを覚えているか?」本部長は言った。不当な質問だと、自分でもわかっていたが、もう一度繰り返した。これは相手を混乱させた。

「はい、本部長」サグデン警部は答えた。「《テレグラフ&アーガス》が……」

「そう」警視が言った。「そこだ」少し間を置いた。「かれらに教えたのか?」

「何をですか?」サグデンは本部長と警視に負けないほど怒りを感じてきていた。腹が立つ理由ならこっちのほうが充分ある、とも思った。再び車のシートから出ようともがき始めた。手を貸す者は誰もいなかった。

「娘の髪が切られていたことだ」

「マスコミは知っていました」サグデンはこわばった様子で立ち上がった。「誰だって知っていた。

イギリス中の新聞にでかでか書き立てられたでしょう！」

「何が？」本部長はついていけなかった。

「バーバラ・ファースの髪が切られていたことですよ」

本部長と警視は悲しげな表情で目を見交わした。

「バーバラ・ファースの髪ではない」本部長はぐっと辛抱して言った。「あのイタリア人の娘の髪だ」

サグデンが本部長を見つめる目が大きくなった。本部長と警視も目を丸くしてサグデンを見つめた。舌がまだちゃんと動くと気がついたのは、サグデンが最初だった。「まさか」仰天して息を呑んだ。

「そのまさかだ」警視はうなずき、腹の上に下がっている鎖付きの金の懐中時計をしきりにいじくった。「髪の毛はばっさり切り落とされ、大きな結び目を作って縛られ、彼女と一緒に染色桶に入れられた。染められていた」

「緑色にな」本部長は言った。「エメラルド・グリーンだ」色に意味があるような言い方だった。

第九章

「確かにバーバラ・ファースのときと同じ種類の結び目を作って縛ってあるようですね」クレイヴン部長刑事は首を伸ばし、サグデンの肩越しに覗き込んだ。長く豊かな、絹のように美しい、鮮やかな緑色の髪が一束、サグデンの差し出した両手にだらりと載っていた。あたかも珍しい儀式が進行中で、これは捧げられようとする奇妙な犠牲であるかのように見えた。

サグデンは納得しないようだった。「同じ種類の結び目に決まってる」のっそり首を回すと、クレイヴンと顔を突き合わせてしまった。その距離はほんの数インチ。二人とも、野戦砲の反動のようにびくっと頭を引いた。「何を予想していたんだ?」サグデンの顔は無表情に意地悪くなっていた。「もやい結びとか、漫画みたいなことを考えていたのか? この結び方なら誰だってできる! きみだって余った靴紐でやったことがあるはずだ。一度巻いて、引き締める。ワイシャツのカラーを入れる引出しの中でほどけてしまわないように気をつけたろう」

「引っ掛け結び」本部長は英国軍艦ブリタニア号に乗船していた六期の最初の一期を思い返した。

「海軍では引っ掛け結びという」古きよき時代を思い出して微笑した。

「ありがとうございます、本部長。引っ掛け結びですね」サグデンは専門用語を教えてもらってありがたがっている様子を声に出そうとつとめた。両手の親指は無意識のうちに緑色の髪の毛の上を動き、うっとりと撫でていた。「きれいだ」と言い、それからふいに「畜生め、なんとしてでも犯人を挙げなければだめだ」と大声で叫んだ。髪の毛をテーブルに投げ出し、けんか腰で部屋を眺め回した。その目はブランスキルの不快そうな表情をとらえた。「失礼」とつぶやいた。「つい悪い言葉を」

「悪態をつけば、いずれ自分に返ってくる」ブランスキルは静かに言った。彼の角張った顔からは、三時間前に寮で見せた紅潮はだいぶ消えていた。今、自分のオフィスで自分のファイル・キャビネットに寄りかかり、ゆったり落ち着いた様子に見えた。

「まったくだ！」心地悪い短い沈黙を破った本部長は、眉毛を動かして、口を慎めとサグデンに合図を送った。あのときは気を利かせたんだ、と彼はあとで言っていた。

サグデンは向き直り、髪の束を見た。ドアの上の扇窓から吹き込む暖かい微風で、一方の端が揺れていた。「彼女の残りはどこだ？」警部は訊き、そこにあるはずもないのに、あたりを見回した。

「ここにはないよ、サグデン」ブリッグズ警視は言ったが、すぐに軽薄な言い方に聞こえたと気づき、大げさに体を震わせた。やってみると、無理に芝居をしなくても、本当に震えが出た。「病院の霊安室だ」窓のほうへ漠然と手を振った。

サグデンはうなずいた。「じゃ、あとで見ます」ふと思いついたことがあった。「身元の確定はすんだんですか？」

ブリッグズは部屋の反対側からじろりとサグデンを見た。「わかっていないな、サグデン」間を置いた。「身元確認はしない。確認しろと人に頼むことはできないんだ。それは無理だし、意味もないとドクター・ボナーは言っている」サグデンの反応を見ると、薄くてほとんど目につかない警視の眉毛が額の上で一インチ上がった。

警部は妙な顔つきでクレイヴンに向かってにやりと笑い、親指をドアのほうへ突き出した。「電話を見つけてくれ。私用電話だ。誰も盗み聞きしないように確かめろ。ドクター・ボナーと話がしたい。彼女が鍵を持っているなら、身元が確定できる」

クレイヴンは大急ぎで出ていった。なにかまずまず正常なことを頼まれてほっとしたかのようだった。

クレイヴンがドアから飛び出した拍子に、鼻を刺すいやなにおいのこもった熱い空気がぶわっと部屋に入ってきて、本部長はかつて（軍艦ブリタニア号より何年も前に）学校で化学をやり、不思議と楽しかったことを思い出した。胸ポケットに手を突っ込み、式典用にいつも入れてあるハンカチをやや派手な身振りで引っ張り出した。ハンカチが鼻に届くと同時に、彼はびくっとして甲高い声を上げ、一インチばかり飛び上がった。ドアのすぐ外で、ひどくやかましい電動ベルが鳴り出したのだ。

「畜生め、なんだ」サグデンの口から、ついまた悪い言葉が出た。

「まったくだ」本部長は今度も気を利かせて言葉を挟み、それからブランスキルに目をやった。

「五時です」ブランスキルは薄く微笑した。「終業です」サグデンのほうを向いた。「ユワート・ハーデイカーには居残ってもらいたいんでしょうね、警部？」

サグデンはジーナの箱に入っていた〝トパーズ〟という羊毛見本を思い出し、さっとあたりを見回した。彼の知る限り、あのことをブランスキルに教えた者はいない。

「なぜです？」ぶっきらぼうに訊いた。

「彼があの娘を発見したのは、警部のためになったでしょう」

サグデンはうなずいた。「じゃあ、居残るように言ってください」鼻を鳴らした。「しかし、発見してくれて、わたしがありがたがっているわけじゃありませんよ、ミスター・ブランスキル」

心から出た言葉だった。若い娘の遺体なら、もうたくさんだ。二年前にも気の毒なバーバラ・ファースの死に遭遇したのだから。

第十章

「よお、サグデン！　いつもたいしたやつを選んでくれるな！　ひゃっ、ひゃっ！」

　きんきんした声の響く受話器をサグデンは耳から離して睨みつけた。よく見ると、べたついて、送話口の部分には灰色の綿埃が詰まっている。金属的な笑い声はかなり長いあいだ続き、サグデンはずっと睨み続けた。やがてようやくドクター・ボナーは笑うのをやめ、話し出した。

「誰だかまったくわかりようがない」細い、取り澄ました声で言った。「あんなのは見たことがない。初めてだ」人の死すべき運命をこれでもかと見せつける死体に囲まれて毎日を（というか、生活の大部分を）送っている警察医がこう言うのだから、珍事だった。

　サグデンは医師の話に割って入った。「服は？」

「ぐちゃぐちゃ。緑色。ああ、見事に緑色だ」

「ラベルとかは？」

「なにもなし。ただ、〝セント・マイケル〟のブランド・タグが一つついていた。これはまったく緑色ではない」

「歯は？」

「あった」

サグデンは苛立って受話器を振ったが、落ち着きは失わなかった。「歯から身元が確認できるか、という意味だ」

「だめだろうな。治した形跡がない。彼女のかかりつけの歯医者に訊くしかない」

「誰だろうな?」サグデンはぽつりと漏らした。

「さあね。彼女は教えてくれなかった」医師はいたずらっ子のように自分のジョークに笑い、受話器を握りしめたサグデンの指の関節が白くなった。

「いいかげんにしろ」警部は話題を変えた。「死因は?」

「わからない」ドクター・ボナーは初めてむっとした声になった。「残念ながら、教えようがない!」それから、少し明るくなった。「ただ、死因でないことなら教えてあげられるよ、警部」

「なんだって?」

「緑色の液体。体内にはなかった」必要充分な言葉だった。

「じゃ、液体に浸けられる前に殺されたに違いないな?」サグデンは即座に訊いたが、答えはすでに頭にあった。「まだしもよかった!」

「ほんとうだ」ドクター・ボナーは同意し、それからごくまじめに「同感《アーメン》」と言い加えた。

二人は数秒間、黙り込んだ。

「彼女は頭を殴られたらしい」ボナーはきんきんした声できぱきと続けた。「たぶんな」と、思いついたように付け足した。「あと、首に打撲傷らしきものがあるが、確信は持てない。首を絞められたのかもしれない、いいかもしれない」ふいに怒った声になった。「いったいどうして緑色の染料でなきゃならなかったんだ? おかげでなにもかもがすごく難しくなった」

サグデンもまったく同感だった。気がつくと、受話器の向こう、広いコンクリートの床の上にある、濡れた緑色の羊毛の山を見ていた。ほんの十ヤードほど先で、重たげにぐちゃっとした塊が湯気を上げている。その向こう側には、よく磨かれたステンレス・スチール製の大きな筒型の桶があった。ふいに、自分は親指小僧で、ばかでかい鍋の並んだ巨人の台所に囚われの身となっている、という気がした。

「茹でたホウレン草みたいだ」電話機にというより、自分に向かって言った。

「まあ、そんなところだね、警部」

「目の前の羊毛の山のことを言ったんだ、ドクター」

「霊安室にあるやつにも当てはまるよ」

サグデンは急に大事なことを思い出し、安堵した。「鍵はどうだ？」

「鍵？　鍵なんてない」ボナーは戸惑った様子だった。

「確かか？」

「もちろん確かだ、警部」少しためらった。「紐がちょっとあった。少なくとも、わたしは紐だと思う。サスペンダー・ベルトに結びつけてあった」

「そいつだ。殺人犯が鍵を取っていったんだ！」

「何者かが取っていった、それは確かだ」同意のしるしにドクター・ボナーがうなずく音が聞こえそうだった。「ナイフで切られたんだと思う。髪の毛と同じように」間を置いた。「髪の毛がばっさりやられていたことはもう知っているね？」

「ああ」サグデン警部はあきらめたように言った。「知っている」

ドクター・ボナーはしばし黙り、そのあいだにサグデンは最前なぜかブランスキルに悪態を批判されたことについて思いをめぐらした。医師はまた明るい声で続けた。「その紐のことだがね、警部」

「紐がどうした？」

「緑色だ」医師はドライに笑った。サグデンの一言を待たなかった。「まだある。娘はひどい状態だったが、そのわりには傷んでいない。わかるかな。水が静かに動かなかったか、彼女は水の中で動かないように押さえられていた。意味はわかるか？」

サグデンはわかるというしるしに唸った。最後にもう一つ質問した。

「死後硬直は？」

「なし。ぜんぜんない。だが、だから何がわかるというものじゃないな」ドクター・ボナーにはサグデンが向かおうとしている方向が見えた。「わかるよ。死亡時刻だろ。まあ、それは別の方法で調べ出してもらうしかないな。わたしは決めたくない。この遺体からはね」

サグデンの唸り声は、不思議なことだが、医師の技能について苦情か非難を表わしているように聞こえたのに違いない。ボナーの声はこわばり、さらに甲高くなった。

「理解していないようだな、サグデン」叫ばんばかりに言った。「このかわいそうな若い女性は茹でられたんだよ！　何時間も茹でられたんだ！」

第十一章

サグデンはぼんやりとハンカチで手を拭きながら、染色場のでこぼこなコンクリート床をゆっくり横切った。ふいに、指紋を損なってしまったのではないかと思い、はっとして電話機へ駆け戻った。電話機にも、その後ろの汚れた壁にも、ハウ部長刑事が撒いた粉の痕跡が残っていたので、ほっと安堵のため息をついた。「がたついてるぞ」とひとりごちた。

踵を返し、染色場の床を悠々と歩いていくと、足音がばかによく響き、あたりにこだました。鼻を刺す煙霧の中で、彼は一人だった。次に命令を出すまで、クレイヴンは絶対にここに誰も入れない。レインコートのポケットに両手を突っ込み、あたりを見回した。クソ犯罪のクソ現場か、と苦々しく考えた。普段なら、ぼろ家の薄汚い寝室で昔ながらの探偵役を演じ、帽子をかぶってあたりを見回すところだが、今回は勝手が違う。とはいえ、ここもかなり薄汚く思える。染色業に慣れていなければ。あるいは、原毛とラッデンの町に慣れていなければ。

床の濡れた部分をまたいだとき、コンクリートに浅い溝が魚の骨状に掘られていて、染色場の廃液が鉄格子から下へ流れ落ちていくようになっているのに気づいた。その先は工場のそばを緩慢に、汚らしく流れるエア川だ。川はひどい目にあっている。片足で緑色の羊毛を少しひっくり返し、緑色の染料が細い小川となって溝を通り、鉄格子に向かって流れていくのをじっと見た。カラフルな場所だ、と思い、そういえば、靴の先にちょっとついてしまった緑色の液体は、洗えば落ちるだろうかと考えた。女房に訊かれそうだ――もっともこの忙しさでは、いつ家に帰れるかわかったものじゃないが。

濡れた緑色の羊毛の山の周囲を慎重に回った。羊毛は、床に平らに置かれた直径七フィートほどの円形の金属板に載っていて、一部が端からだらしなく垂れているのがわかった。見た目は、さっきの第一印象と同じだ――茹ですぎてどろっとしたホウレン草が大きな皿からこぼれている。羊毛の山から天井のほうへ目を上げていった。たくさん穴のあいた鍋蓋のようなものが鉄製の骨組みから水平に下がり、かすかに揺れていた。脂じみた古い動滑車で動く起重機が明らかにぜんぶを引き上げたのだ。巨大な皿、その上の羊毛、中央の柱、蓋、すべてを桶からいっきに引き上げ、方向を変えて桶の外に出すと、床の上にそっと置いた。それから、羊毛に人の手が届くように蓋は外され、持ち上げられた。簡単だ。

ふと思いついて、早足で桶を回り、汚れた漆喰塗りの壁まで行った。壁には肩の高さあたりに木製のパネルがあり、スイッチがたくさん並んでいた。〝引き上げ〟とラベルのついたスイッチを入れると、高い鉄枠から大きな鍋蓋がゆっくり降り始めたので、思ったとおりだと満足し、ほとんど浮き浮きした気分になって、うなずいた。機械は滑らかに、音を立てずに動いた。聞こえるのは電気のフンフンという軽いノイズだけだった。

今、サグデンの顔は喜びに輝き、口元はすぐにも緩んでしまいそうだった。その口元を引き締め、太い眉毛を鼻の上でぐいと寄せた。「うってつけだ」スイッチを動かすと、起重機は蓋を鉄枠に戻した。「これで簡単にできる」

もう一つ、見るべきものがあった。平らな金属板に載った羊毛の山に戻り、よく見た。羊毛がだらしなくばらけているのは異常なことなのだと、そのとき気がついた。桶に近い部分は手付かずのままで、それを見ると、蓋が外されたあと、人がいじる前には羊毛がどんな状態だったかわかった。巨大なフェルト製のうおのめパッドみたいだ。直径約七フィート、厚さは三フィート近くあり、中央に柱の入る穴がある。桶から遠い部分は、明らかに誰かがほじくり返していた。押したり突いたりするのに使った棒や木製の干草用フォークが桶の横の床に転がっていた。そして、この捜索は成功した。軟らかい濡れた塊に、浅い墓のように一フィートばかりの深さの穴ができていた。なにかがそこから抜き出されたのだ。それは滑らかできれいな輪郭を残していた。うずくまった娘の形。気の毒に。サグデンはゆっくり首を振った。

「クレイヴン！」顔を上げ、ガラスが割れんばかりの勢いで怒鳴った。声は染色場の中を何度もこだました。ごつごつしたレンガ壁からコンクリートの床に跳ね返り、屋根に近い鉄枠に歌いかけた。こだまが消えようとするとき、奇妙な一音が聞こえ、天井から下がった穴あきスチール円盤が一、二秒震えた。かすかな、やるせないむせびのように聞こえ、サグデンは目を上げ、暗い表情で円盤を見つめた。

　まだ上を見たまま、クレイヴン部長刑事に向かってもう一度怒鳴った。

「ハーデイカーを見てみようじゃないか」大声で言った。心の中では揉み手していた。「連れてこい！」

第十二章

「さっさと済ませてもらえますかね、警部？」ハーデイカーは戸口から右足を入れたとたん、元気な大声で呼びかけるという間違いを犯した。サグデンは二十ヤード近く離れたところにいたが、振り向きもせずに体をわずかにこわばらせ、びしょびしょの羊毛の塊を爪先で試しにつついた。顔をしかめて羊毛を見ると、爪先を振り、ハーデイカーの質問には答えず、ハーデイカーの存在すらほとんど無視した。

クレイヴン部長刑事は両手で耳をふさいで聞か猿を決め込みたくなった。前兆なら知っている。開戦を告げる気球がもうじき揚がり、まずはガラス屋根まで届く。

だが、遠い嵐のとどろきを耳にとめたのは彼ひとりではなかった。ハーデイカーはなかなか抜け目のないところを見せて、なにも言わなかったふりを装った。これでサグデンの苛立ちが中和されるはずだった。しかし、そうはいかなかった。ハーデイカーは今度は前より礼儀正しく、会話ができる距離まで近づいてから口を開いた。

「今夜、講演をすることになっているんです、警部」耳障りな大声の持ち主で、おしゃべりな男だが、つとめて静かに言った。

「ミスター・ユワート・ハーデイカー？」サグデンは訊いた。天邪鬼になっているのだ。ハーデイカーを見ず、天井に目をやった。

「はい」もともと赤ら顔のハーデイカーはさらに赤くなった。「染色彩色業者協会で講演をするんです」と言って、とどめを刺した。その言い方は、司教がこれから全教会会議で説教をすると宣言したり、ヨークシャー州クリケット・チームの主将がパーク・アヴェニュー・スタジアムで選手選考委員会の委員たちに向かって演説をするよう招待されたと発表するような感じだった。なんとしてでも行かなければならない。あらかじめ定められた運命、神の意図による行動なのだ。

「きみはここで働いている」サグデンは言った。ようやく礼儀を示し、眼前の怒った男を初めて見たが、そのとき、警部の目が輝いた。クレイヴンには理由がわかった。サグデンの目はほかの人間の憤怒を反映したとき、いちばんよく輝くのだ。ハーデイカーはひどく憤怒してきていた。口をきっと結んでうなずいたが、その口を開いたら蒸気が吹き出しそうな印象を与えた。熱い染色場の中でも、蒸気は目に見えそうだった。

「よし。では、こいつがここに来た経緯をたぶん説明できるだろう」サグデンは片足を羊毛のほうへ突き出した。「染色の工程は理解しているだろうな?」これはフレディー・トルーマン（一九五〇～六〇年代に活躍したヨークシャー出身のクリケット名選手）に向かって、クリケットのボールは見ればわかるかと尋ねるようなものだった。

「はい」十六歳のときから二十二年間、ほかならぬこの染色場でうまずたゆまず働き続けてきたエキスパートの口から出たこの一言は、抑えに抑えた控えめな表現の精髄だった。ハーデイカーは横柄な態度で十秒待ち、それから最寄りの染色桶まで歩いていった。桶は空だった。強く蹴ると、ホープ・ヒルに落ちた雷のように鳴り響いた。

「ペッグ」彼は言った。「サミュエル・ペッグ・アンド・サンズ商会が作った。ステンレス・スチール製。染料液八百五十ガロンと、羊毛は、ばらの羊毛ですが、六百ポンドまで入る。そいつは」とホウレン草を指さして、「ほぼ四百五十ポンドあります」

「ほぼ？　ちょっと不正確じゃないかね？　その仕事では、推定するのが普通なのか？」

ハーデイカーは警部を冷たくねめつけ、胸の前で腕を組んだ。爪は緑色の輪郭線が入り、ちょっと噛み跡があった。

「わかりませんよ、警部」口を少しゆがめて言った。「あの娘を入れるためにどれだけ掻き出したのか、おれにはわかりようがない」中等学校で身に着けた標準語の上塗りがしだいにはげてきていた。

サグデンは相手につかみかかりそうになった。「どれだけもなにも、掻き出されたってことがどうしてわかるんだ？　ええ？」

「罠に掛けようたってだめだ、警部」ハーデイカーはゆっくり、静かに話した。目は飛び出し、眼鏡のレンズにくっつきそうになっている。薄くなった茶色い髪が額に垂れてきたのを、てのひらで押し上げた。「だめですからね」そう言うと、サグデンの広い胸に唾が霧となってかかった。

サグデンはレインコートの前を袖で拭った。「過敏だな」その単語に警察規則書が許す以上の意味をこめた。「最初にどれだけの羊毛を入れたか、調べはつくかね？」

ハーデイカーは一、二秒ためらってから、「五百二十五ポンド」と答えた。

「ああ、ミスター・ハーデイカー」サグデンは顔の下半分で微笑した。「調べてきたんだな？」

ハーデイカーはサグデンと同じ口調を作った。「ああ、ミスター・サグデン。調べちゃいませんよ」それから声を大きくした。「あのいまいましい桶にいまいましい羊毛を入れたのは、このおれですからね」

「いつだ?」サグデンはぴしゃりと言った。

「昨日」それから、もっと横柄な言い方になった。「昨日の午後五時二十五分。おれがこの手で羊毛を入れた。ピーター・ホワイトヘッドという見習いの子に手伝わせた。訊いてみればいい」

「で、ジーナ・マッツォーニはどこにいた?」

「知るわけないでしょう、警部。おれたちが羊毛を入れるのを彼女は手伝わなかった、質問がそういう意味ならね。彼女がそんなことをするはずもない」今では気が咎めた様子がまったくなくなり、自信がついてきたようだった。

　サグデンはふいに緊張を緩め、攻撃的態度をぐんと和らげた。「すると、昨日の五時三十分には、彼女は桶の中に入っていなかった、それは確実だと」

「そうです」

「だが、今朝はそこに入っていた?」

「でしょうね」ハーデイカーは緊張を緩めてきた。「今朝十時ごろ、水を入れた。染料はエニス・グリーンB二〇〇とクーマッシー・イエローR・S、それに硫酸、酢酸、蟻酸……」

「酸だって!」サグデンが口を挟んだ。

「ええ、各種の酸、濃縮したものです。それぞれ約一パイント。いったん薄めれば、人が火傷するようなことはない」ハーデイカーはしばしためらい、しかめ面を作ったが、それからまた続けた。「染色液を入れ、スチームをオンにしたのが十時半。ホワイトヘッドがやったから、チェックしてください。液は十一時には沸騰して、それから一時間半、沸騰を続けた。中身を取り出したとき、あの子はそこにいたんだから、われわれが十時に水を入れたとき、すでに入っていたはずだ」ここでまた前の苛立ちを見せた。「単純な理屈に思えますがね」

サグデンは不思議なことに、これには食いつかなかった。そのかわり、空の桶に近づき、身を乗り出して中を見た。桶の縁が肋骨のいちばん下に当たり、押し上げられた腹の脂肪が縁の向こうへ垂れた。汚れたレインコート越しに見下ろし、わかったような顔でうなずいた。「なるほど。羊毛が桶に入れられる。桶は二重底になっていて、あの床に置いてあるような穴あき円盤に羊毛は押しつけられる。その上に内蓋が降りてくる。そうしたら、準備完了だ。それから水を入れる？　そうだね？」

「ええ、翌朝ね」

「どうして夜のうちにやらない？」

ハーデイカーは肩をすくめた。「やる人もいます。うちでは前の晩に準備しておいて、翌朝冷水を満たす。それで、液体が沸騰すると、中心の柱を通って沸き上がってきて、羊毛に染み込んで下に落ちる」

サグデンは桶を叩き、そのゴンゴンという音と同時に言った。「単純だ。単純明快。これより簡単にはいかない。前例がないのが驚きだ」彼はさっとハーデイカーのほうに向き直った。

「夜番は？」

「ええ、そんなようなのはいます。ブランスキル一家に昔から雇われている男だ。ブラッドフォードの羊毛産業が始まったときからここにいる」

「長い年月だ」クレイヴンは説明を加えた。

「夜番の男と話をしろ、クレイヴン。すぐにな」サグデンはクレイヴンに教訓を与えた。口はつぐんでいろ、ということだ。

サグデンはハーデイカーのほうに向き直った。「この場所の鍵を持っているのは何人だ?」

「染色場の人間ぜんぶ。それにボス。それに向こうの織り場の監督たち。まあ、全員だね」

サグデンは唸った。「ありがたいな」

「ええ。そもそも鍵なんか必要ないんだ」ハーデイカーは話を楽しみ始めたようだった。「少なくとも二つ、壊れた窓があるから、誰だって入り込める」サグデンの目をとらえると、肩をすくめた。「面倒で、修理してないんですよ。だって、誰が染色場なんかに泥棒に入ります?」

「まったくな!」サグデンはつぶやき、コンクリートの床の向こうに目をやって、緑色の羊毛にジーナが残した悲しい形を見た。

長い沈黙があり、染色場の奥のほうで蒸気が漏れるゆっくりしたシュッシュッという音がクレイヴンの耳に届いた。かすかな交通音が外から聞こえてくるが、壁越しに隣の織り場から織機の音が響いてくることはもうない。終業して週末に入ったのだ。ずっと遠く、工場の別の場所で、重いドアがバタンと閉まる音がした。

サグデンが沈黙を破った。「きみはジーナをよく知っていたんだろう?」

「おれが?」ハーデイカーは大げさに甲高い声を出した。「まさか!」努力して声を普通の高さに下ろした。「工場でときどき見かけたくらいだ」それ以上は言おうとしなかった。

「これからブラッドフォードに行かなきゃならんのか?」サグデンは話題を変え、ハーデイカーはうなずいた。「大事な講演なんです」明るく言った。

「わかった」サグデンは物憂げに言った。「じゃ、さっさと出かけたほうがいいだろう」親指を突き出した。

ハーデイカーは初めて微笑した。「恐れ入ります、警部」ぼそぼそと言った。「お役に立ててよかった」気が楽になったのか、うぬぼれた様子になり、出ていこうとした。

サグデンは彼がドアに着くまで見守っていたが、おもむろに声をかけた。「染色彩色業者協会だって？」

ハーデイカーはにんまりし、嬉しそうにうなずいた。ペッグの輝くスチール桶にもたれて立っているサグデンは貫禄がある、と彼は思った。だが、吠え声が大きいだけで、噛みついてくるやつではない。

サグデンは意地悪くにやりとした。

「会場のお客さんに〝トパーズ〟について話すのかな？」ゆっくり訊いた。「教えてあげるといい。見本ならラッデン警察署にあると、わたしが言っていたとな」

ハーデイカーはさっと向きを変えて逃げ出した。つまずいてよろけ、ドアの柱に頭をぶつけた。そこは普通より幅の広い戸口だったのだが。

第十三章

「ああああぁ！　いいにおいだ！」

トードフ刑事はぎょっとして、警察署の休憩室の粗末な松材のテーブルから顔を上げた。戸口（ほとんどいっぱい）に、デブのサグデンが立っていた。刑事がぎょっとしたのは、警部がそこにいたからではない。警部がここに来る理由ならいくらでもある。階級、勤続年数、年功序列、慣例権利、自然法をかんがみれば、トードフよりよほど理由がある。ぎょっとしたのは、警部がドア枠にもたれ、ビストー・キッズ（グレイヴィー粉〈ビストー〉の広告画の子供たち）の男の子よろしく、うっとりして（おぞましいパロディだが）、こんな台詞を吐いたからだった。上に向けた顔には恍惚の表情、帽子はあみだになり、鼻の穴をひくつかせてにおいを嗅ぎ、にまにました様子は見るに堪えなかった。

「おひとつどうぞ！」トードフは親切心を出して言った。もうちょっとましなことをやらせれば、あんな演技をやめるだろうと期待したのだ。思うつぼだった。

警部はにっこりと珍しい笑顔を見せ、磨き込んだ茶色いリノリウムの床を足早に横切って入ってきた。「すまんな、トードフ」ちゃんと礼を言ってから、六カ月前の《ヨークシャー・イヴニング・ニュース》にくるまれたフィッシュ・アンド・チップスの包みに手を突っ込んだ。つかみあげ機のような指は魚の大きな一片とポテト七本（長いやつ）を取り出した。

「クレイヴン！」サグデンは呼んだ――大声で呼びつけるのが癖になってきている。今回、その声は半分咀嚼されたフィッシュ・アンド・チップスのせいでくぐもっていたが、クレイヴンにはちゃんと聞こえた。召喚（と嗅覚）に応えてドアから入ってくるなり、鼻をひくつかせて「あああぁ！」と言ったところは、さっきの警部よりさらにみっともない。そんなことはなかなかできるものではないが、やってのけたのだ。

トードフは呻き、あきらめ顔になった。なにも言わずに新聞紙をテーブルの反対側へ押しやり、上官二人が青い稲穂を襲うイナゴのごとく、自分の夕食に飛びかかるのを見ていた。まるで八時間もなにも食べていなかったみたいだ。実際、そのとおりなのだが。

新聞紙が戻ってくると、トードフはこれみよがしに数え上げた――揚げかすが四個、たまたま油を二度くぐって硬くなった小さいポテト一本。サグデンもクレイヴンも後悔の念はまったく見せず、それぞれ歯のあいだに残ったものはないかと、舌をあちこちへ動かしていた。

サグデンはかつて左の犬歯があったあたりをせっせといじっていたが、ふいにひっと叫んで、いつもの渋い顔になった。トードフは一瞬、奥歯で頬の内側を噛んだのだろうと思って嬉しくなったが、そんな考えはすぐに消えた。サグデンのぼてっとした右手の太い人差指が新聞紙をさしているのを見て取ったからだった。

酢の染みがつき、揚げ油で透明になっていたが、文字はまだよく読める。仕事にあぶれた法廷弁護士だかなんだかが書いた記事がそこには載っていた。『未解決の犯罪シリーズ：第一回　ラッデンの薔薇、バーバラ・ファース』

みんな嘆息して、仕事に戻った。

「英語をしゃべるやつが少しはいるだろう！」

「みんなしゃべりますよ、警部。でも、うまくはない。ことに興奮したり、気が転倒しているときは」トードフは、〝信じ難いが本当だぞ〟という顔を作った。「みんな確かに気が転倒しています」

「彼女は好かれていたのか？」

「半々くらいですね。好きだった子もいれば、嫌いだった子もいる。嫌いだった子を中心に話を聞きました」

「いい考えだ」こうつぶやいたのは、サグデンではなく、クレイヴンだった。

「なぜ嫌いだった？　嫉妬か？」警部の心理分析は単純明快だった。

「おもに、そうです。でも、彼女が人より美人だったからじゃない。男をつかまえるのがうまかったからです。どうやら、ミセス・ハーストや社長が気がついている以上に、彼女は外泊することがずいぶんあったらしい」

「相手は誰だったんだろうな」サグデンは警察署のオフィスの壁にじっと目をやったが、なにも見てはいなかった。

「ほかの子たちに教えていなかった。きっと、それで腹を立てた子もいたでしょう」

「親しい相手にも教えなかったのか？」

「ええ。そうみたいです。アンジェラなんとかっていう子がいるんです。ジーナと同室だった。とても仲良くしていたので、ちょっとショックを受けています」控えめな表現をしてしまったと自覚した。

「半狂乱、ですね」と修飾を加えた。「彼女の話では、ジーナは続けて何日も外泊することがあった。

あらかじめなにも知らせないでね。そういうときは、アンジェラがごまかしてやった。ミセス・ハーストに、ジーナは朝食を食べたくないとか、夕食に来たがらないとか言って、部屋にこもっているようなふりをしたが、実は三日も四日も寮にはいなかった！」

「よせよ」サグデンは即座に言った。「寮ならそれですんだかもしれんが、工場では無理だろう」

「でも、そうだったんですよ」

「信じられんな。そのあいだ、誰が彼女の織機を動かしていたんだ？」

トードフはやや勝ち誇った顔になった。「誰も。彼女は織り場で働いていなかったんです。ほかの子たちはみんな働いていたし、今もそうですが、ジーナは違った。彼女は臨時工員のような形で、おもに染色事務室で働いていた。だからこんなことができたんです。出てこない日は、かわりに出勤と退出のタイムレコーダーを押してくれる友達がいたらしい。染色場にいる人です」

「ハーデイカー」サグデンはその名前に合わせてテーブルをドンドンと叩いた。「ああ、五分五分で賭けてもいい」

「確信はありませんが、たぶんそうだと思います。そいつの名前はなんだと訊いたら、アンジェラは急に頭痛を起こして、悲鳴を上げた。それで答えられなくなったんです」

クレイヴン部長刑事が口を挟み、話題を変えた。「そのアンジェラって子だが、ジーナと同室だったんだろう。ジーナの箱をいじくったとは思わないか？」

トードフはうぬぼれた表情になった。「いいえ。わたしもそう思ったんで、訊いてみました。絶対に触っていないと言い切りました。聖書にかけてそう誓えとジーナに言われたそうです」

「聖書！　そうだ！」サグデンがふいに大声を張り上げた。「あの箱に聖書は入っていなかった。カソリック教徒なら誰だって聖書を持っているだろうに」

トードフは感心した様子を見せた。「いいご指摘です、警部」そう言ってから、ごますりめ、と自省して、右足で左足首を蹴った。

参加者全員が警部の考えに思いをめぐらせるよう、しばらく待ってから、刑事はまたアンジェラの件に戻った。「もう一つあります。ジーナは外泊するとき、たいていはアンジェラにそう告げてから出ていった。しかし、黙って出ていったあとで、誰かに頼んで寮に電話してもらい、暗号の伝言だかなんだかを残すこともあったそうです」トードフは恥ずかしそうに見えた。暗号メッセージなんて、小説の中にしか出てこない。「いつも男の声だった。ジーナ本人ではないから、ほかの女の子、特に彼女を嫌っている子が電話に出ても、あるいはミセス・ハーストが出ても、その男は伝言を残すことができた」この最後の部分の効果を上げるため、刑事は間を置いた。

「アンジェラはそういう電話の伝言をこのまえの月曜の夜に受けた。ジーナはそれ以後、姿を見られることはなかった」

「月曜だって！」サグデンはすぐさまその点に飛びついた。「しかし、今日は金曜だ！」

「月曜だった。それにもう一つ。電話はリーズからかかってきた」

サグデンは口をぽかんとあけた。「守備範囲が広かったな。リーズなんかで何をしていたんだろう？」

トードフはにやりとした。「わたしもアンジェラにそれを訊きました。〝彼女はリーズで何をしていたんだ？〟とね。そうしたらアンジェラは真っ赤になって、また悲鳴を上げ始めた」

「まあ、しょうがない」サグデンは室内で唯一の安楽椅子に腰を落ち着けた。二重顎の下段が山腹を下る溶岩のように上着の襟の上に広がった。「驚くほどのことじゃない。たとえリーズでもな」憤慨したように言った。

クレイヴンとトードフは、これはサグデンの今月一番のジョークだと認め、威勢よく笑った。

「何がおかしくてそんなに笑っているんだ？」

ブリッグズ警視の声がオフィスのドアから入ってきた。本人が移動するよりずっと速く、約六フィート前に届くところは、まるで銃声だ。「殺人事件だぞ。わかっていないのか？　え、どうなんだ？」その顔も、ドーム状の禿げ頭全体も、激怒に紅潮していた。質問を終えると、嫌悪感の証拠を見せつけるために、口をあけたままにしていた。

クレイヴンとトードフは笑うのをやめ、我勝ちに立ち上がった。

「そうこなくちゃな」サグデンは安楽椅子から卑劣にもそんなことを言った。「こいつらはおかしなユーモア感覚の持ち主でしてね、警視」殊勝ぶっている。「ああ！」太鼓腹が許す限りですばやく、椅子の上で背筋を伸ばした。「例の箱だ！」

部屋に足を踏み入れたブリッグズ警視はジーナの長方形の箱を厚い胸板にそっとつけて抱えていた。見世物の猿を失った手回し風琴弾きみたいに見える。「ラボから返ってきたばかりだ。なかなか仕事が早い！」そこにこめられたほのめかしは、森の空き地に降りる薄霧のように部屋の中に広がっていった。ラボの連中はぶらぶらして殺人をネタに笑ったりしない、それは明らかだった。それに、酢と揚げ魚のにおいをぷんぷんさせてもいない。警視の鼻がひくついた。大きな肉厚の鼻は、五本目の手か足のように突き出して、ゆっくりひくひく動いていた。

サグデンはその鼻もほのめかしも無視した。「中に指紋は？」

警視は悲しげに首を振った。

「指紋は何十とあるが」口を半分すぼめているので、言葉がはっきりしない。「ほぼすべてが死んだ娘のものだ。それに不鮮明なものならたくさんあった。どれも古いか、娘が最近つけた指紋の下になっている。ハウ部長刑事からきみ宛てに手紙が来ているよ、サグデン。電話でわたしに伝えたことの確認だ」

サグデンは箱から州役所支給の茶封筒を取り、開封して、ハウの報告に目を通した。

「畜生」荒っぽく言った。「野郎め」

「なんだ？　誰だ？　ハウか？」警視は驚いて言った。

「違います。殺人犯です。ミスター・X。頭の回る野郎だ」サグデンはまた椅子に埋もれた。「これがどういう意味かわかりますか？」唇をすぼめ、ぷっぷっと音を立てた。責任者らしい貫禄がある。ブリッグズ警視は賢く、その質問には答えなかった。サグデンの顔から目を逸らし、ここぞとばかりクレイヴンをじっと見ると、両方の眉毛を禿げ頭のほうへ上げた。「どう思うね、クレイヴン？」

この数分間、一言も口にしていなかったクレイヴンはため息をつき、小さい目玉をぎらつかせたが、よくできた部長刑事らしく、与えられたきっかけに従った。

「明らかですね。役に立つ指紋は一つもない、ということだ」考え深い賢人を装うつもりだったが、いつものように失敗した。彼の頭にはそれだけの荷物を詰め込める大きさがないのだ。

「それだけじゃない！」サグデンは勝ち誇って叫んだ。「こっちに手がかりは一つもないってことだ！　一つもない」

「手がかり！」トードフはそう言ったとたん、これじゃ漫才のボケ役だと気づき、退却をごまかすために軽く咳をした。

警視は唸り、「ばかを言うな、サグデン」とつぶやいた。「こんなにたくさん手がかりがあったためしはない」かすれ声が甲高くなった。「手がかりなら、箱いっぱいある！」

サグデンは物思いにふけるように手の爪を眺め、嚙むべき部分が見つかったので、そこを嚙んだ。さっさと話を進めろとほかの三人が思っていることはわかったので、偉大な知恵者のごとく、悠然とうなずいた。

「おとりだ。ぜんぶ偽物！　こいつに関して」——と手を大きく振り——「確かなことは一つだけ。ぜんぶ偽物だ。殺人犯がわれわれを騙すために、そこにあとで入れたか、わざと入れたままにしておいた。犯人が自分を指し示すような手がかりを残していくなんて、本気で思えますか？」

警視が長くゆっくりと口笛を吹き始めたときには、クレイヴンはもう熱心に同意を示してうなずいていて、トードフは機を失したように感じた。

サグデンは自分の推理にだんだん乗ってきた。「もし指紋が拭き取られていたのが箱の外側だけだったなら——実際、ウォルター・ハーストとトードフが二人でべたべたといまいましい指紋だらけにするまでは、きれいさっぱり拭かれていた——殺人犯はわれわれがすぐには追いかけてこないように気をつけただけだ、と仮定できたろう。急いでさっと一拭きする時間しかなかった、とも考えられただろう」サグデンは言葉を切り、太った腹を覆うベストの上で太い指を突き合わせ、太い橋を作った。「しかし、箱の中のものにぼやけた指紋しかついていない、いやそれどころか、古い指紋の上に死んだ娘の指紋がかぶさっているとすると、もうどうしようもない！　これはつまり、犯人は娘が死んだあとで、あたりを見回す時間があったってことだ。それだけの時間があったんなら、罪の証拠になりそうなものを取り出す暇もあった」

ブリッグズ警視だけが口を開いたが、なにも言わないまま閉じ、そのあと一、二分、気まずい沈黙があった。その沈黙を乱暴に破ったのは、ドンドンとドアを叩く音だった。

「誰かいますか?」ドアがあいて、ジョゼフ・ブランスキルがゆっくりと、だが決然と、入ってきた。まだあの厚手のコートを着ていたが、下になにか抱えているので、前が膨らんでいた。タワシのような髪を覆って、場違いに派手なチェックの鳥打帽を耳まで届くほど目深にかぶっているので、いつもと違って悪漢めいて見えた。その帽子を取ろうともせず、まっすぐ部屋に入ってくると、立ったままジーナ・マッツォーニの箱を見下ろした。それから、サグデン警部のほうに顔を向けた。

「まだこいつに取り組んでいるんだな、サグデン。これをお見せしようと思ってね。遅かれ早かれ、そちらで見つけるだろうから、さっさと白状してしまおうと思った」そう言って、一瞬にやりとした。

それから、コートの前をさっと開き、抱えていた装飾のある箱をあらわにすると、テーブルのジーナの箱の隣に並べてそっと置いた。

「同じです!」二つの箱は明らかにセットだった。

「違いは一つだけ」ブランスキルは第二の箱の蓋を軽く叩いた。「あっちはストリッド（ヨークシャーを流れるウォーフ川の一部で、急流の景勝地）ですが、こっちはシップリー・グレン（西ヨークシャー州ソルテア付近の森林地）のなかなかいい絵です……グレン・ケーブルカー（一八九五年開設）ができる前のね」

第十四章

「あの若い女性が持っていったと、いつ気がつかれたんですか？」

「家に帰ってから、ハウスキーパーに訊いたんです。自分が渡したんではないと、彼女は言っています」ブランスキルはなにか気になる様子だった。「しかしね、警視、あの子が盗んだという証拠はなにもありません。誰かが彼女に与えたのかもしれない」

「誰がです？　彼女に与えるような人物がいますか？」

　ブランスキルは肩をすくめただけだった。数秒間、誰もなにも言わなかった。

「彼女が盗んだのなら、かなり危険を冒していたわけでしょう？」ブリッグズ警視は食い下がった。

「そうなりますね」ブランスキルは油断なくブリッグズのほうを見た。「しかし、彼女の寝室にあるものをわたしが見る可能性はまずないし……」

「もし部屋でそれを見たとすると……」ブランスキルがむっとした顔を見せたので、サグデンは片手を上げた。「いや、見たはずだと言っているわけじゃありませんよ。だが、もし見ていれば、それとわかりましたか？」

「もちろんですよ、警部、即座にね。今日の午後、寮で見たときもすぐわかった」

「脅し」トードフがおずおずと言った。

ジョゼフ・ブランスキルはぱっと向きを変え、相手をねめつけた。「どういう意味です？」

「彼女はあなたを脅していたとおっしゃったでしょう」

ブランスキルは唸った。「ええ。それがなにか？」

「あなたから箱をもらったと言うつもりだったのかもしれない。だって、ずいぶん価値ある贈り物でしょう」

「で、なぜわたしがそんなことをすると？」

「したと言っているんじゃありません」トードフは戸惑いを見せ、サグデンのほうを向いた。「ただ、彼女はこういう品をあちこちから取ってきたのかもしれない、と思っただけです。いざというとき、相手に自分との関係の証拠を突きつけて、ゆする《スクイーズ》ためにね」

ブランスキルはぎょっとした。「ゆすり、だって！　ひどいことを。彼女は殺害されたんだ、お忘れじゃないだろう？」

トードフは気まずくなり、赤面した。「彼女を殺す動機を考えてみただけですよ、ミスター・ブランスキル」

「なるほど」ブランスキルはドアまで歩き、ブリッグズ警視に向かって言った。「この箱はお預けしていきます。しかし、事件が解決したら、これとあっちのと両方、お返しください」間を置いた。「もし解決することがあればね」このほのめかしには、誰も応えようとしなかった。

ブランスキルはトードフをじろりと睨みつけた。「出ていく前にはっきりさせておくがね、ジーナ・マッツォーニは、きみの言い方を借りれば、わたしを〝ゆすった《スクイーズ》〟ことなんかないよ。じゃ、失敬」

ドアが閉まった。あまり静かな閉め方ではなかった。ブランスキルのカッカッという足音が玄関へ続く廊下に響き、次第に薄れていった。非常に憤慨しているように聞こえた。

トードフはサグデンが怒りを爆発させるだろうと覚悟して待ったが、警部は明るくにんまり笑ったので仰天した。こんな顔を見せられては、まごつく。トードフは唾を呑み、この機を逃さじと発言した。

「考えていたんですが、警部」

サグデンの顔から猛スピードで微笑が消えていったが、トードフは断固として続けた。「もしわたしが殺人犯だとして、わたしの犯行だと示す手がかりになるようなものが箱の中に入っているとわかったら、それをそこに残しておくと思うんです……」

「まさか、ってなことをやるわけか」クレイヴンが言った。「先を続けろ」

トードフはうなずいた。「はい。指紋はもちろん、かすれた状態になるよう気をつけるでしょうが、手がかりは残しておく……」

驚いたことに、サグデンは微笑して同意を示した。「オーケー、トードフ。だが、遅すぎたな。ブランスキルがやつの箱をテーブルに置いたとき、わたしも同じことを思いついた」

警部は椅子からよっこらしょと立ち上がり、テーブルに近づいた。「いい品だ」とつぶやきながら、ブランスキルが持ってきた箱をあけた。「なにも入っていない」鼻が一、二度ひくついた。「だが、へんなにおいがする。いやなにおいだ」顔を箱の奥へ突っ込み、腹をすかせたイボイノシシよろしく、くんくん嗅ぎ始めた。「不思議だ」箱の中へ向かって言った。「チーズと葉巻箱のにおいがする」

箱から顔を離し、部屋の真ん中にじっと立った。考えに集中し、唇が小さく動き、目が細くなった。

チーズの予選通過リストをさらっているような様子だった。

それからゆっくりと、厳密に階級順に、ブリッグズ、クレイヴン、トードフがブランスキルの箱に行き、色あせたヴェルヴェットの内張りの中に顔を突っ込むと、物珍しそうに鼻をくんくんさせた。

「ウェンズリーデール・チーズ。かびくさい」警視は目を遠くにやり、両手の親指を動かして、記憶を当たっているという大げさな演技をした。

「かびてる」箱の奥からクレイヴンの声が小さく聞こえた。

「古い葉巻箱」サグデンはしかめ面になった。

「『ハームズワース百科事典』」トードフは思い出をたどってつぶやいた。それから、六個の目が自分に注がれているのを感じて言い加えた。「祖母のところにあるんです。こういうにおいがする。湿っぽくて、かびくさくて」

警視は熱心にうなずいた。「そのとおりだ。わたしも言ったように、かびくさい」トードフの感性にちょっと驚いたような表情だった。

サグデンの目が意地悪くきらめいた。「読書家だな！」非難の言葉だ。トードフは反抗的な表情と恥ずかしそうな表情とを同時に見せた。

「はい、警部」正直に言った。

「じゃ、仕事がある」

サグデンはジーナの箱から黄色い表紙の小説本を取り出し、トードフに投げた。「誰が彼女にその本をやったか、調べ出せ。理由もな」

クレイヴンのほうを向いた。「きみはカフリンクだ。すぐにかかれ。外国のボタンはハリスに調べさせよう。わたしはミスター・トパーズ・ハーデイカーに会ってくる!」その目にはいやな光が宿っていた。それからふいに、その光がはじけて、意地悪い笑みになった。

「警視、ブランスキルは意味を取り違えたのかもしれませんよ。娘が彼を〝ゆすった《スクイーズ》〟ことはないと言ったが、彼のほうが娘を〝さわった《スクイーズ》〟ことはなかったのかな」そう言うと、いやらしい声で大笑いした。

第十五章

　公共図書館貸し出しカウンターにいる骨張った女性がゆっくり顔を上げたのは、トードフが二度目に、前より大きな音だが、まだかなり礼儀正しく咳払いしたときだった。

「工芸、十二」

　女はその情報を、長いカウンターの向こう端にいるひどくやせて青白い顔の若者に、肩越しに投げた。甲高い声だった。

「工芸、十二」　青年は正確を期して繰り返した。こちらも甲高い声だ。細かく線の入ったフールスキャップ判の紙に、しゃれた手書き文字でその情報を書き付けると、ちらと微笑した。先週の金曜日には、工芸は借り出し延長三点とおそらく遺失一点を含め、わずか七点だった。商売は上り調子だ。

　女性の右手は貸し出しチケットの次の束をぱらぱらめくっていた。手はそのままで、女性はトードフに向かって言った。

「はい」その声に温かみはなかった。

「館長にお目にかかりたいのですが」トードフは言った。

「美術、二十」言葉を切り、書記がそれを繰り返してから書き付けるのを待った。男はのろのろとそうした。「申し訳ありませんが、館長はおりません」女は続けた。忙しく八〇〇類を調べている右手に視線が戻った。「ここにはおりません」と繰り返し、今度ばかりは自分で自分のこだまを演じていた。

トードフは図書館を眺め回した。がらんとして、カウンター越しの二人のほかには、新刊書を並べたガラスケースの前の椅子の上で死んだように見える、薄汚い老人が一人いるだけだった。あいつは館長にしてはあまりにも汚らしい。

「いらっしゃらないのは、見ればわかります」トードフはやや苛立って言った。

「文学、二十九。うち、イタリア九、ポーランド二。帰宅しました」カウンターの向こう端のこだま青年から声が返ってくるのを待ち、それから言い足した。「具合が悪くなって」

老いた死人がもぞもぞと動き、狩猟犬がきゃんきゃんと吠えるような声をスタッカートで何度か続けて上げた。もう救いようがないものと思っていたトードフはこれを聞いて安心したが、青年は怒って、大きな声でシッと言い、公式の後ろ盾として、館内静粛と白地に黒い太字で書いてある張り紙を指さした。老人は反抗的にまた声を上げたが、一発だけだった。その声は低くなって消えた。

「地理・紀行、二十七。殺人のことで動転したんだと思います。工場で事件があったでしょう」

「うそ！《ゴー・オン》」これは感嘆詞だ。青年は興奮してほとんど裏声になっていた。「二十七だって！」

「ええ」トードフは言った。「続けて！《ゴー・オン》　どうしてそれで動転したんです？」

「考古学、六」それから、厳しい声になり、「殺人と聞いたら、誰だって動転するでしょう。館長は《テレグラフ》の最終版で記事を見たんです」

「考古学はたったの六！」青年は驚きのあまり、自分の言葉を発した。あきれ顔だった。「残念ながらね」女性は劇的な間を置き、そのあいだも指は電球に群がる蛾のようにぱたぱたと動いていた。

「でも、伝記は三十四！」

彼女は誇らしげな声音で言い、青年はうっとりした裏声で、こだまとなって繰り返した。老人は不安げにもぞもぞした。

トードフはもうたくさんだった。右腕をカウンターに置き、左手をそのすぐ横にばしっと振り下ろすなり、「伝記なんか、どうだっていい」と怒鳴った。

即座に、完全な沈黙があたりを支配した。

女性は真っ赤に、青白い青年はさらに青白くなり、老人は立ち上がって、抜き足差し足で非常階段のほうへ急いだが、ドアに鍵がかかっていた。

トードフは謝らなかった。「なんで館長は」一語一語間をあけて、大声で言った。「殺人の記事を読むと、帰宅しなければならないほど動転したんです？」

ひどい間違いをしでかしてしまったとトードフが気づいたのはそのときだった。ここに至って初めて、二人の職員は彼の存在を認め、その質問の意味を理解したようだった。おかしなことに、二人はみるみる色を変え、女性の顔からは血の気が引いていき、青年の顔は赤黒くなった。憤慨か？　トードフにはなんとも言えなかった。ここでやってはいけないことを別個に二つ、やってしまったのだ――大声で怒鳴り、貸し出し統計を蔑視した。彼は身分証明を取り出し、二人に見えるように掲げてから、質問に対する答えを待った。長く待たされたが、最後には答えが出た。「二人は友達だったんです。館長は彼女をよく知っていました」

女性職員はそれ以上言おうとしなかった。声はささやくような小声で、指は首に掛けた二連の木製ビーズのネックレスを不安げにねじっている。彼女の細い顔と骨張った体が――あんなビーズをつけていてさえ——ふいに驚くほど貫禄をつけたのをトードフは見て取った。

「どうしても館長に会わなければならない」トードフは言った。「どこに住んでいるんです？」

女性は静かに、ためらいなく、住所を教えた。遠くはない。トードフは向きを変え、出ていこうとした。

カウンターを離れてから、ここに来た本来の理由を思い出し、コートのポケットから黄色い表紙の本を取り出した。

「館長に、これのことを伺うつもりだった。こちらで助けていただけるんじゃないかな。殺された娘に、誰かがこの本を贈ったんです。署名入りで」

本をカウンターに置き、イタリア語の書き込みがあるとびらを開いた。「贈り主は著者リチャード・ハリーと考えていいでしょう。他人が書いた本に署名を入れる人はまずいませんからね。それで、このリチャード・ハリーと連絡を取りたい……」

トードフは言葉を切り、また二人同時に奇妙な顔色の変化が起きるのを驚きながら見つめた。女性はじわじわとピンクに変わり、青年の顔からは色が失せていった。ひょっとするとこの二人のあいだには、へその緒のような神秘的な連結があって、目に見えないところで輸血が行ったり来たりしているのかな、とトードフは考えた。

二人の色味が通常のピンクと白に戻ると、若い女性がかすかに微笑しているのをトードフは目にとめた。人類の全知識を包含する、偉大な優越感に満ちた微笑だった。指は木製ビーズを離れ、リチャード・ハリーの本をつかむと、トードフが書き込みのあるとびらの文字を読めるように、逆向きにした。それから、そのページをめくった。裏側のいちばん下には、印刷者名が入っている。

印刷製本　ガーデン・シティ・プレス・リミテッド
英国ハートフォードシャー州レッチワース

そのほかは白紙で、ただ上端に短く一行あるだけだ。

©　リチャード・ハリー・デンビー、一九六四年

トードフが顔を上げ、女性の目をとらえると、彼女はゆっくりうなずいていた。

「著者の住所なら、もうお持ちです。ミスター・デンビーはこちらの館長です」


「電話すればいいだろうな」

ブリッグズ警視が大きなぼってりした手を電話機にのせると、茶帽子《ティー・コージー》をかぶせたティーポットのように、電話機は見えなくなった。それから、考え直した。いつも確信を持ちたいのだ。そのせいでのろのろしているように見える（実際のろい）としても。手を引き、左右一緒に目の前のデスクに置いた。大きなタラコが二本、どたりと並んでいるみたいだ。

「どうしてそいつはアメリカ製だと思うんだ？」

ハリス部長刑事は落ち着き払っていた。「ちょっと時間を節約しようと思いまして、あけてみました」

「あけたって、何を?」ブリッグズの目玉が眼窩から半インチ飛び出した。ショックのあまり、ゼリーのように震えている。

「ライターをです、警視。ばらばらにしました」

ブリッグズは天井に掛かったすすけたクモの巣に向かい、愕然として、「ばらばらにしただと」と吠えた。

ハリスは反響がおさまるのを待ち、それから平然としてベストのポケットをあさった。なにもない。細長い顔を無表情に保ったまま、あちこちのポケットを外からぱたぱたと叩き、上から下まで念入りに確かめた。

「ああ!」一瞬、ほっとした様子に見えたが、すぐまた誰かが濡れ布巾で拭いたかのように、その顔から表情が消えた。

警視はひどい状態だった。顎の先は緊張のあまりぷるぷる震えている。テーブルの上で両腕を伸ばし、てのひらを上にしてハリスの目の前に置き、苛立って指を曲げたり伸ばしたりし始めた。

「勝手にいじくったんだな」ぶつぶつ言っていた。「証拠だというのに!」腹を立てた警視の頭はてらてらしていた。見ていると、ハリスはズボンの右ポケットから小型の茶封筒を取り出し、満足して喉が痛くなるほど強く鼻を鳴らした。

ハリスは封筒の中身をブリッグズの片手の上にあけた。「ぜんぶあります。金属ボタン二個、ナット一個、バネつき火打ち棒、発火石《フリント》、ホイール、芯《ウィック》、綿が少し」彼は警視をじっと見た。ブリッグズはソーセージそっくりの太くて赤い指で部品をつついていた。「そのボタンの裏側を見てください、警視」あまり得意満面にならないよう、気をつけた。「アメリカ製だという証拠があります」唇の端の内側を噛んで、賢人ふうな顔を作った。

ブリッグズはボタンをゆっくり回し、頭を傾げて、裏側の糸通しの突起のまわりに刻印された名前を目を細めて読もうとした。〈ウォーターベリー・ボタン会社、コン（Conn.）〉と読めた。

「それはコネクティカットの略です」ハリスは言った。

「いや!! 違う!!」ブリッグズ警視は目を上げ（頭は上げなかったが）、ハリスをひどく冷たい目つきでひどく長く見据えた。やがて、少し明るくなって、「そう発音するんじゃない」と厳しく言った。

それから、面目を保ったので満足して、うなずいた。「よし、ハリス。アメリカ人のところに電話しよう。まず、誰からだ?」

「いちばん近いのは、荒地《ムア》の向こう、ブラバーハウスィズのそばです、警視」

「その次は?」警視は受話器を上げようとした。

「やはりいちばん近いのは、荒地の向こうですね。ブラバーハウスィズとウィットビーのあいだだと思います」

ブリッグズは頭をくっと後ろに振り、その口は小さいO《オー》の字になった。静かに口笛を吹いた。「そいつはファイリングデールズ早期警報施設じゃないか。あそことは関わりたくないな」

第十六章

「おれが駆け寄って、よくぞ見つけてくれました、おめでとうと言うのを期待してるんならな、警部」ろれつの回らない、唸るようなしゃべり方だった。男はバーの後ろ側についている鏡に映ったクレイヴン部長刑事の姿をじろりと睨んだ。「まあ、いつまでも期待してりゃいいさ」と言って、げっぷをした。

　バーテンダーは戦略的にこの客のすぐそばに陣取った。嵐の兆候なら見ればわかるから、トニック・ウォーターのボトルをすばやく取り上げ、げっぷ男の手の届かない場所に移動させた。まだ中身が半分入っていて、代金は払ってあったが、男は文句をつけず、取られたことに気づきもしなかった。グラスの中をぼうっと見つめながら、ややおぼつかない手つきでくるくる回している。氷がカチカチとリズミカルに小さな音を立てた。

「そんなことはぜんぜん期待していないよ、ミスター・ニクソン」クレイヴンは言った。「だから、わざわざ祝辞を述べようなんて思わなくていい」だんだんお国訛りが強くなってきた。テトリー（西ヨークシャー州にあるビール醸造会社）のビターを飲み出すと、いつもこうなる。「それに、わたしは警部じゃない。部長刑事だ」警部に昇進するのは時間の問題だという調子だった。「ラッデン警察署まで同行していただけますか。サグデン警部に会うためにね」わずかに微笑して、付け加えた。「警部は驚くだろうな、あンが鏡の後ろから、ちょっと首を出したみたいに見えたもんだ。あんたがこうもすばやく見つかって」

バーの後ろの鏡に映った自分の姿がふと目にとまった。なんだか阿呆のように首を振っていて、鏡の表面にヴィクトリア朝のつや消し文字で華やかに書かれた宣伝文句の上になったり下になったり、ひょこひょこ動く顔が見える。〈ふるさとの酒場　うまい酒　テトリーのエール〉とあった。

ニクソンはグラスからしょぼついた目を上げた。「ジャガーだろ。そうさ。あちこちうろつき回って、外にジャガーが駐車してあるパブを見つけたら、片っ端から入ってみた」

最初に〝ヴェテラン・ジャガー〟のカフリンクを目の前にぱしっと置いてやったとき、ポール・ニクソンがびくっと飛び上がった様子をクレイヴンは思い出した。「あんたのかな？」とクレイヴンは訊いたのだった。そうだと充分承知のうえで。ニクソンはスツールから威勢よく転がり落ち、カウンターのつやつやした真鍮の縁で危うく顎の骨を折るところだった。顎の先にまだその跡が残っている。だから、パブの正面に停めた黒い大きなSタイプ・ジャガーのせいで居場所を突き止められたのだと彼が思い込んでいるのは理解できた。

「いや、違うね」クレイヴンは言った。「そんな方法じゃ、あんたを見つけるのに三年もかかったろう。ラッデンにジャガーはたんとあるんでね。実際には」――誇らしげな顔でパブの時計に目をやり、計算してみた――「二時間かからなかった」間を置いた。「ワトソン&ポルテス。宝石店だ。そのカフリンクをあんたの注文で作ったらしいな」彼はにんまりした。

ニクソンはまたスツールから落ちそうになった。のっそりと体を回し、顔をクレイヴンの顔のまん前に突き出した。バーテンダーはレジの脇にあるSOSボタンに中指を当て、いつでも押せる態勢になった。頭の中でカウントダウンを始めたようだった。

「ワトソンのじじいが教えたのか」ニクソンははあはあと息を吐きながら、ようやく言った。口が蝶番の緩んだドアみたいに妙な動き方をした。「ワトソンだな」

ジンと煙草の混じった息の悪臭に吐き気を催しそうだったが、クレイヴンはひるまず、鼻で呼吸しないようにして、なんとか「そうだ」と答えた。「ミスター・ワトソンとは知り合いなんだろう」

これは〈裁判官の判断基準《ジャッジズ・ルールズ》〉（警察官の作成する調書を証拠として採用しうる基準を定めたもの）で厳しく禁止されている挑発的陳述に当たるのではないかという疑念が頭をかすめた。ニクソンの反応を見ると、疑念は確信に見事変身した。

「あのクソ老いぼれ豚野郎め！」クレイヴンに向かって唾を飛ばして叫んだ。「知り合いだ？」サルーン・バーの控えめな黄色い照明の下で、ニクソンの顔はぼてぼてして赤味がかって、缶詰肉を緩くこねて作ったように見えた。目は怒りに血走り、濃い眉毛の上には脂汗の玉が浮いている。「知り合いだ？」しゃがれ声でわめいた。「あいつは女房の父親だよ！」

クレイヴンはうなずき、口は慎重につぐんでいた。何を言っても挑発と受け取られ、ニクソンはかっとなって暴力に出るかもしれないし、大柄で頑丈な男だから、そうなったらこちらは大怪我をしそうだ。だが、それだけではない。どんなに小声でささやいたところで、彼の言葉は周囲の客たちに聞かれてしまうと、クレイヴンにはよくわかっていた。サルーン・バーに訪れた冷たい、完全な沈黙の中、二十四、五人が興味津々で聞き耳を立てているのだった。隣室からは玉突き《スヌーカー》のボールがカツンと当たる楽しげな音、プレーヤーたちがうまくいったぞと上げる声が漏れ聞こえてくる。外ではスポーツカーが強力なエンジン音を立てながら、スキプトン・ロード沿いの玉石舗装の駐車場にバックで入ろうとし、からかうように笑う若い娘の声も聞こえた。

ところが、恐ろしいことに、ニクソンはおいおい泣き出した。突き出した両腕のあいだに頭を落とし、カウンターにべったりもたれて、ジンのグラスをカウンターの向こうの石敷きの床に放り投げた。グラスは破裂した電球のように粉々になり、バーテンダーのしゃれたソックスは薄まったジンでびしょ濡れになった。

クレイヴンは用心しながら身を乗り出した。もしニクソンがふいに手を上げたら——可能性は充分ある——顎を強打されるだろう。だが、ニクソンが涙ながらに言っている言葉を聞かなければならなかった。恥も外聞もなく泣いていて、涙はスポーツジャケットの緑色の布に濡れた染みを作り始めていた。

「……おれが殺したと思ってるんだ……」言葉は不明瞭で、クレイヴンは必死になって耳を澄ませた。

「あのじじい。なんだってやるつもり……」

クレイヴンは思わず言葉を発した。

「なぜ?」小声で訊いた。

「おれが彼女を殺したと思ってるからだ」

「だれ?」クレイヴンは危うく叫びそうになった。「誰を殺したって?」

ポール・ニクソンは顔を上げて睨みつけた。

「女房だよ。マージョリー」言葉を切り、背筋を伸ばした。「おたくの警部に会ったほうがいいな」

ほかの客たちが好奇心を隠そうともせず聞き耳を立てているのをふいに意識したように周囲を見回し、

「行こうぜ」と言って、スツールから降りようとした。

クレイヴンはきっかけを失いそうだと思った。カウンターにもたれたままでいると、ありがたいことに沈黙は破られ、部屋の向こう端で始まった会話の声がテーブルからテーブルへと広がってきたが、そこにはわざとらしい明るさがあった。

「奥さんとどう関係があるんだ？」小声で訊いた。「ほんとに殺したのか？」

「ばかな。よしてくれよ！　ワトソンが言ってるんだ、おれがジーナと結婚できるようにマージョリーを殺したとな」

「で、奥さんの死因は？」

「交通事故」ニクソンはささやくような声で言い、体をぶるっと震わせ、首を振った。「おれたちの車が木に衝突して……」

「おれたち？」

「ああ。おれが運転していた。一年近く前だ」

クレイヴンはさらに声を低くした。

「ほんとにジーナと結婚したかったのか？」

ニクソンは首を振った。「いいや。だが、ワトソンはあきらめずに、おれがそのつもりだったと今でも証明しようとしている」

クレイヴン部長刑事はスツールからゆっくり尻を滑らせて降りた。「なるほど。じゃ、署へ行くとしよう。サグデン警部はもう戻っているころだ」厚手のコートのボタンをかけた。「わたしが先に出よう、そうしてほしいならな」ニクソンの袖に手をかけた。「言っておくが、ここの裏口に警官を立たせている。だから、あんたはどっちから出ても迎えの人間がいるよ」ニクソンが緊張を緩めた様子になったのでほっとした。同じ出口でもいいが、別々に出ていこうとクレイヴンが提案したとき、ニクソンは感謝して、薄い笑みすら見せたのだった。

「あと、もう一つだけ」クレイヴンは静かに言った。「ジーナはあのカフリンクをミスター・ワトソンに見せると言ったことがあったのか？」片手を上げた。「答えなくてもいい、それが望みならね」

だが、ポール・ニクソンはもう答えていた。黙ったまま、両手をこぶしの角が白く光るまでぎゅっと握りしめたのだ。クレイヴンはひとり笑いを浮かべて、ドアから外に出た。


サグデン警部は呼び鈴の上の表札に目をやった。〈染色彩色業者協会〉と金箔文字で書いてある。スイング・ドアをぐいと押し、転がるように薄暗い玄関ホールに入ると、立ち止まって凍えた指先に息を吹きかけた。隙間風の通る寒々したホールで、その息はつむじ風のようにヒューヒュー鳴った。サグデンは驚いて、また息を吹きかけた。「誰かいないか！」とがなりたてるよりは品があった。

「会員かね？」ガラスの仕切りの後ろから老けた声がして、そのガラスに老けた顔が押しつけられた。

「いいや」サグデンは答え、声の主がさらになにか言うのを待った。

「だろうと思ったさ」顔はサグデンをねめつけた。「じゃ、入れねえよ」と言い加えて、嬉しそうに顔を輝かせた。「命令は命令だ」

長い、友好的な沈黙があった。

サグデンがそれを破った。「会合はそろそろ終わりか？」

顔が下を向き、時計を見た。

「ああ。あと十分だな。十時十五分前になったら出てくるよ。いっつもそうだ。それだとスピンクスの酒場に寄って、しこたま飲む時間が三十分くらいあるだろ」言葉を切り、ぶつぶつと口の中で計算していた。「だけど、今夜は早く終えるぜ。講演者が来なかったから」

サグデンは急いでガラスの仕切りに近づき、向こう側の老人をじっと見据えた。

「誰が来なかったって？」

「講演者。ハーデイカーって男だ」

「なんで？　理由を言ってきたか？」

男は立ち上がり、それにつれて声も高くなった。「おまえさんとなんの関係があるんだい？」怒った顔になってきたが、サグデンは身分証明を見せた。「ああ、そんなら話は別だ。なんで来れないかって連絡はなかった。すっぽかしたのさ」それから、突然ある考えがひらめいて、老人の灰色の顔がぱっと明るくなった。これだけの光が射すことはもうそうはあるまい。「そいつ、なんか悪いことをしでかしたのかね？」

だが、サグデンはすでにスイング・ドアを抜けようとしているところだった。車に戻ったら、まっしぐらにラッデンだ。


トードフ刑事はドアをドンドンドンとすばやく叩き、足を踏み鳴らした。足は冷え切り、彼は苛立っていた。公共図書館の職員二人とのやりとりで腹が立ち、今、右側のカーテンの細い隙間から中を覗くとテレビがついていて、また腹が立った。画面には、なんともわからないジャングルの植物を背景に、クローズアップになった俳優の顔の一部が見えている。あれは見る価値があると思って《レイディオ・タイムズ》の番組表にしるしをつけておいたドラマだとわかった。ますます不愉快になり、また足を踏み鳴らすと、大きな右手を上げ、こぶしを握って、ドアを叩き壊してやろうと思ったが、そうはいかなかった。予告なしにドアがぱっとあき、布製のスリッパを履いたやせた小男が立って、不審そうな目つきで訪問者をじろりと見た。トードフは石になってしまったかのように、段のいちばん上に立ち尽くした。握りしめた右手は帽子のバンドの高さに上がり、今にもドアを叩こうと、こぶしの角を前に出している。

　握ったこぶしを目にすると、小男の不審が消え、いかにも嬉しそうな表情に変わった。「同志！」男はドアを大きくあけ、にっこりほほえんでトードフを見つめた。トードフはぎごちない笑顔を作り、相手を見下ろした。「新顔だね」小男は言った。

　トードフは右手をまだ握って上げたままなのを思い出した。その手を見て、指をひくひく動かしてから、下ろした。レインコートのポケットにおさめると、リチャード・ハリー・デンビーの本に触れた。それでここに来た理由を思い出したので、口を開いてしゃべろうとしたが、やせた小男に先を越された。「ほら、突っ立ってないで」男は明るく言い、トードフのコートのボタンをつかんで中へ引き入れようとした。まるで喜びに脈動しているようだ。玄関ホールの照明を背にしているので、その印象が強調された。両耳が目立って出っ張っている。厚い縁のないタイプの耳で、ライトのついた方向指示器《トラフィケイター》（自動車の側面に腕木が張り出す、昔のもの）みたいに光っていた。

　トードフはまだしゃべっていなかったし（あとで考えてみると、口を開く機会を男がくれなかったのだと理解した）、自分が警察官だと明らかにわかるようなことは絶対になにもしていなかった。これは非常に重要な点だと、やはりあとで認識した。

　男はさあさあどうぞどうぞと——今度はボタンではなく、腕を取って——トードフを導き、テレビがついている部屋に入れた。ミスター・ジャック・ヘドリー（一九三〇〜。イギリスの俳優）の顔がまだ大きなクローズアップで映っていた。ネクタイなしでカーキのシャツを着た、荒削りだがいい男という役どころだった。台詞を聞き取るのは難しかった。音量が最低に下げられているのだ。こんなことをしたのは、暖炉の前にすわり、赤い毛糸で編み物をしている、がっちりした体格の女性だろうとトードフは推測した。首が長く、目は深く落ちくぼみ、青白い顔にひどく恨みがましい表情を浮かべている。三つ編みにした髪を、タールを塗った縄をまんじゅう形に巻いたような具合に頭に巻きつけてある。黒い紙巻煙草を吸っていた。

女はにこりともせず、ただ挨拶にこくりとうなずくと、筒状の煙草の灰が編み物の中に落ちて、かすかにじゅっと音を立てた。「オリーヴ」男は声をかけた。「こちらは同志の……」言葉を切り、トードフが名前を言うのを待った。トードフはそうした。

「トードフ」男は名前を聞いて繰り返した。「トードフ同志だ」夢見るような様子の男はその名前の響きが気に入ったかのようにうなずいた。

オリーヴはテレビのほうへ顎をしゃくり、渋い顔になった。ジャック・ヘドリーは茶箱で作った小屋の中で、原住民の若い女に優しく話しかけている。それから、二人は情熱的にキスを始めた。

「植民地主義」オリーヴは軽蔑して鼻を鳴らし、煙草がふらふら揺れた。

トードフは無知に思われまいとしてうなずいたが、心の中では自分がジャック・ヘドリーだったらいいのにと願っていた。

「あいかわらずさ」男は怒って言った。「消せよ」もう我慢ならないとばかりに甲高い声で言うと、小股ですたすたと部屋を横切り、テレビのノブを回した。ジャック・ヘドリーと南アメリカ人の女性はひとまとまりに明るい青い光の点になり、消えた。トードフはため息をついた。

すっかり静かになると、トードフはこれまでに自分が口にしたのは名前と挨拶めいた二言三言だけだと思い出した。そろそろ仕事にとりかかろう。小男のほうを向き、「ミスター・デンビー？」と疑問符をつけて言った。

即座に男と女は愉快がってけらけら笑い出し、それが同じ高さの音だったので、ひどく妙な気分にさせられた。そのうえ、まるで一つの蛇口を締めたかのように、二人そろってぴたりと笑うのをやめたのは、もっと妙だった。

二人は顔を見合わせ、それからトードフを見た。

「ほんとに新顔なんだな、同志」男は言った。「ぼくをデンビー同志だと思うとはね」薄い胸を張った。「ホースフィールド同志だ」意味を明確にするため、自分を指さした。

オリーヴ同志は微笑していた。「じゃ、会費集めに来たんじゃないのね！」ほっとした声音だった。夫を肘でつつきたいような様子だったが、彼はもう手の届くところにはいなかった。

「ええ」トードフは言った。「デンビー同志に会いに来たんですが」〝同志〟なんて言葉を使うのはばからしいと思ったが、そうすればこいつらは協力してくれそうだと察し始めていたのだ。なにかおもしろいことがわかりそうだと、急に感じた。

オリーヴは夫に言った。「トードフ同志を二階へお連れしなさいよ、レズリー。リチャードはもうじき帰ってくる。部屋で待ってもらえばいいわ」

ホースフィールド同志は急いで部屋を横切った。「わかった《オーク》、オリーヴ、わかった《オーク》」植物学者みたいに言って、トードフの腕を取った。「デンビー同志の部屋は二階だ。いつものように石切り場のあたりへ散歩に行ったんだと思う。じきに戻るよ。このごろあまり体調がよくないんだ」

「まるで死人みたいな顔色」オリーヴは人間味もあるところを見せて言った。

「そう急ぐなよ、トム。スピードを落とせ。たぶんここだ。あっちの右側にでっかい看板がある」ハリス部長刑事は切迫した声になっていたが、ふいにそれが恥ずかしくなったらしい。「すまない。きみだって見たよな」

運転手は唸った。見ていたのだ。

警察車が滑らかな砕石敷きの道路に入り、安全な時速二十五マイルにスピードを落とすと、ハリスは首を伸ばし、ヘッドライトの白い光の円錐に沿って目を凝らした。円錐の外の世界はヴェルヴェットのような深い黒に包まれている。車は静かにするすると看板の前まで行き、ハリスはわざわざ声に出して読み上げた。〈減速。この先危険地域。軍事用地〉。運転手はまた唸った。すでに読み取っていたからだ。

車が右へ緩くカーブすると、ヨークシャーの細道がもう細くなくなったのにハリスは気づいた。細道どころか、ちゃんとした道路だ。「あいつら、確かにいろいろ変えたな」運転手はぶつぶつ言っていた。身を乗り出し、ダッシュボードの計器を読んだ。

「悪くない」自己満足して言った。「三十一マイルを四十五分――ハロゲートで一度止まって、フューストンで曲がり角を間違えたのを含めてね」

ハリスは同意した。「まったく悪くない」間を置いた。「しかし、デートにはすごい距離だな」ここにいるJ・Kなる人物（何者であるにせよ）と、三十マイル離れたラッデンにいるイタリア人の娘のことを考えていたのだ。彼の長い顔は疑念と不吉な予感に満ちていた。

「さあ、どうでしょうね」運転手は楽観的だった。「アメリカ人にとっては遠くない。三十マイルなんて、ちょいと角を曲がった程度ですよ」鼻を鳴らした。「きっと専用の交通機関が用意されてるんだ。デート・スペシャル！」ふと考え、「キャディラックかな」と言った。

車はゆっくり進み、やがてヘッドライトが駐屯地の正面ゲートを照らし出した。白く塗られたゲートは閉まっていた。

ハリスは右へ顎をしゃくった。「ここで間違いなさそうだ」また看板を読み上げた。「〈英国空軍ソープスウェイツ駐屯地〉」と言ってから、声を低く下げて、小さいほうの文字を読んだ。「〈合衆国空軍　第二十九偵察航空団〉」

運転手はふいに思いついた。「探している男は仕事中かもしれませんよ。ちょいと偵察をやっている」しばらく間があった。「バルト海の上とか」少しむっとして加えた。

ハリスは運転手をさっと見た。「そういうことは口にするな。やつらはぴりぴりしている。アカと思われるかもしれないぞ。ああ！」ほっとしたような声を上げた。「あそこにいる。やっぱりわれわれを待っていたらしいな。ブリッギーが連絡しておくと言っていた」

いかにも頑健そうな若者が三人、ゲートを開錠してあけ、そのうちの一人が腕を振って通れと示した。白い手袋をはめているので、顔を洗ったアル・ジョルソン（一八八六～一九五〇。アメリカの歌手・俳優。黒塗りの顔に白手袋で黒人の歌を歌って人気があった）みたいに見えた。

「しかし、油断はしていませんよ」運転手はギアを入れながら言った。「左のあそこ」軽く頭を振って、別の男のほうをさした。石器時代人ふうの容貌だ。男はその瞬間を選んで、二人を強力なスポットライトで照らした。

「気にするな」ハリスは言った。「中に入ったら、大歓迎じゃないか。飲み物だって出してくれるかもしれないぞ」

「ええ」運転手は言った。「いまいましいコーヒーでしょう。冷たいミルクを入れたやつ」経験者らしい言い方だった。

二分後、ハリスは礼儀正しい（無口だが）、非常にがっしりした体格の合衆国空軍警察官に付き添われ、暖房の効きすぎた長いレンガ造りの建物の薄暗い廊下を進んでいった。早足で歩いていくと、両側には南京錠をかけた、どれも灰色のペンキ塗りのドアが並んでいて、自分はとんでもなく愚かなまねをしようとしているのではないかと思った。J・Kというのが基地付き司祭《チャプレン》だったらどうする！汗が出てきた。暖房のせいばかりではなかった。

いやな空想から気を逸らそうとして、付き添いの男に声をかけた。「駐屯するにはありがたくない場所ですな」同情をこめて言った。

「はい」空軍警察官は言った。

「退屈になるでしょう」

「はい」

「それでも」ハリスは無理をしていると自覚した。「休みの日に行くところはたっぷりある」〝ばか、なにやってるんだ！〟心中で言った。〝リーズ！　ブラッドフォード！　ラッデン！　その西にも見所はたっぷり！〟

空軍警察官はひゅっと首を回してハリスを見た。〝こいつ、おどけてるつもりか？〟だが実際にはなにも言わず、また顔を前に向けてから答えた。

「はい」

二人は黙って行進を続けた。基地の男は誰しも、非番の時間には必ずラッデンにあるイタリア娘たちの寮の中あるいは近所で三十分は過ごすと、この石柱男に認めさせる方法はないものか、ハリスは懸命に考えをめぐらせていたが、そのとき付き添いは立ち止まり、右側のドアをあけた。

「ここですか?」ハリスはばかな質問をした。

軍人は黙ってうなずいたので、ハリスは中に入った。

部屋は小さめとはいえ、満杯に見えたのは、空軍の紺の制服を着たひどく大柄な男が二人いたからだ。並んで立ち、黙って動かずにいるところは、ラシュモア山（米国サウス・ダコタ州の山。四人の大統領の頭像群が刻まれている）の頂上に彫り込まれるのを待っているかのようだった。

「レンズ」右側の男が言った。ミソサザイ《レン》の複数形のように聞こえた。これは微笑を伴わない歓迎の挨拶なのだとハリスは悟った。「レンズ大尉です」男は続けた。「警備警察部長。はじめまして」埋もれ木細工のような巨大な手を差し伸べてきた。「こちらは」と頭を数ミリ横に振って、「シュマルツ一等軍曹です」

ハリスはレンズ大尉の手から自分の手を抜き、シュマルツ一等軍曹の手におさめた。ようやく取り戻したときには、手はひりひりしていた。「ブリッグズ警視とお話しになられましたね、大尉?」と訊いた。

レンズは厳粛な顔でうなずいた。「J・Kをお探しとのことですな。一人おります。無線通信士の一人で、ジョゼフ・カリノフスキーという名前です」一等軍曹の胸をつついた。ほかの人間ならノックダウンされていただろう。シュマルツは後ろを向き、それまで背後に隠れていたテーブルの上のボタンを押した。

「ロシア人かポーランド人ですか?」ハリスは会話を期待されているように感じて言った。

レンズ大尉の顔は深いしわが刻まれ、顎のあたりがどっしりした、非常にいかめしいものだったが、それが赤黒くなった。

「いったい誰のことです?」彼は訊いた。

「そのカリノフスキーという人ですが」

「いいえ」シュマルツは言った。「なぜです?」

ハリスが答える暇のないうちに、別の男が入ってきた。今度は小柄な男だった。「お呼びでしょうか、大尉?」そう言いながら、この狭い部屋だというのに、手の込んだ敬礼をやってのけた。

「見つけたか?」レンズは訊いた。

「はい、サー。突き止めました。場所は……」航空兵はためらい、ハリスにちらと目をやった。「K44397斜線167763です」

レンズ大尉は父親のように微笑し、航空兵の五分刈りの頭を今にも撫でそうだった。

「よくやった。今、どこにいる?」

「基地に戻ってくるところです、サー」

「着いたら知らせてくれ」

「イエッ、サー」小柄な航空兵は二つの母音を強調して言い、敬礼して出ていった。

レンズはハリスのほうを向いた。「隊員集会所へお連れしましょう。カリノフスキーはじきに戻る」

ふいににっこりした。「警備関係の航空兵は決して地名を使いません。地図の参照番号を覚えていますか?」

ハリスはいいえと答えながらちょっと恥ずかしくなり、二級偵察兵に降格にされそうな気がした。
「よかった」レンズ大尉は言った。「カリノフスキー航空兵は非番で、おたくの界隈にいるところを見つかったんですよ。ラッデンでね」

トードフはマントルピースに載ったいかにも安っぽいブリキの目覚まし時計をまた見つめた。チクタクという音がやたらとやかましく、元気がいいので、いずれ時計は棚からはみ出し、炉床の汚い暗緑色のタイルに落ちるのではないかと思えた。十時十五分になったが、リチャード・ハリー・デンビーの姿はない。

トードフは心配になってきた。デンビーが、階下のばかな同志の言葉どおり〝いつものように石切り場のあたりへ散歩に行った〟のではなく、もう高飛びしていたとしたら、サグデンからどう罵られるか、想像はついた。まずラッデン駅へ、それからリーズ・シティ駅、南下してミッドランド地方、そのあとはどこだってありうる。それで永久に失踪。トードフはぐっと唾を呑み、腕を伸ばして電話機に近づけた。また、手がそこまで行かないうちに腕を下ろした。デンビーの電話はおそらく階下のホールで見かけた電話との共同加入か、あるいはたんなる内線だろう。サグデンとの電話の会話が階下のあの怪人二人の耳に入るのはありがたくなかった。デンビーが帰宅するのをあと十五分待ってみて、それからサグデンに電話しようと決めると、今のうちに部屋をつっきまわっておくことにした。

これまでのところ、たいした成果は上がっていなかった。ベッド脇のたんすの引出しにはなにもない——ただ、ソックスがたくさん（ミスター・デンビーは明らかにハイキングが趣味なのだ）、下着がいくらか、すべて男物、まったくの実用品ばかりで、メーカーはマークス＆スペンサー。マントルピースの上にも、どこにも、イタリア語の手紙はない。デンビーとプロスペクト工場、あるいはジョゼフ・ブランスキルとの接触を示すものはない。緑色の羊毛はない。羊毛はなにもない。実際、十五分かけてかなり器用にデスク周辺を覗きまわった結果、見つかったのは一つだけ、それもプロとしての誇りを持って見せられるほどのものではなかった――ジーナ・マッツォーニの署名入りの大判の写真だ。探す必要はまったくなかった。部屋の隅の書き物机の上に載っていて、ホースフィールドが下宿人の部屋に彼を入れてやり、どうぞごゆっくりと言ったそのときに、まず見えたどころか、鼻先にぶつかりそうになったといっていいくらいだった。

トードフはまた写真を眺め、とても悲しくなった。ジーナは確かに美しい娘だった。上手な写真家で、いい肖像になっている。とても快活で元気な娘という印象なのに、顔は落ち着いた、まじめな表情だ。むっつりとおもしろくない顔ではなく、きりっとして穏やか。トードフは物思うように首を振り、人差指の背で写真を軽く叩いた。爪がガラスに当たってチンチンと小さな音を立てた。彼はふいにぞくっと震えた。葬式の鐘を優しく鳴らしているように思えたからだった。

また時計に目をやった。さらに十分たっていた。汗をかき始めた。十分あれば、速い飛行機に乗れば百マイル近く飛べる。そんな恐ろしい考えを押しやるために、ふたたびデスクに注意を向けた。

さっき調べてわかったとおり、普通でないことはなにもなかった。デスクの中身は、確かに普通でないものはなにもない。請求書、ぜんぶまとめて綴じてあり、ぜんぶに領収印がついている。税金計算早見表と源泉徴収税還付金請求用紙、期限切れ。古い手紙数通（ジーナからのものはなし）と、誰ともわからない人たちがほほえむスナップ写真数枚。医療カードと保険証書。みんなきちんと整理されている。そして、巨大な（中身が半分入った）〈クインク〉の瓶。

クインク、クインク、ペン・アンド・インク。トードフはぼそぼそつぶやき始め、それからぎくっとして我に返った。インクがたっぷり、少なくとも半パイントはある。でも紙はない！　隅にタイプライターがあり、使い古されたインク・リボンがついている。でも紙はない！　この男、本を書くのにいったい何を使ったんだ？　一瞬、ぞっとした。自分は〝デンビー〟の本を抱えているが、著者が別のデンビー氏だったらどうする！　それからふと思いついて、すぐさま床に膝をつくと、デンビーのベッドの下を覗き込んだ。

奥の壁際に――半インチかそこら積もった白っぽい綿埃の上に――黒と灰色の混じったマーブル紙張りの箱型ファイルがあった。重く、紙がぎっしり詰まっていて、錠はかかっていない。きっかり五秒でそれはデンビーのデスクの上に移動し、開かれた。膝から顎までベッド下の綿埃にまみれたトードフは興奮してにやついた。

五分後、半マイル離れた町役場の時計が三十分を告げるチャイムが小さく鳴り、埃っぽいプラシ天のカーテンの隙間から忍び入り、デンビーの狭苦しい下宿の部屋で紙のかさこそいう音と混じり合った。顔から興奮の笑みは消えかけていたが、トードフは断固として調べを続け、今度ばかりはデンビーの帰りが遅ければいいと願った。

さらに五分後、トードフはデンビーの椅子に背をもたせ、負けを認めた。失望だった。目の前のデスクに広げてあるのは、手書きの紙が一束――『死の果てしない夜』の著者肉筆原稿――と、同作品を薄手の紙にタイプしたもの。手書きメモをクリップで留めたものがいくつか、これはみなデンビーの司書の仕事に関わり、〈ラッデン所蔵羊毛工業文献〉のために特にデンビー自身が考案したらしい、図書分類法明細なるものも含まれている。それに、書誌学協会紀要掲載の奇妙な、非常に学問的な記事（やはりデンビーの著作らしい）の抜き刷りもあった。記事の題は『ベントリーの「ハリファックスとその斬首刑法」（一七〇八年）およびミッジリーの「ハリファックスとその斬首刑法を正しく理解する」（一七六一年）の書誌学的考察』という。トードフはうんざりして、前歯をかちっと鳴らした。大きな歯だから、響きも大きかった。

いまだにジーナ・マッツォーニの名前は出てこないし、デンビーを娘に、あるいは工場に、あるいは寮に、あるいは殺人事件に結びつけるものも（娘の肖像写真以外には）なにもない。意気揚々と持って帰ってサグデンに見せる価値のあるものはなにもない。ハリファックス斬首刑法に関する一七〇八年の本の書誌学情報を、デンビーが殺人に興味を持っている証拠だとサグデンに提出したら、いったい何を言われるだろうとふと考えてぞっとした。芝居がかった呻き声を漏らすと、トードフはいまいましい学術論文を片手でぺらぺらと繰った。最後のページが少し破れてしまった。

リチャード・ハリー・デンビーが自室に足を踏み入れたのは、そのときだった。

ハリス部長刑事はまずまず目立たないようにげっぷをした。コーク二本、緑色の甘い薬味を添えたビーフバーガー一個にアップルパイ一切れは胃にもたれた。立ち上がり、迎えに来てくれた小柄な航空兵に礼を言うと、付き添われてまた警備事務所まで歩き出した。平屋の低い建物群の外の闇は濃く、寒々して見えたが、敷地内の道路は長方形の升目状で、明るく電灯がつき、なんだか暖かそうだ。これは歩道の縁にてらてらした緋色のペンキが塗ってあるせいだとハリスは思った。血のように赤い太い線が二本伸びているのが目にとまった。その先は右手にある低い建物で、電灯にこうこうと照らされた大きな白い看板に赤ペンキで太く名前が書いてある。〈災害管理避難所〉とあった。ハリスは急ぎ足で通り過ぎた。

レンズ大尉の事務所は前にも増して満杯だった。レンズとシュマルツ両人がそこにいた（シュマルツが常人の一・五倍にしか見えないのは、テーブルの上に腰を下ろしているせいだ。頑丈なテーブルだ）。もう一人、略綬のない制服を着た、感じのいい青年がいた。この基地でハリスが目にしたほぼ全員（コークを出してくれた女性も含めて）がそうだが、この男も顎が大きかった。やはりみんな（ただし女性は含めず）と同じように、彼の髪も全体が五分刈りだった。

「カリノフスキー航空兵です」レンズ大尉は言った。険しい、不愉快そうな顔だった。

「大尉から言われましたが、わたしと話をなさりたいそうですね、サー」カリノフスキーは目を細め、にっこりした。〝クールなやつだ〟とハリスは思い、青年の顎に小さなえくぼが現われたのでびっくりした。そんなつまらないものが登場するとは思えない、がっちりした顎なのに。

ハリスはうなずき、口を開きかけたが、レンズがすばやい身振りでとどめた。「質問はなさらないでください、ミスター・ハリス、カリノフスキー航空兵がこれを読まないうちは」

「なんだって」ハリスはレンズが背後のテーブルから取り上げた大きなワイン色の本を見て、思わず言った。大きさは〈バレット商工人名録〉ブラッドフォード市版くらい、その半分も食欲をそそらない。「長らくお邪魔することになりそうですな」

レンズ大尉は冷たい目でハリスを見た。絶対にジョークの材料にしてはいけないものがいくつかあるが、その一つが『アメリカ合衆国一九六〇年五月五日改正（第八一国会通過一般法五〇六番）統一軍事裁判法』だ。レンズは本を慰めてやるようにぽんぽんと叩いてから小脇に挟んだが、本のほうはそんな慰めに気づくふうもなかった。

「ブリッグズ警視と電話で話しました」レンズは続けた。「あなたと一緒にラッデンに来てもらえないかと言われました、ミスター・ハリス。カリノフスキー航空兵に異存はない。シュマルツ一等軍曹は基地に残る。では、行きましょう」

シュマルツはがっかりした顔になり、カリノフスキーは彼に向かって笑顔を見せてから、一歩下がってハリスを先に行かせた。〝クールだな〟とハリスはまた思った。〝超クールだ〟。


サグデン警部は唸り声を上げながら警察署の奥のオフィスに駆け込んだ。木製の背の椅子の脇を通りぎわ、それをばんと叩いたから、椅子はひっくり返って壊れ、警部はまた唸って、クレイヴン部長刑事にそいつを拾えと身振りで示した。クレイヴンは進んで床に膝をつき、椅子を組み立て直した（前にもこういうことがあったので、部分がどう組み合わさるか、承知していたのだ）。おかげでサグデンの目を避けることができる。その目は冷気と怒気——大部分は怒気——を含んで、暗い赤になっていた。

二人ともなにも言わなかったが、やがてサグデンはコートを脱ぎ、ガスストーブのそばの安楽椅子に座った。それから、二人同時に口を開いた。まったく同時に。

「つかまえました」クレイヴンは言った。

「逃がした」サグデンは言った。

短い、鋭い、苦い沈黙があった。

「つかまえたって、誰を？」サグデンが沈黙を破った。

「ポール・ニクソン。彼女にカフリンクを盗まれたやつですよ」クレイヴンはあまり得意満面にならないようつとめた。「隣の部屋で警部を待っています」

「なんだ」サグデンはまともにとりあわなかった。「ハーデイカーかと思った」

ちょうどそのとき電話のベルが鳴り、サグデンは内線を取った。また唸り、それからすぐ背筋を伸ばした。電話機からひとしきりぺちゃくちゃと声がして、彼の顔はますます角張ってきた――サグデンは怒りを募らせると必ずこうなると、クレイヴンなら教えてくれるはずだ。角張るだけでなく、赤みも増してきた。手持ち無沙汰のクレイヴンは壊れた椅子をいじくった。

電話機の声はかなり長いあいだ続き、サグデンは妙にこわばった姿勢で沈黙していた。最後にようやくサグデンは口を開いた。だが、言葉を出す前にぐっと唾を呑み、おおむね礼儀正しいしゃべり方になるようにした。なんでそんなことをするのか、クレイヴンにはわからなかった。普段はしないのに。

「では、こちらにおいでいただきましょう。彼をお連れください、ミスター・ブランスキル」サグデンは実に愛想よく言った。

それから受話器を架台に直球で投げつけた。これもばらばらになるのではないかと、クレイヴンは身を乗り出した。

「ブランスキルだった」サグデンは言わずと知れたことを言った。「自宅にハーデイカーがいる。女子寮のそばをふらふらしているところを見つけたんだそうだ。動転した様子でな」この単語にふいに怒った。「動転！」と叫んで、いかにも不快そうに頭をぐっと反らした。「動転!!」電球がちらついたが、それは偶然だったかもしれない。

誰かが警部の怒鳴り声におびえたかのように、隣室の壁をバンバンやり始めた。ファイル・キャビネット、それも中身がたっぷり詰まったやつで壁を叩いているような音だ。

「あれはニクソンです」クレイヴンは言った。

「何者だ?」サグデンは訊いた。

「カフリンクの男ですよ。警部に会うために待っているんです」

「じゃ、どういうやつかさっさと教えてくれ」サグデンはいやな顔で睨んだ。「一晩中つきあってる暇はないんだ」

だが、思惑どおりにはいかなかった。


当直の巡査はごくりと唾を呑み、サグデンのオフィスのドアをノックすると、ノブをそっと回した。ノブは軋んでがたがたした。

「トードフか?」ドアの十フィート奥からサグデンは怒鳴り、当直の巡査はまたごくりと唾を呑んだ。ドアノブを静かに元の位置に戻し、なにもなかったことにしてしまいたいという思いに駆られたが、考え直して部屋に首を突っ込んだ。空気にはまだサグデンの怒気がこもっていた。

「いえ、警部」巡査はなだめるように言った。「わたしです」おどおどしていた。

「なら、出て行け」サグデンは軽く言った。「消えろ」

「また人が来たんです」巡査は引かなかった。「あと二人」サグデンが止める間もなく、息もつかずに言葉が出てきた。「ハリス部長刑事がアメリカ人を二人連れて戻られました。一人は将校、もう一人は下士官です」

「よし」サグデンは大声で言った。「だが、わたしが会いたいのはトードフだ。トードフを連れてこい！」どっしりした革製の椅子にだらっと座ったままだった。

「どこに入れたらいいでしょうか？」

「誰を？」

「新しく来た人たちです。アメリカ人ですが」

サグデンの眉毛がおびやかすようにぴくぴくした。「知るわけないだろう。だが、一緒くたにするなよ。あいつらどうしでしゃべられては困る」

「部屋はぜんぶ使用中です」巡査は困り果てていた。「ニクソンが小さいほうのオフィスに、ミスター・ブランスキルはハーデイカーと一緒に休憩室にいます」

サグデンはふいに意地悪な顔でにやりとした。「じゃ、トイレに突っ込んでやれ」

「だめなんです、警部。警視が入っておられるので」

「そりゃけっこうだ。なら警視のオフィスに入れてやればいい」

「そうしたんですが……」巡査は言いよどんだ。「警視が戻られたらなんとおっしゃるか」

サグデンはその意味をすぐ理解した。椅子からよっこらしょと立ち上がった。「わかった。警視がトイレから出てくるまで待って、そうしたら全員をここに連れてこい。全員一度にな」ぽてぽてした手をこすり合わせた。「ここに追い込むんだ。面白いことになる」それからしかめ面に戻った。「だが、トードフのせいで台無しになりそうだ」歯のあいだから唸るように言った。「こいつらを家に帰してやらなきゃならなくなってもまだトードフが戻ってこなかったら、あのいまいましい本の著者は嫌疑をかけられているのは自分だと気づいてしまう。そうなったら、プシュッ！」サグデンは厚い唇から泡がはじける音を出した。「それっきりだ。あいつめ。なんで電話してこない！　男の住所を調べ出すだけでよかったんだ。あとは地元の警察に知らせて、しょっぴいてもらえばいい」サグデンはむかっ腹を立てて嘆息した。それから、また叫び出した。「いったいぜんたい、何をやってるんだ？」

「いったいぜんたい、何をやってるんだ？」

リチャード・デンビーの声には抑揚も生気もなく、怒っているというより好奇心を感じているようだった。トードフは赤くなり、静かに箱型ファイルを閉じると立ち上がった。

「ミスター・デンビーですか？」と訊いた。

デンビーはコートを脱ごうとしていたが、動作を止め、トードフを見つめた。

「ええ、わたしがミスター・デンビーです」彼はミスターというところを強調して言ってから、間を置いた。「ホースフィールドは思い違いをしていますね？　あなたは党の人間だと言った」

トードフはゆっくりうなずき、口を開いて、どこから誤解が生じたのか説明しようとしたが、思いとどまった。どうせデンビーは信じやしない。そこでポケットから身分証明を取り出し、「警察の者です」と言って、デンビーの目を見て反応をうかがった。妙なことに、デンビーは笑顔になり、その長く骨張った顔が一、二秒ぱっと明るくなった。「おめでとう」とつぶやいた。「わたしを見つけるのに長くはかからなかった」それから微笑を消し、右腕をまたコートの袖に突っ込んだ。

「本ですよ。彼女の部屋で見つけた」トードフは本を軽く叩き、デスクの上で押しやった。

デンビーはまじめな顔でうなずき、深いため息をついた。「捨ててしまったと彼女は言っていたんですがね」今もその声に明るさはなかった。「生まれながらの嘘つきだった」コートのボタンをかけ、トードフと一緒に出かける準備ができた。「恥ずかしげもない嘘つき」と言い加えた。

「彼女にあげた本に、あなたは書き込みを入れた」トードフは本を指さした。「どういう意味か、警部は知りたがるでしょう」

「それなら簡単だ」デンビーは手を差し出して本を受け取り、書き込みを見た。「A Gina. Cuando son' con te non esiste fretta.」声を出して読み上げ、短く微笑した。「〝ジーナへ〟」笑いたいなら笑ってみろとでもいう目つきでトードフをじろりと見た。「〝きみと共にいると、急《ハリー》ぐことがない〟。単純でしょう？　わたしは彼女と恋に落ちていた、という意味ですよ。それだけ」

「彼女はそれを知っていたんですか？」

「もちろん。隠したことはない。どうして隠したりします？」デンビーは手にした本をじっと見下ろし、愛情のこもった微笑を漏らした。「彼女はちらりとも見なかったんじゃないかな。読まなかったのは確かだ」顔を上げてトードフを見た。「読みましたか？」

　トードフは首を振った。

「じゃあ、内容はご存じないんですね？」デンビーは本越しにトードフを見て、愛嬌のある笑顔になった。〝にっこりすると三十五くらいだな〟トードフは思った。〝だが微笑をやめると五十といっていい〟。「若い娘の話です」

「イタリア人？」

「いいえ。イギリス人です」

「だが、美人？」トードフは屈んでベッドの上から自分のコートを取り、はおった。デンビーが近づき、手を貸した。

「ええ、美人だ。もちろん」間があった。「娘は絞め殺される」

「ひどいな」トードフは言った。

「死はことごとくひどいものです。本を書いていますとね」デンビーは同じ話の続きのような口調で続けた。「実際にその本を読んだ人にはめったにお目にかかりません。どうぞ先に出てください。わたしはドアに鍵をかけますから」

二人はみすぼらしい二階廊下に立った。トードフは下へ降りる階段の暗がりに目を凝らした。降りていくと、階段の一段が軋んだ。

「アーノルド・ベネット（一八六七〜一九三一。イギリスの小説家）は、自分の本を読んでいる人を見つけたらあげるのだと、いつもポケットに五ポンド札を入れていた」階下のホールから届く薄暗い明かりの中で、デンビーは重いため息をついた。「死んだとき、その五ポンド札が見つかった。折りたたまれて、まだポケットに入っていたんです」

「五ポンド持っていたとは幸運だな」トードフは自分のワニ革の財布にスペアの五ポンドが入っていればいいのにと思った。

「それもそうだ」デンビーは言った。

玄関ホールに降りたとき、二階の一室のドアが静かにカチリと開く音が聞こえた。

「しばらくかかりそうだ」デンビーは言った。声を大きくしたわけではなかったが、トードフはこれは自分に言ったのではなく、家の中の闇に向かって言った言葉だと理解した。

第十七章

トードフとデンビーが中央ドアを抜け、カウンターに近づくと、当直の巡査は苛立ち顔で目を上げた。ボールペンを叩きつけたので、それは警察署日誌の広々したページの上で跳ね返って床に落ち、巡査はぶつぶつ言いながら屈み込んでそれを拾い上げなければならなかった。この四十五分というもの、できるだけきれいな字で日誌を埋め続け、おかげで頭がぼうっとし、指がこわばってきたところだった。「癇癪を起こすなよ！」トードフは優しく言った。当直巡査の顔がカウンターの向こうからゆっくり上がってきた。「やあ、ホレス」トードフは言った。「息継ぎに水面に顔を出したか。ほら、もう一人、お客さんだ」

ホレスは青ざめた顔をこわばらせたデンビーに会釈してから、刑事に言った。「ああ、やっぱりね」

「デブはどうしてる？」トードフはやや緊張して尋ねた。

「かんかんですよ」ホレスは明るくなった。「あなたのことでね。トードフはどこだと怒鳴り続けてる。まず様子をうかがったほうがいいと思うな」デンビーのほうを向いた。「名前と住所をどうぞ」ためらってから、「サー」と付け加えた。

トードフは二人を離れ、サグデンの部屋に近づいて、ドアから数インチのあたりで耳を澄ました。中からはなんの音もしない。

「家に帰ったんだ」トードフは希望をこめて言った。

「とんでもない」ホレスは言った。

「じゃあ、寝てる」

「いいえ。意地悪してるんですよ。中に全員そろってます。寮の管理人のウォルター・ハーストは除いてね。あいつも呼びにやらせた。警部は黙ってすわって、みんなが焦り出すのを待ってるんだ。入ったほうがいいですよ」

「きみが行って、到着を告げてくれちゃどうだ?」トードフは言った。

ホレスは下品に鼻を鳴らした。トードフは指の関節でおずおずと二度ドアをノックして、あけた。脇へ下がり、デンビーを先に通した。意気地なしだが、礼儀正しい行為らしくも見えることを期待した。

「ああ」二人が入ると、サグデンは穏やかに言った。満面に作り物の笑みを浮かべ、その目は濡れた小石のように輝いていた。「ようやく来たな!」トードフを見ると微笑がやや薄れ、唇が音もなく動いた。

「こちらはミスター・リチャード・デンビーです、警部」

「なるほど。で、なぜミスター・デンビーを連れてきたのかね?」サグデンの顔には明るい微笑が戻っていた。

「あの本を書いた人なんです。ジーナの本」

「しかし、著者の名前はハリーだった」

「ノム・ド・プリューム(筆名)」デンビーはわざとらしいフランス語で言った。

「ほう、なるほど」サグデンは不審そうに言った。

「ペンネームです」デンビーは説明し、無礼を重ねた。

サグデンの顔から朗らかな笑みがすっかり消え、小石の輝きもなくなった。片腕を曖昧にぐるりと回し、「座る場所を見つけてくれ」と無愛想に言って、自分は長いデスクの後ろの肘掛け椅子に座ると、混雑したオフィスを見回した。

トードフはドアを背にして立ち、デンビーが人をよけながら部屋の奥の隅へ行こうとするのを見守った。アメリカ空軍の制服を着た男二人は立ち上がって彼を通してやったが、ブランスキルとその隣に座ったタワシ頭の青白い顔に眼鏡の男は、そろって足を二インチばかり引っ込め、膝をねじって隙間を作ってやっただけだ。聞き取れるほどの言葉は誰も口にしなかったが、ブランスキルは唸って、デンビーにそっけない感じでにやりとして見せた。デンビーもしかたなく相手を認めた様子で唸り返した。誰もあんまりいい機嫌じゃない（夜中の十二時十五分前にデブのサグデンを相手にして、機嫌よくなれるやつがいるか？）、とトードフは思ったが、それにしても、いちばん奥にいる人物と比べれば、ほかの連中は慈悲と光の天使に見える。濃い黒髪に太い眉毛のきざな男はかんかんに怒っていて、今にもなにかひどいことをしでかしそうだ。

「みなさん、いいですか？」サグデンはゆっくり全員を眺め、意地悪な声で言った。「それぞれを紹介することはしません。うちの署に場所があれば、こんなふうにひとまとめにして話はしないんだが、場所はないから、こうして話させてもらいます」話に乗ってきて、部屋をじっくり見渡した。「このうち二人、レンズ大尉とミスター・ジョゼフ・ブランスキルは、ご自身の要望で来ておられる」胸が悪くなるほどぬらぬらした微笑をブランスキルに向けた。「オブザーバーとして、ですな、ミスター・ブランスキル？」

「ええ。非常に心地悪いオブザーバーとしてね」

サグデンはうなずいた。「いつでも席を外してくださってけっこうですよ」そうしてくれればいいと思っているようだった。

「いえ、大丈夫です」ブランスキルは顎の先をジャケットの襟の中へさらに押し込んだ。「彼女はうちの工場で発見されたんですよ、警部。わたしはここにいる権利がある。それに、うちで働いている者が何人か関わっておりますし」その一言を具体的に説明するように、右隣にすわっているタワシ頭の眼鏡男のほうへぐいと親指を突き出した。〝ハーデイカー〟。もちろんだ、あれはハーデイカーだ〟。トードフはなぜもっと早く気がつかなかったかと、自分を蹴飛ばしたくなった。もじもじと動くハーデイカーをよく見た。〝爪を嚙む癖。その爪には緑色の染料がついている！〟トードフは目立たないように顔をしかめた。〝どういう味がするんだろう？〟

「ええ」ブランスキルは続けた。「ここにユワートがいます。あと、ウォルター・ハーストは？」

「じきに来る」サグデンは言った。「お望みなら、彼が来るまで待ちますよ。一晩でもね」

「わたしにはそんな時間はない、警部」列の端のきざな紳士が口を挟んだ。「明日の朝早く、非常に大事な仕事上の約束があるんだ。よろしければ失礼させてもらいたい」

「よろしくありませんな、ミスター・ニクソン。キャンセルなさりたいなら、電話をお使いください」サグデンは横柄にニクソンをねめつけた。「いいんですか？」警部は待ったが、ニクソンはなにも言わなかった。「レンズ大尉はいかがです？」

「われわれは必要とされるだけここにおります、警部」レンズがさっと隣を見ると、カリノフスキーは軽くうなずいた。顔が青白く、少し汗をかいているが、それは混雑した部屋の暑さのせいだったかもしれない。

「よし」サグデンは話を続ける準備ができた。「クレイヴン部長刑事がみなさんとここに残ります。わたしはトードフと一緒に隣の警視の部屋に行く。みなさんには、一人ずつそちらに来ていただきたい。一時に一人ずつね」言葉を切り、レンズのほうを見た。「おたくの場合は一時に二人ですな、大尉」レンズはうなずき、膝の上の大きな本をぽんぽんと叩いた。アメリカの正義のために行動だ、待機せよ、と本に警告しているかのようだった。サグデンは立ち上がった。「あなたからです、大尉。ミスター・カリノフスキーと一緒に」

「オブザーバーも中に入るんですか、警部？　みんなに来てもらいたいとおっしゃるが」ブランスキルは目を上げてサグデンをじっと見た。「わたしは除いてでしょうね？」

「ええ」サグデンは睨み返した。「あなたにはおいでいただく……」

語尾が切れた。トードフがふいの痛みに、恨みがましい悲鳴を長々と上げたからだった。背後のドアがぱっと開いた拍子に、そこにねじ込んである真鍮のコート・フックが頭の後ろにぶち当たったのだ。即座に、後頭部圧点がやられたのではないかと心配になった。

「ハーストが」当直の巡査がトードフを押しのけてデスクに近づいた。「寮のウォルター・ハーストですが。死にました。頭を殴られて、警部」

サグデン警部はゆっくり立ち上がった。顔は白っぽい灰色に変わり、口はぽかんとあいて、操作方法を忘れてしまったかのようだった。それから、長く単調な声で罵詈雑言を繰り出した。小声だが不快な台詞で、舌の動きに合わせて首を振っている。

「やめろ、サグデン。その汚らしい口をつぐんでいろ」ジョゼフ・ブランスキルは椅子からがばと立ち上がり、デスクの上に身を投げて、サグデンの顔のまん前に自分の顔を持っていくなり、こぶしで革張りのデスクをバンと叩いたから、引出しの取っ手がカチャカチャ鳴った。ほとんど口を開かないまま、ブランスキルは数インチ離れたサグデンの顔に向かって怒鳴った。「そういう言葉は使うな、サグデン。やめろと言ったらやめるんだ」それからもう一度デスクを叩いた。悲憤慷慨のあまり、全身が震えていた。

サグデンは悪態をつくのをやめ、ブランスキルの目を黙って睨みつけた。二人が憎悪と激怒にあおられ、沈黙のうちに死闘を繰り広げるさまをトードフが見守るのは、この十二時間で二度目だった。今回も、前の〈岩山荘〉のときと同様、ブランスキルが勝ったようだった。だが、ゆっくり椅子にすわり直したサグデンの目には意地悪い表情が見えた。一方、ブランスキルはデスクにもたれかかったままだ。両手は大きく開き、肩からの重みを支えている。指先はその負担で白くなっていた。

「後悔するぞ、ブランスキル」

サグデンの声はぜいぜいと耳障りで、トードフは頭の後ろがずきずきするのをしばし忘れた。あれはサグデンの特別な声だとわかったからだ。痼癪が起きるのをかろうじて抑えているとき、その口から漏れ出るしゃがれ声。あの声が聞こえた直後、殴り倒されて口から血を流している男を何人も見たことがある。ブランスキルだけでなく、サグデンのためを思って、トードフはブランスキルをデスクから引き離そうと進み出た。

その必要はなかった。ブランスキルはすばやくサグデンの手の届かないあたりまで下がり、踵を返すと、トードフとレンズ大尉の脇を抜けてドアに向かった。椅子の横に立っている大尉は分厚い軍事裁判法典をしっかり胸に抱き、まるでその安全が危ぶまれているとでもいう様子だった。

「どこへ行くつもりだ、ブランスキル？」サグデンはまだ憤怒に喉を詰まらせていた。ブランスキルは足を止め、くるりと振り返った。「あんたが行くべき場所だよ、サグデン。〈岩山荘〉だ。人が一人殺された」と小声で言った。「耳に入らなかったのかな」

「ここにいろ、ブランスキル」

今度はサグデンの声はもっと自然に聞こえたので、トードフは緊張を緩めた。すばやくブランスキルの前に回ってドアをバタンと閉めると、片足を出して押さえた。これでもう誰も彼の後頭部にコート・フックをぶち当てることはない。

「ドアをあけてください」

「おすわりになったほうがいいですよ、ミスター・ブランスキル」

「よくやった、トードフ」

一瞬（ほんの一瞬だけ）、トードフは頭を痛めた価値はあったと思った。そんな小さな夢から醒めると、サグデンがわりに普通の声音で、明朝重要な仕事上の約束があるというきざな男に話しかけているのが聞こえた。

「……しばらくかかりそうだ。やっぱり電話をかけたほうがいいと思いますがね、ミスター・ニクソン」

ニクソンは文句を言い始めたが、形ばかりで気は入っていなかった。

「みなさん」対照的に、サグデンの声には獲物に猟犬をけしかけるような決然とした響きがこもっていた。ニクソンの苦情は尻すぼまりに消えた。「ほんの二、三分前、全員に質問するつもりでいたのは、昨夜までの……」サグデンは時計を見て、言い直した。「木曜の夜までのみなさんの行動です。つまり、ジーナ・マッツォーニが殺害され、染料の桶に入れられたときまで。しかし」部屋の中の男たちを一人ずつねめつけながら続けた。「……今は違う。あんたがたの中で、今夜、寮のそばにいたのは誰かを知りたい。そこには」ユーモアのない笑い顔を見せて、「ミスター・ブランスキルも含まれる。寮からわたしに電話してきたんだからな。ハーデイカーをそこで見つけた、動転しているようだ、と言った」

ハーデイカーはブランスキルにじろっと目を向けたが、ブランスキルは気づかなかった。サグデンを見つめていたからだ。

「〝オブザーバー〟の人数が減りましたな、レンズ大尉?」サグデンは声を上げて笑ったが、同調して笑う人はいなかった。

第十八章

「一人は緑色の染料で茹でられ、もう一人は鋳鉄製のライオンで頭を割られた。まったく！　よりによって変なのが集まってくる」

サグデン警部は憂い顔で肉厚の鼻を引っ張り、怒ったようにその鼻を鳴らした。それからゆっくり向きを変えると、トードフを睨みつけた。「きみのせいだぞ、トードフ」

トードフは二階の廊下に大の字になって倒れているウォルター・ハーストのみじめな姿に釘付けになっていた目をなんとか離し、神経質な小さい笑い声を上げた。だが、サグデンは笑っていなかった。

「きみがあのいまいましい自転車を立てかけたとき、ライオンは台座から外れていたか？」

「いいえ、警部。そんなことはありませんでした。たぶん、外れたのは警部が転ばれたとき……」みなまで言わず、あとはサグデンの記憶にまかせた。

「ほらみろ」サグデンはうなずいた。「きみのせいだ」

トードフは「はい、警部」と答え、警察をやめようと、また心に決めた。このクソ事件が片付いたら。

「クレイヴン！」サグデンは部長刑事の耳に確実に届くような声を上げた。クレイヴンは手帳を手に、さっと近づいた。サグデンは漠然と遺体のほうをさした。

「今朝わたしがトードフの自転車を倒したとき、このライオンが外れたのか？」

「はい、警部。石の台座からとれました」

「ほら、わかったろう？」これは自分にに向けられた言葉だと、トードフはちゃんと理解した。

「で、誰が元に戻した？」

「わたしです」クレイヴンは小さい頭を威勢よく動かしてうなずいた。感謝されるのが嬉しいのだ。警部の後始末で壊れ物を修復するちょっとした仕事の数々はもっと認められるべきだと、彼はしばしば思っていた。

「くっついていないと、見ればわかったか？」

「はい、残念ながら」クレイヴンは究極の目的を達成できなかった男のように、ひどく悲しげな声で言った。「下の部分が錆びて、欠けているところがありましたから」

「ちぇっ」サグデンは別の可能性を試した。「ミセス・ハーストは、そいつを持ち上げようと思えば持ち上げられただろうか？　十二ポンド（約五・四キロ）はありそうだが」ウォルター・ハーストの頭の脇の床に転がっている血まみれの鋳鉄の塊をしげしげと見た。

「できましたね」トードフは言った。「彼女が正面の部屋の上げ下げ窓をあけたところを見せたかったですよ。窓が屋根裏部屋まで突き抜けて飛んでいきそうな勢いだった」

「彼女に来てもらおう」サグデンは片手を上げた。「いや、よそう。思いついたことがある。なんで彼女は家の正面まで回り、重い鉄の塊を取り上げて、裏手によろよろと戻り……」言葉を切った。

「トードフ。この鉄の塊を使った人物は、そいつを持ってよろよろと家の裏手に戻りはしなかった。鍵だ。行って、見てみろ」命令を待つまでもなく、トードフは階段を駆け降りていた。

サグデンはまたウォルター・ハーストの遺体を無表情に見つめ、わけのわからない事件になんとか意味を見出そうとした。凝視を続けていたとき、トードフが戻ってきた。それでも意味は見つからなかった。

「ありました」トードフは息を切らせて言った。

「触らなかっただろうな？」

「はい。でも、よく見てみました。表面がざらざらなので、指紋は採れそうにない。紐がまだくっついています」

「よし。そいつを緑色の染料で煮て、娘のサスペンダー・ベルトについていたやつと同じものか確かめればいい。身元確認に多少役立つ証拠になるなら、ないよりはましだ」サグデンは急にきびきびした態度になった。「ライトフットはどこだ？」

「家の裏です。まだ番をしています」

「そこにいるよう命じられたのか？」

「いいえ、表と裏を巡邏するよう言われています」

「で、殺人犯はあいつのでか足が通り過ぎるまで、月桂樹の茂みの中にすわっていりゃよかった。あのでかい偏平足か、あの名前（「ライトフット」は「敏速な足」の意味）か、どっちが先に目的地に着くかとよく思ったもんだがね。外に出ろ、クレイヴン。犯人がなにか残していないか、調べるんだ。ことに足跡をな。きみはわたしと一緒に来い、トードフ」

「ミセス・ハーストだとは思われないんですか、警部？」

「思わない。彼女がどうしてライオンを使う必要がある？」

「使うはずはないと、われわれが考えるから」

「ばかも休み休み言え。だが、彼女にはあとで話を聞こう」サグデンは最後にもう一度ウォルター・ハーストを見ると、「気の毒にな」と言った。そして向きを変え、口笛を吹いた。「おい、こいつを片付けてくれていいぞ」と大声で言ってから、ふと思いついたように言い加えた。「正面のドアは使うな。鍵に手を触れるんじゃない」また声を低くした。「かわいそうなウォルター。使用人らしく勝手口から退場とはな。よし、トードフ。娘の寝室だ、きみが先に立て」

第十九章

ジーナの部屋は完全な混乱状態だった。意図的に、見事な効率で隅から隅まで探し尽くされ、めちゃめちゃだ。動かせるものはすべてばらばらにされ、奥の壁際にきちんとまとめて積み重ねてある。その山の上に、灰色に薄汚れた、かび臭いカーペットが載っかり、壁紙は二箇所で長く引き剝がされていた。

「ひどいな」トードフはサグデンの肩越しに覗き込んで言った。「たいした荒らしようだ」

「徹底的だな」サグデンはしぶしぶ尊敬するといったふうにうなずいた。「徹底的な野郎だ」

「絶対にだめです！」サグデンは身を乗り出し、丸いぶどうパンを頰張った口から言葉を毒々しく吐き出した。

「訊いてみただけだよ、サグデン」ブリッグズ警視は恥ずかしくなり、普段からピンク色の顔の赤味が増した。「本部長がどうかとすすめたんだ。わたしを責めないでくれ。ぶどうパンをもう一個どうだね」

サグデンは警視の気前よさに、ふんと鼻を鳴らして応えた。これはクレイヴンの持ってきたぶどうパンだった。一つ取った。「ヤードにできて、われわれにできないことなんて、何があります？」目がテーブルをサーチライトのようにぐるりと回り、まず警視を選び出し、続いてハリス、クレイヴン、トードフの順に視線を落とした。ほんのしばらくのあいだ、内面の疑念と戦っているように見えた。菓子パンをつかんだ左手が顔へ移動する途上で止まったが、それも一秒かそこらのことだった。それから、パンは消滅した。

「本部長はそんな意味で言ったわけじゃないよ、サグデン。バーバラ・ファースのことを考えておられたんだろう」

「それは本部長だけじゃない」サグデンはぶつぶつ言いながら、紅茶の入った一パイントの大型マグに顔をぐいと突っ込んだ。警察連盟からもらった戴冠記念（エリザベス女王戴冠式は一九五三年）マグに灰色で描かれた女王の大部分と王冠のぜんぶは、長年の使用でサグデンの口にこすられて消えていた。「われわれみんな、バーバラ・ファースのことを考えている」その一言はマグの内側で虚ろに響いた。

サグデンは慎重にマグを置き――とても気に入っているのだ。儀式のように毎日使っていると、なにかの魔法が働いて、紅茶を濃くしてくれると思う。濃いのが彼の好みだった――軽くげっぷをした。

「やれやれ」彼は言った。「奥さんにぶどうパンのお礼を言ってくれよ、クレイヴン」大きな砲金製腕時計を見た。「四時！　日の出まであと三時間か。ハリス、明るくなってきたらすぐ、指紋採取の連中と一緒に寮へ行ってくれ。あの壁紙とめちゃくちゃにされた家具からなにか出てくるかもしれん。それに、足跡が残っていないか、地面をもう一度確かめろ。あと、あそこに行っているあいだに、女の子たちがなにか見なかったかも調べ出せ。みんな早寝したそうだ。全員が同じ部屋に寝た。カルカッタのブラックホール（約六メートル四方の小獄房。一七五六年、一四六人の英国人捕虜が閉じ込められ、大部分が窒息死した）も同然だったろうな！　なにか聞こえなかったか尋ねてみろ」

ハリスは口をすぼめた。「だめじゃないかな。きっと耳の穴に指を突っ込んで、毛布を引っかぶっていたでしょう」

ブリッグズ警視はまずいなという顔になった。「しかし、われわれがパトロールの警官を置いたことは知っていたろう」顔を上げ、サグデンの目をとらえた。「ふむ！」暴風標識が現われるのを認めて、鼻を鳴らした。「ライトフットはまだあっちにいるんだね？」

「ええ」サグデンは言った。「いますよ。まだしばらくはいてもらう。目をあけておく訓練だ」彼の目は怒気を含んできらめいた。「よし。じゃあ、署名入り供述書を見ていくとしよう」大事な仕事を前に、みんな姿勢を正してテーブルに着いた。「きみは別だ、トードフ」サグデンは言った。「まだ食器を洗っていない」


二時間半後、トードフはまた食器を洗い（パイント・マグ四個とジル（四分の一パイント）・マグ一個——警視のもの——を蛇口の水ですすぐのが食器洗いのうちに入るならだが）、あとの四人は上着を脱いでシャツとズボン吊り姿になり、硬いテーブルを前に硬い椅子の上でくたびれた体を伸ばしたり、唸ったりしていた。これで一人か二人がゴムの袖バンドや目庇《まびさし》をつけていたら、ポーカーの最後の一勝負をやっているように見えただろう。

警視は巨大なあくびを抑えるべく戦いを始めたものの、負けてしまった。そのあとはぐったりして体を震わせた。「よぉひ」発音が不明瞭で、言葉はろくに意味をなさない。口をつぐみ、頬の内側を舌でいじくってから、言い直した。「よし、本部長に電話して、報告しよう」言い方に熱はこもっていなかった。

「クレイヴンは眠たがっているな」サグデンは非難がましく言った。警視の大あくびは無視して、そのあくびをうつされたクレイヴンをじっと見ていた。クレイヴンの小さな頭は大きくあけた口の中に消えてしまったようだった。両腕を上げ、肘のところで曲げてこわばらせ、指は頭上にある架空の水平棒を握っている。あたかもその棒が手の届かないところまでゆっくり引き上げられていくかのように腕がぐっと伸び、それからふいに両手がテーブルに落ちてきて、彼は派手に体を震わせた。

「きみのぶどうパンが食いたいところだ」サグデンは毒を含んで言った。クレイヴンは気にしていないらしい。涙のたまった目で嬉しそうににっこりした。トードフは彼を見るとむかつき、布巾で拭いている最中のサグデンの戴冠マグであいつの頭を殴ってやりたいという衝動をこらえた。

「報告する内容をはっきりさせておこう」ブリッグズは言った。「何を話せばいい？」

「そうですね……」サグデンは目の前の紙に走り書きした山ほどのメモから一つずつ挙げていった。「ひとつ、われわれはバーバラ・ファースを頭に置いている」渋い顔を作った。「ひとつ、ファースが殺されたとき、五人とも近所にいた。アメリカ人の航空兵も含めてね。彼はソープスウェイツ基地でなく、イェイドン（リーズ付近の空港所在地）にいた。こっちのほうがもっと近い。

ひとつ、ニクソンもイェイドンで働いている（が、関係はまだ確立できていない）。アストラル航空機株式会社で部品のセールスマンをやっているんだ。これも話していいですよ。彼はジーナ・マッツォーニだけでなく、バーバラ・ファースも知っていたと認めている」サグデンは言葉を切り、クレイヴンのほうを向いた。「ニクソンをさらに調べてくれ、クレイヴン、あいつはきみの担当だ」クレイヴンはうなずいた。

「ひとつ、全員がジーナを知っていたと認めている。デンビーはあの子に惚れていたと言っている……」サグデンはまた渋い顔を作った。明らかにその話は信じていないのだ。「結婚したかった。彼女はカソリック教徒で、あいつは共産党員だか、シンパだかなのにな。ブランスキルは、自分が給料を出す工員として知っていただけだと言う。残るカリノフスキーとニクソンとハーデイカーは〝彼女はとても魅力的だった〟と口をそろえる。その意味なら承知のとおりだ。ハーデイカーは既婚者だ。ばかなことをやっていた。ニクソンはやもめだが、女房が交通事故で死ぬ前からジーナを知っていた。ひとつ、ジーナは生まれついての騙し屋だったとみんなが言っている。デンビーすら、彼女は嘘をつかずにはいられなかったと認めている。いつなんどきでも、昼だろうと夜だろうと（ことに夜だな）、相手を裏切ることができる女だったと、全員が言っている。

ジーナについてわれわれにわかっているのは、今のところ、それだけです――ただし、彼女が染料桶に突っ込まれた晩にアリバイがあるのは一人だけ、いまいましいブランスキルのやつだ。あいつは羊毛販売会で、その週ずっと、金曜日の昼時までロンドンにいた。その点は今日チェックします。ほかの連中は、木曜日に工場が終業したあと、ラッデンにいたと認めているが、プロスペクト工場の染色場に行かなかったと証明はできない。

染色場の鍵のことは、まったく無意味だ。ブランスキルとハーデイカーは、当然、鍵を持っている。だが、ニクソン、カリノフスキー、デンビーだって、入ろうと思えば鍵がなくとも簡単に入れた。壊れた窓があちこちにあったし、夜警ときたら、耳は遠い、頭は悪い、体はろくに動かないっていう役立たずだ。ああ、夜警がジーナを桶に落とすのは無理ですよ。やせこけて、とてもそんな力はない」

「では、箱についてはどうかな？　本部長が知らないことがあるか？」警視はメモを取っていた紙から顔を上げた。

「いいえ、ないと思います、警視」サグデンはぼてぼてした顔をしかめて懸命に考えていた。「ただ、われわれは内張りの布を切り取りました。下にはなにも隠されていなかった。箱の中にいくつか手がかりになるものが残されていましたが、それがすべてではなかっただろうとわれわれは考えている、と伝えてください。どこかにもう一つなにかがあり、犯人はそれを知っていて、手に入れようとしているんです。何であれ、小さいものだ。だから犯人はジーナがそれを自室の壁紙のはがれかけたところの裏に隠したんじゃないかと思った。それで、ひらひらした部分を破ったんだ。

同じ男が両方の殺人の犯人だと、われわれは仮定しています。その仮定を当分続けますが、行き詰まったら、犯人は二人いて、共謀したという線で考え直すことになる。どの二人の組み合わせでもいい」

「イェイドン」ハリスは静かに口を挟んだ。

サグデンはうなずいた。「ああ。カリノフスキーはあそこに配置されていたし、ニクソンはあそこで働いている」

「デンビーはブランスキルを知っている」トードフは言った。

サグデンはうなずくのをやめ、トードフをじろりと見た。「デンビーは地元の図書館長で、ブランスキルは図書館運営委員会の会長だからな」ブランスキルの署名入り供述書を叩いた。「しかし、それでこいつらが人殺しになるってもんでもなかろう？」

「さあ、どうでしょうねえ」読書家トードフはその点に関して特殊知識があるように感じた。

サグデンは即座に釘を刺した。「黙れよ。ばかを言うな」

「七時十分前だ」ブリッグズ警視は苛立って言った。サグデンは意味を理解した。

「ウォルターに関してですが、本部長には全員が彼を知っていたと伝えてください。ブランスキルはよく知っていた。長年の付き合いでしたからね。ハーデイカーも同様だが、それほど長くはない。ほかの連中はジーナを通して知っていた。カリノフスキー、ニクソン、デンビー、三人ともこの一年くらいのあいだに寮に行っている。かれらにはウォルターを知る理由が充分あった。ジーナのことになると——彼は〝ジニー〟と呼んでいたが——ウォルター・ハーストは愚かなじいさんで、彼女の意のままに操られていた。男たちが訪ねてくると、ミセス・ハーストに見つからないように入れてやるのはウォルターだった。それでみんな、あれこれの理由でジーナの部屋がどこにあるか知っていた」サグデンの黄ばんだ前歯のあいだから、ほのめかしが滴り落ちた。

ブリッグズ警視は話題から逸れなかった。「血液」と言いながら、その単語を書いた。サグデンはまた話を続けた。

「ええ、血液。鋳鉄製のライオンは重さが十四ポンド近くあると本部長に言ってください。それだけの重さを遠くまで投げられる人物は多くない。血糊はかなりの距離を飛び散る。ひょっとするとウォルターの血液は殺人犯の衣服についたかもしれない」

「充分ありえますね」トードフは言った。「電球にもついていましたから」

「いずれきみを探偵にしてやるよ」サグデンは嫌味を言い、それから警視のほうに向き直った。「これから連中の衣類にベンジディン二塩酸化合物試験をします。本部長にそう言えば感心されるでしょう。昨夜着ていた服を提出することに全員が同意しました。クレイヴンが手配しています」

ハリス部長刑事がふいになにか思いついて、クレイヴンのほうを向いた。「カリノフスキーの服は、残らずテストしないとだめだぞ。わたしは空軍基地でやたら待たされた。あれだけ時間があれば、スーツを六着洗って、風呂に三度入れる」

「いいな、クレイヴン？」サグデンはクレイヴンの目をとらえ、二人はうなずき合った。

「で、アリバイは？」ブリッグズが目を上げた。

「なし。誰にもまったくない。ゆうべ、寮の近辺にいたと全員が認めている。ブランスキルはあの近くに住んでいるからだが、ほかのやつらは――いったいどうしてでしょうかね。自分でもわかっていないか、わかっているのを認めようとしないか、どっちかだ」

電話が鳴った。

「ほら来た」ブリッグズはよろよろと立ち上がり、忍び寄ろうとするあくびをしっかり抑え込むと、受話器を取った。それは指のあいだから滑り落ち、ガシャッと音を立てたので、クレイヴンは駆け寄ったが、組み立て直す必要はないとわかり、がっかりした顔になった。警視は今度は気をつけて狙いを定め、受話器を改めて取り上げると、両手で持って耳に近づけた。

第二十章

「ブリッグズか？　ウォーバートンだが」

「はい、本部長」ブリッグズは頭痛をこらえ、できるだけ明るくきびきびした様子を作った。

「起き抜けか？」本部長はこういうことに気がつく人物なのだ。

「いいえ」警視は言い訳しなかった。「ちょうどお電話しようと思っていたところでした」

「まあ、してくれなくてよかったよ。この十五分、わたしの電話はふさがっていた。七時十五分前から今までな！」

　ブリッグズは待った。本部長の声にはいつになくざらついた響きがあった。話は続いた。「地元選出の国会議員が苦情を言ってきた」

「めずらしいですね。物分りのいい男なのに」

「不機嫌だったんだろう。わたしだって不機嫌になるさ、朝の六時に電話がかかってきたんじゃな」

「誰が電話してきたんです？」

「誰も」

「よかった」会話の流れが混乱してきたと警視は思った。

「議員は七時十五分前に電話してきた」

「まだしも、よかったですね」

「苦情を聞かされるなら、よくはない」

ブリッグズはため息をついたが、送話口に手を当てて、向こうに聞こえないようにした。「どうして苦情を言ってきたんです?」

「ジョゼフ・ブランスキルが六時に電話してきたそうだ。非常識な時間だ。これから仕事に出かけるところだと言って、議員に揺さぶりをかけた」

「ブランスキルはなぜ苦情を?」

「きみのところの連中のせいでほとんど徹夜させられたうえ、イタリア人の娘とハーストという管理人を殺した犯人にされかけたと言った」

「当然です。彼は容疑者ですから」

「しかし、地元の治安判事をやっている男だぞ、ブリッグズ! 政党党員会の副会長。それに俗人説教師でもあると思う」

「はい、本部長」ブリッグズは動じなかった。

「そうか」本部長はひと息入れて状況を呑み込んだ。それから話を別の方向に進めた。「どうも微妙な事件のように思えるんだがね、ブリッグズ。スコットランド・ヤードはどうかな?」

ブリッグズは受話器越しに目を上げた。本部長の声はこれだから、内線など使わなくてもサグデンには一言漏らさず聞こえていると、警視にはよくわかっていた。サグデンは恐ろしい形相になっていた。

「必要ないと思います、本部長」続く沈黙のあいだにブリッグズはごくりと唾を呑み、「今のところは」と言い足した。弱虫め。

「わかった。あと数日、様子を見よう」

サグデンはにっと笑い、ブリッグズは不安げな表情になった。

ウォーバートン本部長はまたしゃべり出した。

「ふと思ったんだがね、ブリッグズ。あのハーストってやつは、親類ではないだろうな？」

「誰のですか？　ブランスキルですか？」

「違う！」本部長の声が苛立ってきた。「違う。あの国会議員だよ」

その可能性は薄いと警視は思ったので、そう言った。「このあたりではよくある名前です」と付け加えた。

「まあ、どうかなと思ったものでね。国会議員の伯父さんかなんかを殺害させるわけにはいかんだろう？」

ブリッグズ警視の長い顔が、顎の先から頭のてっぺんまで青みを帯びた深紅色に変わり、目玉は受話器をめがけて飛び出そうとしているかのようだった。「殺害させるつもりはありません、本部長」

だが、言葉にあまり力はなく、嵐というより小雨程度の勢いに終わった。

「外部の人間はたぶんそんな言い方をするだろう、ということだよ、ブリッグズ。さてと、それで報告は？」

サグデンをはじめ、ほかの警官たちは音を忍ばせて部屋を出ていき、あとは警視にまかせた。サグデンは不当にも、シリル・ライトフット巡査の能力についてなにやら非難の言葉をつぶやいていた。

「やあ、ライトフット」規律を示すため、ハリス部長刑事はもやもやした頭が許す限りでなるべく大声を出し、きびきびと言った。「休憩中か？」

ライトフット巡査はくたびれた様子で〈岩山荘〉の正面階段の最上段から立ち上がり、紺の制服の尻をいいかげんにぱたぱたとはたいた。「どうも、部長刑事」顔も声も、反乱寸前だ。退職年金という甘く麗しい考え（ほとんど一晩中、頭にあった）がなければ、ハリスにひどい言葉を浴びせていただろう。だが、悪口のかわりに質問をした。「おっさんはどこです？」

誰のことかはわかったし、どこにいるかも知っていたが、ハリスは答えず、かわりに質問を出した。「女の子たちはどこにいる？」

この一言がライトフットに与えた効果は驚くべきものだった。巡査は左を見て、それから右を見たが、すばやい動きにねじが緩んで頭がヘルメットからはずれそうに思えた。それから砂利敷きのドライブウェイをさっと横切ると、顔をハリスの耳に近づけた。「あいつら、イタリア人ですぜ」切迫した調子だった。

ハリスは二フィートばかり下がり、冷たい目でライトフットを見た。「いったいどうしたっていうんだ？　あの子たちがイタリア人だってことなら、とうにわかっていただろうが」

ライトフットはいらいらして顔をしかめた。「本場もんのイタリア人だって意味ですよ。だってね」一歩進み出て、「あいつらの悲鳴を聞いたことがありますか？　すげえ騒ぎ。あんなのは聞いたためしがない。それも一晩中だ」

ハリスは機敏に反応した。「ウォルターが殺されるより前のことか？」

ライトフットは威勢よくうなずいた。「ええ、一晩中。わたしが当直についてからずっとだ」言葉を切り、いちばん大事なことを持ち出した。「十五時間になる」ハリスの襟元をつついた。「十五時間」

ハリスはさらに下がった。「今、悲鳴は上がっていないぞ。墓地みたいにしんとしている」

「きっと薄情ハナが薬でも飲ませたんだ。毒薬を飲ませたのかもな」ライトフットはいい考えだと思い、顔が少し明るくなった。「あの女は娘たちと一緒に何時間もあそこにいる」

ハリスはまた口を挟んだ。「ウォルターが殺される前に、彼女はあそこにいたのか？」

ライトフットは頑固に強調して、ゆっくり言った。「いました。昨日の五時ごろ、お茶の時間から、署の車がウォルターを迎えに来たときまでずっとね。それからウォルターの遺体が運ばれていった。彼女はまだあそこにいますよ」

「医師の話では、ウォルターが殺されたのは七時半以前ではありえない」ハリスは目を細くした。考えていたからでもあるが、木々のあいだから淡い陽光が射し込んできて、頭痛がひどくなってきたからでもある。「そうすると、彼女は容疑者にならない」とつぶやいた。それから、別の考えが浮かんだ。「そんなに大騒ぎだったんなら、殺人犯が入ってくる物音は誰にも聞こえなかったろうな？」

ライトフットは部長刑事の胸ポケットを大げさに数回つついた。「ああ、たとえ犯人のやつがあの子らの耳の穴に向かって〈イルクリーの荒れ野〉を歌い上げたって、聞こえやしなかったさ。最後まで通しで歌ったってね」

「で、犯人にはそれがわかっていた？」

「わからなかったんなら、耳の遠いやつを探せばいい。それならちょっと簡単になるさね」

洗濯屋のヴァンはやかましい音を立てて玉石舗装の中庭にバックで入り、後尾がほとんど正面玄関にくっつきそうになった。車の影が白黒市松模様の大きなタイルを張ったホールの床に落ちた。「ストップ」フレッド・アーミテッジは運転手に向かって叫んだ。「おれの真鍮の表札に気をつけてくれよ」それを誇らしげに見ると、輝きに目がくらむという仕草をした。〈ラッデン町議会付属〉と趣味のいい黒字で書いてある。〈死体安置所〉。アーミテッジは乾拭き布と真鍮磨き〈ブラッソー〉を片付け始めた。

ヴァンの運転手は運転席から降りた。「おはよう、フレッド」明るく挨拶した。「お客さんがいるんだってな」

「三人だ」フレッド・アーミテッジは言った。

「大勢だな」運転手は言った。

「ああ。一人は運河から。二人はプロスペクト工場からだ。ウォルターー・ハーストは知ってるだろう?」

運転手はうなずいた。「音楽クラブの仲間だった。どんな様子だ?」

「前から見るぶんには悪くない。隙を狙って誰かが後ろから殴ったんだ」

運転手は、フレッドが洗ったばかりのタイルを軽い足取りで踏んでホールに入ってくると、一室のドアノブに手をかけた。

「中には入らないでくれ、クリフ」アーミテッジの声は二音上がっていた。

運転手はくるりと振り向き、不満げな声で言った。「なんだよ、フレッド?」

「今週はよしてくれ。洗濯物を取ったら、すぐ出ていってくれよ。そう恨みがましい顔をしたってだめだ。入れてやるつもりはないんだから」

「だけど、ウォルターとは知り合いだったんだぜ」

「おれが考えてるのはあいつのことじゃない。イタリア人の娘のほうだ」

フレッド・アーミテッジの声にはなにかあり、ヴァンの運転手はドアノブから手を下ろした。ホールを横切り、白いシーツに包んで縛った洗濯物の重い包みを取り上げた。

「帰ったら、ハロルド・レイストリックに伝えてくれ、一つ二つ、きれいにするのがたいへんなものが入ってるってな。染料だと言ってやってくれ。緑色の染料だ」


「ハウは来て、帰りました、警部。犯人は手袋をしていたに違いないと言っています。指紋はないそうです」

「あの壁紙にもないのか？」

「はい」ハリス部長刑事は哀れっぽく答え、責められたら首を引っ込める態勢になったが、サグデンは気が入らない様子で、しばらくぶつぶつ言っただけだった。ハリスは緊張を緩めた。「はっきり確定できる足跡もありませんでした。数が多くて、みんな重なり合っている。大きな足跡です」

「どうせライトフットが悪いんだ」サグデンは少し元気を取り戻してきた。

ハリスは黙っていた。彼もそう思ったのだ。サグデンの次の質問は予想どおりだった。

「ライトフットはどこだ？　まだここにいるのか？」

「いいえ。ちょっと眠るように、家に帰しました」〝さあ来るぞ〟と思ったが、なにも起きなかった。

サグデンは〝眠る〟という言葉を聞いて軽くため息をついただけで、中庭を横切ってゆっくり歩き出した。早朝の陽射しを浴びて、その太った体が長くほっそりした影を落とした。影は真ん中で曲がり、寮の付属建築物の一つの灰色の石壁を這い上がった。

「男が一人隠れる場所ならたっぷりあるな」サグデンは板石舗装の中庭を見渡した。向きを変え、二歩後ろについてきていたハリスを見た。「あの塀の向こうには何がある？」

「石切り場まで、ずっと荒地です。慎重に調べていますが、今のところ、なにも出てきていません。古いウッドバイン煙草の空き箱二個、〈ウェブ船長（英国海峡を初めて泳いで渡った人）印〉マッチの箱、アイスキャンディーの棒一本（ラズベリーだと思います）、それに女性用サスペンダー・ベルト。錆びている。きっと夏の公休日からそこに落ちてたんでしょう」

サグデンは唸った。「調べを続けろ」ぶっきらぼうに言った。「わたしはほかにすることがある」それ以上は一言もなく、二十ヤード先の高い塀についた暗緑色のゲートのほうへ歩き出した。ハリスはほっとして向きを変え、足元の石ころを憎々しげに蹴飛ばした。それは洗濯場の窓に当たって、曇りガラスが割れた。

ゲートは音もなく、簡単にあいた。サグデンは眼前に広がるごつごつした荒地に足を踏み出した。左手二マイルほどのあたりはシップリーの町で、エア・ヴァレーの谷間に建つ工場群から早朝の煙と薄霧が立ち昇っているのが見えた。

警部は右手に向かい、でこぼこの乾いた草地をとぼとぼと歩いていった。滑らかな暗灰色の大きな岩があちこちで露出しているところは避け、四分の一マイル先の石切り場を目指した。足元は乾いていたが、硬くて滑りやすいのは子供のころの記憶にあるとおりだ。そう思うと、感傷的な陶酔に襲われそうになった。ちょっと促されれば、五十年前にやったように、丘の斜面に尻をつけて滑り降りてしまいそうだと感じた。すると、何日ぶりかで心から楽しくなり、顔に微笑がぱっと広がった。両手を目の上にかざし、周囲の斜面をぐるりと見渡した。人っ子一人いない――もっとも、向こうに見えるぼろぼろの小屋に隠れているんなら別だが、と考えた。小屋はラッデン最大の石切り場を覗き込むような具合で、危なっかしく傾いている。そんな考えが頭をよぎったとき、それまであたり一面を覆っていた完全な静寂が破られた。右手二百ヤード先で、二羽のタゲリが興奮した声で鳴きながら、しんとした冷たい空気の中へばたばた飛び立ったのだ。鳥は何に驚いたのだろうと思い、そちらを見ると、一軒の家から細く煙がたなびいているのが初めて目に入った。家の大部分は斜面の出っ張りに隠れている。ドアがバタンと閉まる音が聞こえた。

二分後、警部はそのドアをノックしていた。中から男の声がした。「いいよ、エルシー。わたしが出る。あの男はわたしが片付ける」

ジョゼフ・ブランスキルがドアをあけたとき、二人とも口をきかなかった。ブランスキルは無愛想に会釈して、くるりと踵を返した。サグデンはそのあとに続いて中に入り、ぞんざいにドアを押しやった。重いドアは大きな音を立てて閉まり、ホールのテーブルの置物がカチャカチャいったが、警部は平然とした顔だった。ブランスキルは顎を引き締めたものの、口はつぐんだままだ。その前を無遠慮に通り越して、サグデンは居間に入った。

まずサグデンが口を開いた。「プロスペクト工場に行っておられると思っていましたがね」

「行っていましたよ」ブランスキルは言った。「戻ったんです」一秒か二秒、間を置いた。「うちのハウスキーパーに話があるんでしょう？　できればわたしのいないときに？」

サグデンは肩をすくめ、窓際のソファーに腰を下ろした。〝いい部屋だ〟と思った。〝あまり使われていない〟。ブランスキルを見上げ、単刀直入に話を切り出した。「何をたくらんでいるんです、ミスター・ブランスキル?」

ブランスキルの角張った顔は無表情だった。「たくらみなんかありませんよ、警部。たくらむ理由などどこにもない」

「意味はわかるだろう。あんたは娘を殺した容疑者にされてはいない……」

「それはご親切に、警部」

「……が、われわれの仕事が困難になるよう、非常に努力している」

「とんでもない。ただ、この事件にはうちの人間が三人からんでいるんですよ。二人は殺された」ブランスキルはゆっくり部屋を横切り、窓辺に立って外を見た。「あとの一人は殺人の嫌疑を受けている。警察がユワート・ハーデイカーを正当に扱うよう、気をつけていく所存です」言葉を切り、向き直ってサグデンを見た。「彼なら小突き回せると思われるかもしれませんがね、警部。誰もわたしにそんなことはできませんよ」

「国会議員に電話をした」

「一つの方法です。ほかにもいろいろある」

「バーバラ・ファースとは知り合いでしたか、ミスター・ブランスキル?」

「いいえ」まったく躊躇はなかった。「今朝の《ヨークシャー・ポスト》によれば、二つの事件に関連があるようですな」

「髪の毛のことだけですよ」

ブランスキルの太い眉が寄った。「あれはひどい」と言って、首を振った。

サグデンは質問の方向を変えた。「女の子たちの世話をするのは誰です？」

「毎日の生活という意味なら、ミセス・ハーストです。給料を払うという意味なら、わたしです」

「悩みのあるときは誰に相談するのかという意味です」

ブランスキルは少したためらってから答えた。「司祭がいます」

「地元の？」

「もちろんだ」

「どの宗派です？」

「そりゃ、ローマン・カソリックですよ」

「ここを訪ねてくるんですか？　司祭たちということだが」

「いいえ、それはまったくない」ブランスキルはまた窓の外を見つめていた。「絶対に」声がわずかに大きくなっていた。

「あんたは俗人説教師だそうですな」

「そうです。しかしもちろん、カソリック教会とはなんの関係もない」ブランスキルは向きを変え、サグデンを見つめた。「何を考えておられるんです？」

サグデンは場違いに悔恨の表情になった。「ゆうべは悪い言葉を使ってしまった」

ブランスキルの顔が少し和らいだ。「申し上げておくべきでしたがね、警部。わたしはうちの教会に深く関わっている。チャペル・レーンの会衆派教会（プロテスタントの一派）です。礼拝は欠かさない。悪い言葉遣いは非常に気に障るんですよ（悪態をつくとき神に関連した語を使うので、敬虔な信者は瀆神行為と見なす）」

「気がつきました」サグデンは歯を見せて笑い、顎の先をゆっくり揉んだ。「もう少し注意しなければばいかんな」

ブランスキルは暖炉に近づいた。火を掻き立てて不経済に大きな炎にすると、マントルピースの脇の呼び鈴を二度押した。「一緒にお茶にしましょう、警部」暖炉からの光で、彼の顔は初めて友好的に見えた。

サグデンは愛想よくうなずいた。「けっこうですな」立ち上がり、レインコートを脱ぐと、きちんとたたみながら、また話し出した。「くつろがせてもらいましょう」と言ってから、「マレット・プレース・ホテルではどんなお茶を出しますか？」と、振り向きもせず、口調も変えずに訊いた。

ブランスキルはにやりとした。「お見事。時間は無駄になさらない。あそこのお茶はとてもうまいですよ。ロンドンの水準からすれば、とてもうまい。先週の月曜から金曜までずっと、とてもうまかった。来週もうまいだろうと思いますね」

「実際には火曜日の朝だった。月曜ではない」サグデンは言った。「正確には、午前四時過ぎです。あんたは月曜日の夜、九時三分発でラッデンからリーズ・シティ駅へ行き、十時六分発でリーズ・セントラル駅からロンドンのキングズ・クロスへ向かった。それがどうというわけじゃありませんがね」

「情報を正確につかんでおきたいと」

「そうです」

サグデンは自己満足の表情を浮かべていた。太い親指と人差指をポケットに入れ、懐中時計を引っ張り出した。「九時まであと二分ばかりだ、ミスター・ブランスキル。九時のニュースを聞かせていただけませんかね。ＢＢＣの記者が夜も明けないうちから署に来ていたから……」

「……ＢＢＣも正確であるのを確かめたいと」ブランスキルは部屋の奥へ行き、ラジオ付き蓄音機の蓋をあけた。ラジオをつけたとき、家の反対の端でやかんがピーピーと鳴り出し、湯が沸いたのを知らせた。

サグデンは改めて肘掛け椅子に深々と体を埋めた。「お茶は濃くしてください、ミスター・ブランスキル」

「濃いのをお出ししますよ、警部。わたしも濃いのが好みですから」ブランスキルは微笑した。

〝なんてこった。そのうち二人ともおんなじ帽子をかぶるようになるぞ〟とサグデンは思った。見ていると、ブランスキルは上等そうなパイクラスト・テーブル（パイ皮のような浅い縁のついた小型の丸テーブル）を暖炉前の敷物まで持ってきて、自分はその横の椅子に座った。

ラジオの声が、昨日の国会議事報告はこれで終わり、すぐニュースが続きます、と言っていた。短い静寂のあいだに、昨日ブランスキルはずいぶんけんか腰だったが、態度が和らいできたな、とサグデンは観察した。リラックスして、すっかり人が変わった。誰の叔父さんであってもおかしくない様子だ――しかも、たいていの叔父さんより感じがいい。

ニュース・アナウンサーの冷静できびきびした声が沈黙を破った。〝ＢＢＣ家庭放送です。一月三十日土曜日、朝九時のニュースをダグラス・スミスがお伝えします。アメリカのＵ２偵察機操縦士フレッチャー・グラスマンがソ連で釈放されました。十年の刑期のうち三年半服役し……〟

「ああ！」ブランスキルは懐疑的だった。「今度は何をたくらんでいるんだ？」ひどく疑り深い顔になった。

〝……交換に、アメリカはソ連の外交官ウラジミール・クロストを引き渡し……〟

「危険だな。すぐ問題になる」賢そうに首を振りながら、サグデンは言った。

〝刑期完了前にソ連で釈放されたアメリカのU2機操縦士はこれで二人目です。三年前、一九六二年二月に、フランシス・ギャリー・パワーズがソ連スパイのルドルフ・アベルと交換に釈放され……〟

サグデンは批判的に鼻を鳴らした。「およそいい結果にはならなかった！」さっと顔を上げた。ブランスキルが片手を上げ、切迫した調子で「しっ！」と言ったからだった。

〝ヨークシャー州ラッデンで、〈岩山荘〉管理人ウォルター・ハーストが殺されて発見されました〟

死者を悼むように、ブランスキルは頭をゆっくり左右に振り始めた。

〝〈岩山荘〉は工場の女子寮で、昨日、ここに住んでいたジーナ・マッツォーニというイタリア人女性が、プロスペクト工場内の染料桶の中で死んでいるのが発見されています〟

サグデンも頭をゆっくり左右に振り始めた。そのうえ、世の中のことがもうわからないといったように、ひとりでぶつぶつ言っていた。

〝スコットランド・ヤードの警察官がラッデンに出向くことになっています〟

「なんだって！　あの野郎！」サグデン警部はぱっと立ち上がり、小さいテーブルを蹴飛ばした。マホガニーのパイクラストの小片が敷物の上に落ちた。「ブリッグズのやりそうなことだ」と怒鳴った。

「意気地なしめ」今にも脳卒中を起こしそうに見えた。

ブランスキルも同様だった。やはりぱっと立ち上がったが、テーブルを蹴ることはしなかった。サグデンと顔を突き合わせ、息を吸うと、叫び出した。「黙れ、サグデン。黙れ。わたしの家で悪態をつくな。すぐやめろ」その声は工場の終業サイレンのようなしゃがれた悲鳴になっていた。

それから、ふいに二人そろってわめくのをやめると、睨み合って、倒れたテーブルから離れた。サグデンはソファーに掛けたレインコートに近づき、ブランスキルは暖炉の脇の呼び鈴に近づいて、いらいらとベルを鳴らしたのは、キャンセルを知らせるためらしい。

「お茶はなしだ」唸るように言った。

「けっこうだね」サグデンは言って、大股に出ていった。


ブリッグズ警視は紅茶のマグ（小型の、しゃれたもの）を置き、電話の受話器を取った。「ブリッグズです」と言って顔をしかめた。さっき三十分にわたって本部長の大声を聞かされたおかげで、右耳はまだひりひりして熱を持っていた。

「リーズ市警のクラッチですが」

「おはよう、警部」こんなに堅苦しい言い方はばかげているとブリッグズは感じたが、クラッチをクラッチと呼ぶことがどうしてもできないのだった。なにか心理的要因による阻止現象が起きるのだと思う。

警察に勤めて長いクラッチは、人が自分の名前を避けることをこの頃では予測するようになっていた。ことに階級と並べて言うのはいやがられる（「インスペクター（警部）・クラッチ」は「彼女の股を調べろ」の意味に聞こえる）。もう気にならなかった。

「だめでした」クラッチは言った。「メトロポール、クイーンズ、グレート・ノーザン、パークウェイ、そのほか二つ星を三軒に、AAとRAC（どちらも自動車連盟）公認のところを二軒当たってみました。誰も彼女に見覚えがない。どこに泊まったにしても（まずまずまともなホテルに行くと仮定してですが）、リーズには泊まっていませんね」

ブリッグズは電話機に向かって大きな声で唸った。

「まあ、待ってください」クラッチは続けた。「パブのほうが運がついてました。〈グリフィン〉亭のウェイターが写真を見て彼女とわかった――〝忘れるやつがいるか？〟と言った」

ブリッグズはやや興奮気味に「ああ！」と言った。

「だが、男は彼女を五、六週間見かけていないし、容疑者の顔は一人も見覚えがなかった」

ブリッグズはまた唸った。「じゃ、だめだったか？」

「リーズではね。ハロゲートを試してみたらどうかと思いますが、警視。それに、ブラッドフォードも」

「いい考えだ、警部。今、やっている。ウェイクフィールドまで手を伸ばしているよ」

クラッチ警部は同情して唸った。ウェイクフィールドならよく知っていた。


「パラフェニルエンダイアミン塩素水化物」ハーデイカーは言った。単語は滑らかに流れ出し、記憶を探ったり息を継いだりするためのよどみはなかった。

サグデンは思わず感心した顔になってしまい、それを隠そうとした。

「あるいは、3-アミノフタル酸水酸化物か、フェノールフタリンを使うこともできます」ハーデイカーは続けた。「でも、まあやらないでしょうね。ベンジディン二塩酸化合物を使うほうが安全だし、簡単だ」ハーデイカーはズボンを脱いで、ていねいにたたみ、ジャケットに重ねた。「この試験をやると、即座に血液が検出されます。目に見えない染みですらね。〝隠れた血液《オカルト》〟と呼ばれるんですよ、警部。助手の方がわたしの衣類を十二時までに返してくれるといいんですがね。あと二時間半あるから、充分だと思いますが」

ハーデイカーはサグデンのほうへ数歩にじり寄った。灰色のシャツ、白い短いパンツ、ソックスと靴しか身に着けていない人物ににじり寄られたのは初めてだ。ざわざわした。「この事件に関わっていると、女房には話していないんです」ハーデイカーの赤ら顔は真っ赤になっていた。脚のほうは今も真っ白だ、とサグデンは観察した。「昼飯の時間には、スーツを着て家に帰ればありがたい。工場は土曜は十二時終業ですから」

サグデンは警察のメッセンジャーに向かってうなずいた。「必ず十二時までに戻ってくるようにしてくれ、ポッター」向き直ると、ハーデイカーは仕事着《ブラット》に身を包んでいた。病院の手術着のような青いチェックの木綿製の長い上っ張りだ。端についた紐を後ろで縛っていた。

「おい」サグデンは大声で呼んだ。「ポッター！」

ポッターは急いで戻ってきた。

「あれも持っていけ」サグデンは仕事着《ブラット》を指さした。

ハーデイカーは文句を言わずに脱ぐと、スーツ用の長さの染めていないサージを体に巻きつけた。トーガを着た古代ローマの元老院議員みたいに見える。頬を染め、眼鏡をかけているが。

サグデンは彼が仕事用ベンチに腰を下ろし、ブンゼンバーナーで煙草に火をつけるのを待った。それから途切れていた会話を再開した。「トパーズ。なぜトパーズなんだ？」

ハーデイカーは煙草を長々とふかし、肺に深く吸い込んだ。「ばかだったっていうだけですよ、警部。トパーズは彼女の誕生石で、彼女は自分のために新しい色をデザインしてくれないかと言った。で、愚かにもそのとおりにしたってわけで」誇りが火花のようにその顔を一瞬明るくした。「すごくいい色にできたんだ」それからまたしゅんとなった。「出来上がったとき、またまた愚かにも、色見本カードに日付を入れて……」

「……一九六四年十一月二十五日」サグデンは言った。

「そうです」ハーディカーは眼鏡をはずし、トーガのへりで磨いた。「一九六四年十一月二十五日というのは、おれがジーナにはもう近づかないと女房に約束してからちょうど二カ月あとなんです。ジーナはあのカードを手にして、おれの頭の上に掲げてみせた。単純なもんでしょう?」ふとためらった。「こうして打ち明けていますが、警察がこの話をまだ内密にしておいてくれるのを期待しています」

サグデンは曖昧になにかもごもご言った。


秘書が先に立って彼の到着を告げるあいだ、クレイヴン部長刑事はオフィスを眺め回した。見渡す限り敷き詰められたカーペットは、特別に育成された巨大な長毛ヤギの白変種《アルビーノ》の全身毛皮のように思える。椅子は金色の布で覆われ、奥の壁は堂々たる黒い長椅子《ダイヴァン》が端から端まで占めている。あれがどんな風変わりな用途に使われるのか、クレイヴンには想像もつかなかった。デスクの向こう側にポール・ニクソンがすわっていた。立ち上がり、カーペットの長い毛をかきわけながらのしのしと近づいてくると、クレイヴンの帽子を受け取った。デスクに置かれた帽子はひどく小さく見えた。

「けっこうなオフィスですな」クレイヴンはうらやましげに言った。

ニクソンはうなずき、金色の椅子の一つを指さした。「おすわりください、部長刑事」心配そうな声だった。「秘書にはなにもおっしゃらなかったでしょうな……」

「ええ。秘書の方はわたしが飛行機を二、三機買いに来たと思っていますよ」クレイヴンは甲高いテノールで大笑いしたので、隣室でミスター・ロイ・ジェンキンズ（労働党政治家。一九六四〜六五年に航空大臣）なる人物から受け取ったばかりの重要な親展の手紙を読んでいた専務取締役が不安げに顔を上げた。

「よかった」ニクソンは言った。「煙草をあがりますか?」

「いいえ、けっこうです。伺いたいのですが、ジーナがあなたのカフリンクを持っていると奥様の父上が知ったら、どうしてまずかったのですか?」

ニクソンは片手で髪を梳き、それからヘアオイルのついた手を拭いた。顔色が悪くなり、しわが目立っていた。ごくりと唾を呑んだ。

「あれを〝なくした〟とき、愚かにも義父に教えてしまったからです。車の事故で家内が亡くなる前、のことだった。あとになって、なくしたんじゃないとわかった。ジーナが盗んでいたんだ」

クレイヴンはうなずいた。「で、ジーナがそれを持っているのをもし父上が見たとしたら?」

「義父はわたしの上司のブレイントリーを知っている」ニクソンは隣室との境の壁に向かって親指を突き出した。「ここしばらく、アストラル航空機会社はハンドリー・ペイジを買収する交渉を続けています」——ニクソンは声を落とし、喘ぐようにささやいた——「だからどんな形ででも世間の話題になるのは危険なんです」

ニクソンは立ち上がり、シルクのネクタイの結び目を横切るように片手をまっすぐ動かした。「ばっさり! 首を切られる。単純なもんでしょう?」

わずかにためらいがあった。「どこであれを見つけられたか、ワトソンには教えないでくださるとありがたいんですがね、部長刑事」

クレイヴンはただ頑固な表情を作り、口はつぐんでいた。

「申し訳ありませんが、ミスター・デンビーは面会中です。副会長と」骨張った女性の声は、上司への接近難度ではこれが上から二番目だとほのめかしていた。首に掛けたビーズ（溶鉱炉の金属屑を磨いたもののように見える）は前と違うが、表情は昨夜とほとんど同じだ。それに、おはようの挨拶がなかった、とトードフは観察した。

「待ちましょうか？」

「お待ちになるかもしれないとミスター・デンビーに言われました」言葉を切り、お茶でも出さなければならないのかと、いやそうな様子になった。「でも、長くかかると思いますけど」

青白い顔をした助手の青年が、ふいに〈地元関連書籍〉の背後から現われた。アルパカのジャケットを着ている。あれを発明した地元の偉人サー・タイタス・ソルト（一八〇三～七六。羊毛事業で財を成したヨークシャーの実業家。アルパカの毛を使った艶のある布地を発明した）を覚えてのことだろう、とトードフは考えた。

「ああ――ブライアン！」女性は声をかけ、それからたっぷり権威を見せて付け加えた。「あの本を！」

「はい。あの本ね」青年は貸し出しカウンターの後ろのボードから鍵を一つ取り、それで引出しをあけた。次に引出しから大きな鍵束を取り出すと、〈部外者厳禁〉と書かれたドアをあけて中に入った。

「すぐ戻ります」女性は自信を持って言った。

トードフはカウンターに肘をつき、体重を片足にかけた。

「ほらね」二分ほど黙っていたあとで、女性は言った。青年がドアから出てきたのだ。顔が紅潮していた。とても大きな、いかにもいかめしい黒いバックラム装丁の本を抱えていた。「ミスター・トードフにお渡ししてちょうだい、ブライアン」自分は触るつもりがないのは明らかだった。

トードフは本を受け取り、ひっくり返して背を確かめた。なにやらきわどい外国語のタイトルがついている。『Psychopathia sexualis（性的精神病理）』と金色の文字で書かれていた。『クラフト＝エビング（一八四〇〜一九〇二。ドイツの精神病学者。この著作（一八八六年初版）は性倒錯の研究書）』

トードフは肩を並べて立っている二人の職員に向かって眉を上げた。「わたしに？」

「ええ。閲覧のみですが」二人は見事に息が合っていて、あとで思い返すと、どちらが答えたのだったか、確信が持てなかった。「三二九ページから三三四ページ。〝髪の毛強奪の症例〟。ミスター・デンビーから、どうぞお読みくださいとのことです」

「おい、あれを見ろよ、ジャック！」

警察車の運転手の相棒は興味津々で目を皿にし、身を乗り出して、ヘディングリー・クリケット競技場の得点掲示板なみに大きな看板を読み始めた。〈最近の事故から二日目。乗り物事故のあと五日間は赤ライトがつきます。ライトを緑に保ちましょう〉

「ああ」ジャックはまじめに言った。「いいことだ」ウォルズリーの性能を味わおうと、急停車したので、後続のビュイックがバンパーにどすんとぶつかった。

アメリカ人航空兵が一人、ゆっくりと警察車の脇に回ってくると、ドアにもたれた。「おい」ほとんど口を開かずに言った。「ろくでもないことをしてくれたじゃないか」革の服を着ていた。上着の正面には金属のバッジがたくさんついていて、ベルトのホルスターにはピストルが入っている。顔を見ると、ひげの剃り跡が青い顎は普通人二人分の大きさ、まじめな眼鏡をかけ、眉毛はなかった。

男はのろのろとウォルズリーから離れ、大声で怒鳴った。「ヴァージル、ゼロに戻してくれ」ヴァージルのほうはすでに二人のあいだの梯子賭けの半ばまで勝ち昇っていた。その顔には、この賭けはおれのものだ、儲かっている、という表情が浮かんでいた。

航空兵は戻ってきて、ジャックの顔のそばに顔を突き出した。「なあ」なれなれしい口調で言った。「トランクには何が入ってる？」

これは下品に聞こえ（「自動車後部の物入れ」はアメリカ語で「トランク」、イギリス語では「ブート」。「トランク」は「ズボン」の意味もある）、ジャックは赤くなった。

「あの中だよ」航空兵はピストルで警察車のトランクをさした。ビュイックが追突した衝撃であいてしまっていた。

「衣類ですよ」運転手の相棒は言った。「制服」

「まったくだ」航空兵は言った。「合衆国空軍所有物」トランクはいっぱいだった。

ジャックは黙ってうなずいた。カリノフスキーの名前は出すなと命じられていたのだ。

「大尉に会ってもらおうじゃないか」航空兵はピストルを振り、みんなで大尉に会いに行った。

「ふん、ぶっ倒れて死んでくれりゃいいんだ」いい考えだと嬉しくなり、サグデンの目はきらめいてきた。ベストのポケットを探り、時計を取り出した。「今現在」太い黒字で書かれたローマ数字を凝視した。「キングズ・クロス駅で列車に乗り込んでいる」脳ミソの中を楽しい考えが動き回った。「そうだ」一語一語念を入れて言った。「ハル行きのほうの車輌に入ってくれるとありがたい」

「そんな間違いはしないよ」現実的な警視は言った。「スコットランド・ヤードの人たちだぞ」ため息をついた。「そんなことは絶対にしない。それに、もしやってしまったら」サグデンの気持ちを引き立たせようと、嘘をついた。「迷子になったとたん、代わりの人材が送り出されてくる」

「ええ」サグデンは陰気に言った。「あっちにはまだたっぷりいますからね」ぼろぼろになった自軍の敗残兵に目をやる勇敢な司令官のように、部屋を見回した。ハリス、クレイヴン、トードフはその視線を避けた。

「きっと非常に協力的な人たちだと思うよ」警視は続けた。自分で自分を信じさせようとしながら、まったく不成功に終わっている。「ヤードの警官だからって、いやなやつばかりではないさ」完全な沈黙がこれに応えた。

「ともかく」ブリッグズは情けない声になった。「わたしのせいじゃない」同情を得られないかと見回したが、そんなものは見つからなかった。

「人手が足りないと本部長はおっしゃる」ブリッグズがこう言ったのは、この三十分で四度目だった。サグデンは眉を上げ、〝人手〟をじっと見ると、また眉を下げた。「捜査にはヤードという大きな機械を持ち込む必要があると、固く信じておられるんだ」ブリッグズは熱を込めずに引用した。「〝ヤードの臼は回転はのろいが、挽く粉はきわめて細かい（ことわざ「神の臼は……」（天網恢恢疎にして漏らさず）の言い換え）〟と、そうおっしゃった」

ブリッグズ警視は渋い顔になった。さっき、本部長の金言という真珠の粒が焦げ茶色のリノリウムにぽろんと落ちたとき、自分が義務感から笑ったのを思い出して自己嫌悪に陥ったのだ。「それでヤードに協力を依頼された」

「五時間」サグデンは計算に没頭していて、ようやく我に返ったかのようにむっつりと言った。「時速五十マイルで五時間」ふたたび目に光が点った。列車がなにかにぶつかる可能性は常にある。だが、その統計学的蓋然性を考慮すると、その光は消え、警部はまたうなだれた。

「のろいって、どのくらいだ？」トードフが質問した。窓から外を眺め、表通りの向こう側にある賭け屋に入ろうとした少年がおとなの男に耳をはたかれる様子を見ていた。

「来たぞ」クレイヴンが小声で言った。「知性が動き出した」

トードフは無視した。まだ窓から外を見ていたが、今では頭の中のある考えしか眼中になかった。

「臼《ミル》はどのくらいゆっくり回るものだろう？」

サグデンは背筋を伸ばし、ジャケットの襟に埋めていた頭を引き出した。「どういう意味だ？」それから、トードフの答えを待たず、握りしめた右手で椅子を叩いた。

「どうすればわかるかな？」サグデンは言った。「ブランスキルに訊くつもりはない」理由は言わなかった。

「フランクに訊いていいですか？」トードフはもうせかせかとコートをはおっていた。「兄です。〈ガーター勲章〉亭にいるはずだ」ブリッグズに目をやった。警視は困惑して、置いてけぼりにされた様子だった。「工場《ミル》の織り場監督なんです」トードフは説明し、飛び出した。


フランク・トードフはバーのいつもの位置に着いていた——ビールのポンプ・ハンドルから十五インチ右、自分のパイント・グラスから七インチ手前。さし迫った様子で人ごみを押し分けて近づいてくる弟に向かってうなずいた。「なんだよ、シド。ばかに喉が渇いてるんだな」バーのカウンターにぱちんと金を置いた。「シドが来た。喉がからからだ」バーテンダーは大きなグラスを置き、「シド」と挨拶した。

シドニー・トードフはバーテンダーに会釈して「バート」と言うなり、パイント・グラスを持ち上げた。「ほんとはいけないんだ」と言いながら飲み出し、ようやく一息つくとすぐ、「勤務中なんでね」と言い加えた。

「スコットランド・ヤードが来るんだってな」フランクは言った。「どうしたんだ？　おまえらじゃできないと思われてんのか？」

トードフはうなずいた。「そんなようなもんだ」裏口のドアを示してぐいと頭を動かした。「ビールを飲み干してくれ。重大証人になってもらうから」

サグデン警部は物差しを置いた。「おしまいの端から一ヤード（約九一・四センチ）手前。だいたいな」節玉修繕場から持ってきた反物をじっと見下ろしていた。「この部分を切ってしまわなくてよかった」クレイヴンのほうを向いた。「髪の毛は織り込まれていたというのは確かか？　表面に張りついていたんじゃなく」

「織り込まれていました」クレイヴンは言い切って、一束の書類を差し出した。「アリス・ローソンの供述書です。彼女が見つけたんです。布から引き抜く前に撮った写真もあります」

「必要だったのか？」ブリッグズ警視が訊いた。「その、髪の毛を引き抜くというのは？」

サグデンは唸った。「人物確認のためです。医師が血液型を調べるのに必要だった。ああ！」ドアがあいて、彼はそちらを向いた。「見つけたな」これは褒め言葉ではなく、たんなる事実の陳述だ。

フランク・トードフはにやりとした。「必ず見つかりますよ。ま、土曜日の昼飯どきならね。どんなご用でしょう、警部？」

「これを見てほしいんだ、フランク」

「悪くない生地だ」フランクは言った。「プロスペクトにしては悪くない」布地の端を両手でつかみ、親指と人差指に挟んで手触りを確かめると、微笑した。「うちの製品ほどじゃないが、まあ悪くない」

「織機から先に出てきたのはどっちの端だ？　娘の髪の毛がついていたこっちの端か、それとも反対の端か？」

「こっちです。髪の毛がついていたほう」

「すると、髪の毛が挟まってしまった時点で、布はまだ一ヤードしか織られていなかったってことか？」

「そうです」フランク・トードフはぴんときたらしい表情になって、目を上げた。弟と同じ骨張った顔で、顎のあたりは弟よりどっしりしているが、鋭敏そうな目鼻立ちだった。「おっしゃる意味はわかる」ウッドバイン煙草に火をつけたが、パックを人に勧めることはなかった。それから、布地を再び指で触った。「十五オンスのウーステッド。全体で六十六ヤードあります」目を電球のほうに上げ、唇をもぞもぞ動かして計算していた。「一時間に二ヤード半の割合で出てくるはずだ。そうすると、織機にかかっているのは二十六時間。あそこのシフトはうちと同じ、八時間半です。夜間作業や時間外労働はない。三シフト、木曜、水曜、火曜ですね」さっとサグデンのほうを向いた。

「もし布地が織機から出てきてすぐ節玉修繕場に運び込まれたとすると……」

「……すぐ運び込まれた。それはわかっている」サグデンが口を挟んだ。

「……すると、髪の毛が入った部分は月曜日に織られ始めていた。月曜日の夜、織機の停止後に髪の毛がシャトルにからまったんでしょう。それなら五時十五分の終業よりあとだ。で、火曜日の朝に工場が始まるより前になる」

「なんだって！」サグデンのとてつもない大声に、警察署の前を自転車で通りかかった若い男は歩道の縁に小便をちびりそうになり、下品な罵声を上げたが、その言葉は署内の騒ぎにかき消されてしまった。

「月曜！」サグデンは勝利に恍惚として、その一言をラッパのごとく吹き鳴らし、警視すら沈着に興奮しているようだった。クレイヴンとハリスはたがいに小突き合って大げさに戯れた。フランク・トードフはこの三十分で二本目のウッドバインを思い切り吸っていた。弟のシドのことなら、あいつは大喜びすると警官らしさが薄れて人間らしくなる傾向があると、確実に（だいぶ前から）知っていたが、ほかの警官たちも同じ傾向を持っているかもしれないなどと考えたことはなかった。中でも、愛想よく夢見るようなサグデンを見るのはちょっとショックだった。だが専門家のつねで、フランクはショックを隠し、自己満足の表情になると、座って傍観した。

その場の全員に冷水を浴びせたのはシドニー・トードフだった。

「犯人は遺体をどこか手近の冷蔵庫に入れておいたんだろうな」不快そうに鼻にしわを寄せた。「〈エルドラード〉アイスキャンディーと一緒にね」

部屋の気温がいっきに下がった。「そのとおりだ」ブリッグズが言った。今では興奮より沈着が勝っていた。警視はサグデンの視線をとらえた。「あいつの言うとおりじゃないか？」

「たいして興味ありませんね」サグデンは言った。「月曜に殺してから木曜の夜に染料桶に入れるまでのあいだ、犯人が彼女をどこに置いていたかはどうでもいい。わたしに興味があるのは、これで手がかりが一つ増えたということだけだ。それに、スコットランド・ヤードの連中が到着するまで、あと四時間半しかない」

「でも、もし工場の中に置いてあったら、誰かが気づくでしょう」クレイヴンはげんなりした声で言い、親指と人差指で鼻をつまんだ。するとサグデンと目が合い、「いや、そうとも限らないか」と付け足した。工場、ことに染色場が普段どういうにおいがするものか、思い出したのだ。

それから、別の考えが浮かんだ。「でも、遺体に証拠が残るはずだ」小さい頭を悲しげに振った。「検死をすれば……」と言いかけた。

ハリスがぶっきらぼうに口を出した。「茹でられたんだ」それだけだった。クレイヴンは頭を横から縦に振った。もうなにも言わなかった。

サグデンは勝ち誇った様子で眺め回した。「ほかには？　じゃ、仕事再開だ」そう言って、にんまりした。「これから口を割らせてやる男が一人いる。これでもうアリバイはなくなった」両手をごしごしこすり合わせた。「さあ行くぞ。プロスペクト工場だ」彼は言った。「仕事、仕事」

第二十一章

「どうしてこの織機から出てきたとわかるんだ?」サグデンはまっすぐ立ち、目の前の複雑な機械をじっと見た。「あの子らにどうやってこんなものが使いこなせるんだか、想像もつかん」

「署にある布地にはチケットが縫いつけられていて、そこに織機番号が書いてあります」クレイヴン部長刑事はその証拠にメモ帳を出して見せた。「それに、働いているのは若い子ばかりじゃないと思います。老齢年金を受け取ってるくらいの年の人たちもいますよ」うらやましげな声だった。

「それがどうした?」サグデンは理不尽にも訊いた。「静かじゃないか?」これは観察で、質問ではない。あたりをゆっくり見回した。「女の子とのデートに使うような場所とは思えん。ぬるぬるしてる」油を塗った床板の上を足でこすった。「それに硬い」クレイヴンのほうを向いた。「この織機なのは確かか?」

クレイヴンはうなずいた。「番号は合っています」

「じゃ、調べさせろ」サグデンはつぶやき、クレイヴンは弱々しくうなずいた。土曜日の午後二時半に鑑識ラボに人がいるとは思えなかった。その点を確かめるために出ていき、残されたトードフとハリスはむっつり不機嫌なサグデンという重荷をまかされた。

トードフが一発目のパンチを受けた。「なんでもっと早く気がつかなかったんだ?」サグデンは訊いた。「同じ業界で働いてる兄さんがいるっていうのに！」嫌悪と絶望に首を縦に振ると、二重顎がぷるぷる震えた。トードフは賢く口をつぐんでいた。

「それにきみはそのにやにや笑いをやめろ、ハリス」サグデンは言った。「あの部屋は何だ？」ハリスの肩越しに指さした。

「女子トイレです」

「あそこに三日間放置されたってことはなさそうだな」サグデンは認めた。「監督が気づくだろう」

「そうもいかない。監督はみんな男ですから」ハリスは自分の論理に満足顔だった。

サグデンは歯を見せた。「頭がいいぞ」励ますように言うと、親指をぐいと突き出し、「中を見ろ」と命じた。「空の戸棚でもあるかもしれん」トードフのほうを向いて、「仕事にかかれ」と言った。

「わたしは染色場を見にいく」警部は歩き出した。頭を垂れ、背を丸め、沈黙した織機のあいだの狭い通路を進んだ。靴音はくぐもって聞こえ、羊毛の埃が鼻の穴に入ってくるので、苛立ってふんふんと鼻を鳴らした。シドニー・トードフは別の理由で鼻をくんくんさせながら、サグデンの通り道と直角に交わる通路を歩いていった。円の二本の半径は無限に放散するという健全な基本原理に基づく決断だった。

ジーナ・マッツォーニが死んでから最初の三日三晩を過ごした場所を発見したのは、トードフだった。

「間違いない」サグデンはしんみりと言って、ゆっくりうなずいた。「彼女の体の形が残っている。階下の染色桶と同じにな」屈み込んで、漆喰を塗っていないレンガ壁に押しつけられた、刈り取ったままの羊毛のべたついた山をじっと見た。「ひどいな。なんて嫌なにおいだ」顔をしかめた。それからトードフを見上げた。「どうして遺体は見つからなかったんだ？」トードフは片足を出し、部屋の中央に投げた防水シートのごわごわしたひだをつついた。「何週間でも置きっぱなしにできたでしょうね」

「じゃ、どうして置きっぱなしにしなかったんだ？」サグデンは立ち上がりながら、ほとんど独り言のようにその疑問をつぶやいた。「やれやれ、ここは寒いったらない」指に息を吹きかけ、すぐその手を顔から離した。未加工の羊毛と死のにおいがこびりついていた。

「もちろん、ここは都合がいい」トードフは言葉を挟んだ。「冷蔵室としてね。窓はくさびであけたままにしてある。二十年も閉めたことがないんだ。ここなら何日も氷点下に近かったでしょう」

「彼女が寒がったわけじゃない」ハリスは静かに言った。

「遺体を動かした理由があったはずだ」サグデンは部屋の真ん中まで行き、床に途中まで嵌め込まれた長い長方形の桶をじっと見下ろした。そっと蹴ってみると、ガラガラと低い音がして、容器の底に厚くたまっている黒いどんよりした液体にかすかな震えが走った。

「ここは分解蒸留場です」サグデンの視線をとらえたトードフはおずおずと言った。

「なんだそれは？」

「染色に使った残りの液をここで分解蒸留するんです。それで出てきた脂肪は取っておく」トードフは居心地の悪そうな様子だった。「フランクがそんな話をしていたのを聞いたことがある」自分の豊富な知識を隠そうとして言った。

「あの汚らしいやつか？」サグデンは靴の先を突き出し、桶のわきの金属のトレーに山になっている、脂っぽい黄色の物質をさした。

「そうです」トードフは言った。「桶がいっぱいのとき、液の上からあれをすくい取るんです」

「だが、桶はいっぱいではない！」サグデンの目がふいにきらめいた。「空っぽじゃないか」ガラガラと長く響く音が気に入ったかのように、また桶を蹴った。それはおびやかすような音だった。「なぜだ？」と自問した。容器の底に広がる黒いどろどろしたものを見下ろした。「なぜ遺体は移された？」向き直ってトードフを見た。「きみが女の子を一人殺したとする。階下の織機のそばで。髪の毛が引っこ抜かれて紡錘にからまるほど、すぐそばだ。きみは彼女をここまで引っ張り上げ、冷蔵室に入れる。それからまた遺体を動かし、染色桶に入れる。なぜだ？　なぜ彼女をもう一度動かす？」

トードフは刈り取られた羊毛のもさもさした山を見下ろした。「わたしなら、もう一度触りたいとは思いませんね」とつぶやいた。

「だが、犯人はそうした。きみが犯人だと想像してみろ。なぜそうした？」

トードフはポケットからハンカチを取り出し、指を拭いた。「べたべたしているでしょう」簡潔に言った。「よほどの理由がなければ、やりません」

「ああ」サグデンは言った。「一つか二つの理由だ。選んでくれていい。桶の中身はじきに空けられると犯人は知っていた――そうすると、遺体が早く発見されてしまうかもしれない。あるいは、遺体を熱湯に入れる必要があった。検死でなにもわからないようにな」

「あるいは、その両方」トードフは言ってみた。

「あるいは、その両方」サグデンは床の上のもさもさした山を見下ろした。「ラボの連中を呼んで、このもさもさを調べさせろ。すぐにな」

第二十二章

「気をつけろ！　これ以上人を殺すな！」サグデンは顔を回し、警察車の運転手をこわい目で睨みつけた。「死体なら一週間に二つで充分だ！」

運転手は選り抜きの単語を一つ二つつぶやきながら、同時にエンジンをやかましくふかして、どの単語を選り抜いたかわからないようにした。

「ビンゴ・ゲームの会だな」クレイヴンは物知りぶった顔になった。後部座席で体をねじって、ホーム・アンド・コロニアル食料品店の屋根越しに町役場の時計塔を見た。四つの時計のうちどれを見ているのかをすばやく判断し、それに従って頭の中で狂いを修正し、なるほどわかったというようにうなずいた。「五時五分。グレンリーガル映画館」頭を後ろへ振って示した。「ちょうど集まりが終わって、みんな出てきたところだ」

「なにがビンゴなもんか」サグデンは振り向きもせずに言った。「どうせ市場に向かう人ごみだよ」呻き声とともに身を乗り出し、ボタンを押してベルを鳴らすと、車はようやく前進を始め、プロスペクト・レーンを出て混雑した中央道路に入った。モーセの前に水を分けた紅海のように、人の群れがゆっくり、むっつり――紅海よりずっと静かに――分かれていった。

「こいつら、いやに静かだな」トードフは窓を下げ始めたが、サグデンに怒鳴られて、また上げた。

「寒い」警部は吠え、その一言に、寒いのはトードフのせいだという響きをこめていた。

トードフはそんな意味合いにはほとんど気づかなかった。警察車が青空市場の脇をじりじりと進むあいだ、彼は群衆を見つめていた。露店に白い蛍光灯がチカチカとつき始め、中央道路のナトリウム灯は濃い赤色に光って、もうしばらくしたらオレンジ色に輝き出すための力を蓄えている。光はどこか劇的で、人々の顔に奇妙な影を投げ、その衣服のひだの黒味を増している。普段の土曜の夕方らしい活気がまるでなかった。もちろん、モートン峠から吹き降ろす冷たい風のせいかもしれない。大通りや小路をひゅうひゅうと抜ける風に紙箱や泥まみれの包み紙が舞う中を、警察車は滑るように中央道路を通って十字路へ向かった。だがそのとき、別の考えが頭に浮かんだ。ハリスの頭にも同時に同じ考えが浮かんだ。

「おびえてるんだと思う」ハリスは小声で言った。「まるでおびえてる。瀬戸物屋のチャーリーすら、ひそひそ声になっている」珍しいことだと、みんなわかっていた。四十年というもの、チャーリーは毎週土曜日に割れんばかりに声を張り上げ、ティー・セットや陶器のシェパード犬の置物、ボールトン・アビー（北ヨークシャーにある中世の僧院跡）を描いた壁掛け用陶板などを売ってきて、たっぷり儲け、自宅はトランミア・パーク（リーズ郊外の高級住宅地）にあり、ガレージにはピンクのクレスタ、ウィンダミア湖には四寝台あるクルーザーを置いている。その瀬戸物屋チャーリーが今日はほとんど口をつぐみ、暖炉の燃え殻の上のコオロギ並みの、か細い声しか出していなかった。

「風邪でもひいてるんだろ」サグデンは言ったが、心にもない台詞だとわかっていたし、聞いているほうも、警部は心にもないことを言っているとわかっていた。運転手は唸り、十字路で勢いよく右折した。

曲がったとき、サグデンは一文字に結んだ唇のあいだからすっと息を吸って、前を見つめた。「あんなことをして、何になると思ってるんだ？」警察署の外には二、三百人が群れをなし、コートのポケットに深く手を突っ込んで、黙って立っていた。「止まるな」警部は急いで運転手に命じた。「まっすぐ中庭に入れ」

車が開いたゲートを抜け、正面ドアの外の階段下に近づくあいだ、誰も口をきかなかった。サグデンの両脚が車から突き出され、そのあと巨体がついてこようとしたときになって、群衆の中にいた女が一人、身を乗り出し、警部に向かって大声を出した。「バーバラ・ファース」と、ヒステリー寸前の状態でわめき、それから妙なことに、《デイリー・ミラー》の新聞紙にくるまれた大きなセロリを振り回した。

「頭がおかしいんだ」クレイヴンは玄関に足を踏み入れながら、ばかにしたようにくすくす笑った。帽子を取り、汚れた人差指で自分の額をとんとん叩き、「狂ってる。あの女、狂ってるのさ」と言った。睨みつけてせいぜいおびえさせてやろうと、振り返ったところにセロリが飛んできて、鼻梁に命中した。葉のついたほうが左耳をこすり、フライジングホール付近の貸し農園の土が根から取れて口に入った。クレイヴンはぺっぺと吐き出し、悪態をついた。

外の道路にいる群衆から長い歓声がとどろいた。トードフは笑い出しそうになったが、まずいと思い、顔を赤くしてこらえた。サグデンは意地悪な目つきでクレイヴンを見つめ、やられて当然、いい気味だと言った。当直巡査ホレスはヘルメットをフックからはずし、セロリのほかになにか飛んできた場合に備えて頭にかぶった。ブリッグズ警視はぷりぷりして自室のドアから顔を覗かせた。「ふざけるのはいいかげんにしろ」クレイヴンを睨みつけた。「それに、唾を吐くのはよせ」次にサグデンのほうを向いて、「遅いぞ、サグデン」と苛立って言った。「みんなそろっている。三十分も待っているんだ。三十分だぞ！」

その瞬間、突き出した警視の頭の背後の部屋から、痛みに吠える声が聞こえてきた。警視の頭は丈夫なゴム紐で引っ張られたかのように、ぴゅっと部屋の中へ戻り、サグデンは自分の帽子とコートを床に落とすなり、どすどすと二歩で部屋に入った。ハリス部長刑事はサグデンのコートにつまずいてよつんばいになってしまい、その頭はよく訓練された銃猟犬のように、ブリッグズの部屋のドアを指し示していた。トードフは見事な跳躍でハリスを飛び越し、閉まる直前にドアに達した。中に入ると、ドアを背にして立ち、コート・フックのことを覚えていたから、中央より左へ一フィートのところに位置を定めた。

眼前には実におかしな光景が展開していた。しゃべっているのは一人、カリノフスキーだけだが、四人分相当の声を上げていた。「いってぇー」妙にしゃがれた、歌うような声で、何度も繰り返している。「いってぇー。こいつに指の骨を折られた」息を吸い込み、また言った。まっすぐ立ち、顔は痛みにゆがんで赤くなっている。片手を濡れ雑巾みたいに前に突き出し、その指二本からは血が滴っていた。怒りのあまり顔が黒ずんだレンズ大尉は、黙ってポケットをあさってハンカチを見つけようとしていたが、右脇に大きな本を挟んでいるので難しかった。リチャード・デンビーとジョゼフ・ブランスキルは隣り合わせの椅子に座り直そうとしているところだった。デンビーは顔の左側をゆっくり撫で、ブランスキルはぎゅっと丸めたハンカチを口元に当てている。トードフが見ていると、ブランスキルは頭を後ろに反らし、鼻を押さえた。血が滴っていた。ポール・ニクソンは髪がくしゃくしゃ、ネクタイは肩越しに後ろへ流れている。服の乱れを直し、ズボンの両膝を手でばたばたと不快そうにはたいていた。ユワート・ハーデイカーはまだ床の上だが、ようやく立ち上がろうとしていた。全員が怒っているか、決まり悪そうか、その両方か、そんな顔つきだが、シリル・ライトフット巡査だけは違い、部屋の真ん中に姿勢よくぴしっと立って、してやったりと得意満面だった。

非番の四時間で元気を取り戻したらしい。目にはきらめきがあり、あたかもブリッグズの部屋の奥の壁に金文字で昇進の一語が記されているかのようだった。

最初になんとか声を出したのはブリッグズ警視だった。ただし、カリノフスキーは除いてだ。彼はまだ悪態をつき、顔をしかめ、右手の指を動かそうと試みながら、できずにいた。「なんの騒ぎだ?」ブリッグズは部屋を見渡し、誰かの目をとらえようとしたが、だめだった。

「わたしの足の下にあります」ライトフットはにんまりして言った。

「何が?」

「知りません、警視」ライトフットはまだ楽しんでいた。「なにか書いてある紙切れです」

サグデンは満足げによく響く唸り声を出し、ブリッグズを見た。「決定的証拠だ」ライトフットの巨大な左足のほうへ屈もうとしたが、足には触れないまま、体を起こした。「そのままにしておけ、ライトフット。それで安全だ。どこから出てきたんだ?」

「本です、警部」ライトフットは左足を動かさないように気をつけて屈み、床に落ちていたリチャード・ハリーの黄表紙の小説本を拾い上げると、サグデンに渡した。

「これはわれわれのものか?」サグデンは訊いた。「娘の箱に入っていたやつか?」

ブリッグズ警視はうなずいた。「テーブルの上に置いてあったんだ。わたしはミスター・デンビーにイタリア語の意味を尋ねているところだった。とびらに入れた書き込みのね。彼に本を手渡したとき、外が騒がしくなった」ブリッグズはライトフットのほうを向いた。「その紙が本に入っていたというんじゃないだろうな」

「入っていました、警視」ライトフットは頑固な表情になった。

「そうなんです」デンビーが初めて口をきいた。サグデンを見上げると、その顔の左頬骨のすぐ上が大きく赤く腫れ上がっているのがトードフの目に入った。「ページのあいだじゃありませんよ、警部……」

「……当然だ！……鑑識の連中が指紋を調べた……」

「……ええ」デンビーは続けた。「でも、おたくの技術者は図書館の司書じゃありません」サグデンに向かってにっこりしたが、顔が痛んだので笑みは消えた。「わたしは司書です。本の背の隙間になにか詰まっているのはしょっちゅうでしてね、驚くばかりだ。一度、老婦人の遺言書が見つかったことがありましたよ。本人と証人の署名入りの正式な書面が、バーバラ・カートランド（一九〇一〜二〇〇〇。ロマンス小説家）の本の背に突っ込んであった」肩をすくめた。「そういうのに慣れてしまうもんですよ」

ブリッグズ警視はデスク越しに身を乗り出し、サグデンから本を受け取った。空っぽの背に視線を落とし、それからデンビーをじっと見た。「いわば自動的に確かめた、ということですか？」

「そうでしょうね」デンビーもブリッグズをじっと見返した。

「鉛筆を差し込んだんです」ライトフットが説明した。「そうしたら、紙切れが落ちてきた」にんまりした。「みんなのあわてっぷりといったら！　でも、わたしが最初に獲りました」顔を回し、ちょっと後悔をこめてカリノフスキーを見た。「失礼。わたしは二番手だった。こちらの方が手を置いたすぐあとでした」

「不器用な野郎め」カリノフスキーはつぶやいた。今では席に着いていて、怒りと痛みで顔は青ざめ、右手を左手で包んで、椅子の上で体を前後に揺らしていた。口を四分の一インチばかり、またあけた。「あのいまいましい紙切れを拾おうとして屈んだ」憎々しげにライトフットを睨みつけた。「そうしたら、このざまだ」

サグデンはレンズの目をとらえた。「隣の部屋へ連れていってください、大尉。手当をしてあげましょう」それから、残りの人たちに言った。「皆さんも隣室で待っていただきましょうか。どうぞ」この〝どうぞ〟の一言で、警視を含め、一人残らずはっとして顔を上げた。サグデンはなにも言わなかった。自己満足して嬉しそうだった。部屋の人たちはゆっくり動き始めた。

みんな出ていくかいかないかのうちに、サグデンはライトフットに声をかけた。「全員が飛びついたのか？　そいつを見てみようじゃないか」

ライトフットは屈んだ。「全員です。ブランスキルとデンビーは正面衝突」

「らしいな！」サグデンはさらに嬉々とした声になった。「ともかく、あれでブランスキルは黙った。あ、ちぇっ」ブリッグズが部屋に戻ってきたとき、電話が鳴り出し、サグデンは近寄って受話器を取り上げた。ライトフットの脇を通りざま、小さく折りたたんだ紙切れを受け取った。

「サグデン警部です」電話機に向かって言い、左手だけを使って紙切れを広げようとした。

「ラドロウ警部です」声は言った。わずかな間があった。「犯罪捜査部、X課。ヤードです」

「はい」サグデンは無気力に答えた。

「ラッデンに向かっています」声は続けた。ごく小さい、遠い音だった。「アブサロム部長刑事が同行しています」前より長い間があった。「現在、ハルにいます」むかついた様子で鼻を鳴らすのが聞こえた。「ハルです」声は繰り返した。

サグデンから答えはなかった。「ハルにいると言ったんですが……もしもし?」ラドロウは苛立ちを募らせてきた。

デスクに座ったサグデンは、紙切れをなんとか広げていた。口をぽかんとあけ、見つめる目はコルク栓みたいに飛び出しそうになっている。

「こんちくしょうめ」ゆっくり、はっきりした発音で、電話に向かって言った。

ラドロウ警部は傷ついた声になった。「いや、そこまでひどくはありませんよ、警部」相手を慰めるように言った。「深夜十二時前にはそちらに着けます」あきらめるのは早いという口調だった。

「そうですか」サグデンはぼんやり言って、受話器を置きかけた。それからはっと我に返り、「おい」と怒鳴った。「どこにいるって?」

「ハルです。言ったでしょう……」うんざりしたのと、わけがわからないのとが混じった声だった。

「そりゃいい」サグデンはぴしりと言った。「わたしなら、今夜はそっちに泊まるね。ここまで来る意味はない。われわれに必要なのは、あんたらじゃないんだ」受話器をガシャッと置き、ブリッグズ警視のほうを向いた。「こいつはMI5ものです」

デスクの上の紙切れをじっと眺め下ろすと、ブリッグズ警視の長い顔がじわじわと紅潮していき、眉毛の上から禿げ頭を通って、薄い髪に覆われた首の上まで、すっかり赤くなった。「なんてことだ」喘ぐように言い、それからゆっくり口笛を吹いた。

紙は縦およそ三インチ、横およそ二インチで、明らかにらせん綴じのメモ帳から破り取ったものだった。薄青い罫線の上にボールペンでメッセージが走り書きしてあった。

U2 WING H429 CANCELLED

LT, C, LCL, DC, EN, CH, MH, NU. Hodg.

ブリッグズは電話機へ手を伸ばした。また口を開いた。出てきたのは「なんてことだ」だけだったが、そこには渾身の力がこめられていた。

第二十三章

デスクの端にある白い電話機が一度、一秒だけジリッと鳴った。明瞭な響きで、中央のハ音から二オクターブ下の変ロ音だ。なにか小さく上品な惨事を告げているように聞こえた。

デスクを横断して、長く白い手が悠然と伸びてきた。淡いグレーのシャツの袖口と、美しいダーク・グレーのウーステッド製の袖があとに続いた。手は白い電話の受話器を取り上げ、かなり大きくて毛の生えた耳につけた。強く押しつけるのではなく、そっと近寄せただけだ。

「はい」耳男は言った。

交換台の女性は畏怖を感じているようだった。「お邪魔して申し訳ありません、サー。電話の方はミスター・マルプラケとは話さないとおっしゃるもので。どうしても大臣とお話しになりたいそうです」

「で、誰なんだね？」

「警察本部長です」

「ほう」感心した様子はなかった。大臣は窓から外を眺め、ふいに興味をそそられた。セント・ジェイムズィズ公園の池で、一羽のカモがもう一羽を殺そうとしているように見え、その騒ぎでホワイトホールから響いてくる交通音が聞こえないほどだった。「その男、内務大臣は試したのか？　あっちの仕事じゃないかと思うがな」

「はい、サー。内務大臣はつかまらないとおっしゃっています。まだダートムアからお帰りでないようです」

「ああ！」大臣はため息をつき、肩をすくめた。「スコットランド・ヤードは？」

「これは政治的な問題だとおっしゃっています」

大臣の青白く長い顔にさっと痛みの痙攣が走り、鼻が少し震えた。痙攣は喉に引っかかり、ごろごろと鳴った。大臣は政治を憎み始めていた。政治はあそこで闘っているカモとたいして違わない。彼はまたため息をついた。

「つないでくれ」あきらめたように言って、カチリという音を待った。「はい」気のない返事をした。

「ウォーバートンと申します。ラッデン警察です」

大臣は挨拶らしき言葉をつぶやき、同時にデスクの下のボタンを押した。三回。即座に部屋の向こう端にあるドアがあいて、男が三人、ほとんど駆け足で入ってきた。年功序列で上から下へ、一列縦隊に並んでいる。ドアを抜けたとき、大臣が電話の相手の名前や肩書きを礼儀正しく、だが毅然とした態度で受け取っているのが聞こえた。

「ヒュー・ウォーバートン本部長、ラッデン、ですね」大臣は慎重に繰り返し、手書きでメモした。ペンがラッデンという単語の終わりまで来ると、送話口に手を当て、左肩越しに小声で言った。「このラッデンて場所だが、いったいどこだ？　早く」

大臣はウォーバートン本部長に、内務大臣がまだ戻らないので、お話はなんなりと伺って、お伝えしましょう、と言っていた。そのとき、ミスター・マルプラケがデスクの上に身を乗り出した。その肉厚の顔は警告を含んでこわばり、眉毛は猛烈に信号を送っていた。

「ラッデンは」とささやいた。「西ヨークシャー州です」それから、大臣の受話器に押し当てられていないほうの耳にうやうやしく顔を近づけた。「ファイリングデールズ・ムアから遠くありません」

「ストップ！」大臣が電話に向かって怒鳴ると、外の公園のカモの片割れが一瞬けんかをやめ、声のした窓をじっと見上げた。二百二十マイル先では、ウォーバートンがどっと汗をかき、震え出して、話すのをやめた。

「周波数帯変換機《スクランブラー》はついているか？」大臣は電話に向かって質問を発した。電話機が返事をするより早く、彼はそれを耳から離してじっと見た。思い違いはない。やはり白い電話機だった。

「いや、ついていない」いらいらと送話口に向かって言った。「気をつけてください」

ウォーバートン本部長は真っ赤になっていて、彼の電話機（黒）から湯気が立ち昇った。「気をつけなければならないことは充分承知しております」むっとして言った。深呼吸してから、慎重に、はっきりと、大臣にこう言った。

「あなた《ユー・トゥー》もラッデンに来る可能性があります（「U2偵察機が来る」の意味をにおわせている）」

「冗談じゃない」大臣はうっかりそう言ってしまった。ぶるっと上品に体を震わせ、一瞬、目を閉じた。

ウォーバートンはもう一度試みた。「あなたも《ユー・トゥー》、サー」最初の二語を強調した。「ラッデンに来るかもしれない」それから、これではまるで《ティット・ビッツ》週刊誌に載る広告みたいに聞こえる、という恐ろしい考えが浮かんで、言葉を切った。ふいに明るくなった。「もしあなたに権限《パワーズ》があれば（一九六〇年にソ連で逮捕、二年後に釈放されたCIAスパイでU2機パイロットのF・G・パワーズをにおわせている）」と付け加えた。

「権限《パワーズ》？」

大臣が戸惑ったようにこの一語を繰り返すと、役人三人はそろってぴしっと姿勢を正した。話が自分たちのなじみの陣地に戻ってきたのだ。比喩的にいうなら、かれらは出陣を待つ軍馬のように、その地面を掻き始めた。

ミスター・マルプラケはドアに戻り、禿げ頭を隣室へ突き出した。

「ピアスだ」きびきびと言った。「ピアスを呼び出してくれ。スクランブラーをつけて」

「まったく不可能だよ、きみ」マーカス・ピアスは言い、電話機に向かって優越感たっぷりに微笑した。「できることならしてあげるがね。残念ながらホプキンズはカーブルにいる」声に嫉妬の色が入り込まないよう、ずいぶん奮闘したが、嫉妬が勝った。「カーブル」とまた言って、ため息をついた。手にした緑色の電話機からガーガーと甲高い音が漏れた。スクランブラーがマルプラケの返事を噛み砕いているのだ。

ピアスはうなずき、天井を見上げた。「そのとおりだ。こっちが片付いたと思えば、すぐまたあっちで騒ぎ。だが、最終的にはどれもこれも同じことになる。そうだろ！」くすくす笑い、そのあいだにスクランブラーはマルプラケの返事をできるだけ粉々にした。下品な返事のように聞こえた。

「ともかく」ピアスは続けた。「想像がつくか、ホプキンズなんかが、ええと……」言いよどんで、メモに目を落とした。

「ラッデン」マルプラケが助け舟を出した。「西ヨークシャー州の町だ」

「ああ」ピアスはデスクの上の書類をあさった。「そのほかも、誰もいないんだ。ウォルシュはサイゴンで入院中、カルーザーズが最近姿を見せたのは二週間前で、壁を乗り越えて東ベルリンへ……」

「クラットワージーは?」マルプラケはじりじりしてきた。

「サンモリッツ」ピアスはためらった。「すごく忙しい」と同僚をかばって言い足したが、あまり本気のようには聞こえなかった。「それに、こういう仕事には年を食いすぎてきたからな」

「ちっ」マルプラケは言い、それが機械を通して向こうに届くまで三秒待ってから、また言った。スクランブラーのせいで、アラビア語の悪態のように聞こえた。

「もちろん、パリスターはいる」ピアスの声には必死の響きが加わってきた。汗が噴き出し、眼鏡が湯気でくもり始めた。気をつけないと、自分が西ヨークシャー州で数週間とはいわないまでも、数日過ごさなくてはならなくなると認識したからだった。呼吸が荒くなった。

「パリスターって、誰だね?」

「国防省付属図書館からこっちに移ってきた新人だ」ピアスは電話機に向かって微笑した。「非常に、頭のいいやつだ」

マルプラケは唸った。「迷子にならずに部内を歩けるようになったかね?」これは究極の頭の良さだった。

「もちろんさ。もちろんだとも」幸運を祈って縁起をかつぎ、ピアスは痛くなるほどきつく二本の指を交差させ、デスクの木製の天板に触れた。「すごくいいやつだよ。実にいい」やりすぎだ。息を止め、マルプラケの反応を待った。

「マスタードとはうまくやってるのか?」マルプラケは訊いた。

「問題ない。見てわかる限りではね。マスタードはあまり明かさないから」

「よし」マルプラケは心を決めた。「大臣からということで、マスタードに伝えてくれ。クラットワージーを早急にサンモリッツから呼び戻す。彼が戻るまでのあいだは、その新人が砦を守ればいい。それからきみはね、ピアス、ラッデンへ行く。楽しんできてくれ」

受話器がバンと下ろされ、スクランブラーが呻くような音を発して切れるのがピアスの耳に聞こえた。

線が完全に切れるまで待ってから、次の二十五秒間、受話器に向かってひどく下品な悪口を並べた。それでなにも変わりはしない。彼はラッデンに行くことになったのだ。

第二十四章

「ここはファイリングデールズ早期警報施設に近すぎる」マーカス・ピアスはぶつくさ言って、サグデンのデスクの上に身を乗り出すと、鋭い爪を壁の地図に数インチ走らせた。かすかに引っ掻く音がして、トードフは思わず頰をすぼめた。「いくらなんでも近すぎる」ピアスは続けた。「気に入らないな」

「ま、わたしたちと同じようになさるしかない」サグデンは言った。「いやでも我慢することだ」ガス・ストーブのまん前の肘掛け椅子から無遠慮にピアスをねめつけた。「われわれは気に入っているとお思いですか?　われわれはあのそばに住んでいるんだ」支持を求めて部屋を見回すと、クレイヴンがむっつり顔でうなずいた。

　こんなところに住まねばならないとはお気の毒にと、ピアスはサグデンに深い同情の言葉をかけたくなったが、たいへんな努力でなんとかこらえた。ラッデンに来て約五時間。まるで五週間のような気がする。なにも言わずに窓際へ歩いていき、外の通りを眺めた。ひどく寒くてじめじめして見える。鳥打帽をかぶった中年男三人が警察署の前を通っていった。どこかの工場へ出勤するところだろう。上着の襟を耳まで立て、三人揃って笑っている。ピアスは黙ったまま驚きに首を振って、サグデンのほうへ向き直った。「そんな意味で言ったんじゃありませんよ、警部」なだめるように言った。「ここはファイリングデールズに近いから、これはずいぶん大きな公安問題になる、という意味です」サグデンは唸ったが、それ以上はなにも言わなかったので、ピアスは彼に質問した。「U2偵察機はソープスウェイツから飛んだんですよ。それはご存じでしたか？」

「ええ」サグデンは言った。「知ってます。わたしと、あと三万人がね」

ピアスはぎょっとした顔になり、サグデンは初めてにっこりした。（月曜の朝八時十五分ににやにや笑いが出たとは悪くないぞ！　とトードフは思った。）「あれが何で、どこへ行こうとしているのか、ほとんど出発前にわかっていましたよ」サグデンは言った。

「じゃ、イタリア人の娘も知っていた？」

「よっぽど浮世離れしていたんでなければね。知らないですむ話題じゃなかったからな！」

ピアスはため息をつき、ガスストーブの脇に座った。手を火にかざし、指が熱くなると体を震わせた。

「あのメッセージ……」ピアスはデスクの隅の暗がりに向かって顎をしゃくった。そこには〝U2〟のメッセージを書いた紙切れが壁の地図から抜いた錆びた画鋲で吸取紙に留めつけてあった。「あのメッセージ……。娘は関連していたかもしれない」

「ええ、あるいはね」サグデンはしらじらしく控えめな言い方をして、嬉しそうに鼻を鳴らした。「殺されるくらい関連していた。これこそ関連ですな。そう思わんかね、部長刑事？」反応を見ようと、首を回した。

クレイヴンは期待を裏切らなかった。うなずいて、「そうも言えるでしょうね」と言った。

クレイヴンの小さな頭がこくこく動くのを見るとピアスは苛立った。軽く身震いして目を逸らすと、今度はトードフに話しかけた。

「しかし、彼女がなんらかのスパイ活動に関わっていたという証拠はまったくない」

トードフが口を開くより早く、サグデンが言った。「ああ。彼女はイタリア人だった」その顔つきからすると、Ａ1号線（Ｍ）（A級道路の一部がM級高速道路になっている）沿線のボートリー（南ヨークシャー州、ドンカスター付近の町）の五ヤード南から先は異国だ思っているらしかった。

「彼女のイタリアの実家の住所はわかっていますか?」ピアスは訊いた。

「わかっています」サグデンは自分に知識があるので満足げだった。「イタリアの警察がすでに母親に知らせました」

「よかった」ピアスは〈公用《OHMS》〉封筒（国家公文書の無料配達用）の裏にメモを書き付けた。「このカリノフスキーという男は、どこの出身です?」

「アメリカ」

「ええ」ピアスは堪忍袋の緒が切れそうな顔になった。「しかし、どの州です? どのあたりから?」

「カロライナ州のチャールストンというところです」

ピアスは眉をひそめてうなずき、またメモを書いた。「海軍基地がある。大きなやつだ。ポラリス潜水艦の基地だ」

サグデンはゆっくり背筋を伸ばした。目を興味にきらめかせ、低く口笛を吹いた。「そんなこと、誰が知っている?」鋭く言った。

「わたしと、あと三万人がね」ピアスはにやりとして言ったので、あまりきつくは聞こえなかった。「まずまず普通の知識ですよ」と付け加えてから、話の方向を変えた。「ハーデイカーは? 何がわかっています？　公安の面で、という意味だが」

「核武装反対運動《CND》」クレイヴン部長刑事は言った。

ピアスはぱっと振り向いた。「確かか？」

「ええ。六カ月前、ソープスウェイツ基地の中央ゲート前に座り込んでつかまりました」クレイヴンはくすりと笑った。「この目で見ましたよ。ローズとマドックスがあいつを警察のヴァンまで運んだんだが、水溜りで手を滑らせた」さっきより遠慮なく笑って言った。「あいつ、うつぶせに落ちて、腹を濡らした」

　平穏の中であの騒ぎを思い出しているクレイヴンの感情にピアスは気づく様子もなく、メモだらけになった小さい茶封筒を見てにこにこしていた。目を上げ、その嬉しそうな顔をクレイヴンに向けた。

「デンビーについては、なにかわかっていますか？」

「ええ」クレイヴンは言った。「アカです」

「なんだって！」ピアスは椅子から六インチ飛び上がり、歓喜の声を上げた。「どうしてわかるんです？」

　クレイヴンはトードフのほうへ親指を突き出した。「あいつに訊いてください。知ってますから」

トードフはデンビーの下宿を訪ねたこと、レズリーとオリーヴに出会ったことを話した。

「苗字は？」トードフの話が済むとすぐ、ピアスは封筒から目を上げた。

「ホースフィールドです」

「すぐに調べはつくだろう。デンビーはかれらと同棲しているのか？」

「いいえ。部屋を借りているだけです」トードフは自分がデンビーの肩を持っている、しかも進んでそうしていると、ふいに意識した。「彼が共産主義者だとは思いませんシンパ程度じゃないでしょうかね」

「そっちのほうが悪い」ピアスは勝ち誇って言った。封筒の余白を探していたが、見つからなかったので、脇の折り目を慎重に切り開き始めた。「今度はニクソンだ」顔を上げ、サグデン警部に向かってほほえんだ。「こいつは簡単だ。U2の仕事をしている」

「U2はロッキードが作っていると思いましたがね」サグデンは言った。「ニクソンの会社じゃない」

ピアスは優越感を見せた。「おっしゃるとおりですよ、警部。しかし、わたしはたまたま知っているんだが、アストラル航空機はU2が搭載する特殊な装置を製造しています。非常に重要な装置だ。海外製造軍需品。わたしは確かにミスター・ニクソンにたっぷり関心を寄せていますよ」いやな感じの微笑を浮かべた。「では、ブランスキルだ。偉大なる白人ボス。赤字の兆候は?」

「ブランスキルが！　アカ！　ばかなことは言わんでくださいよ」サグデンは身を乗り出し、ピアスの膝を軽く叩いた。「いやはや、ばかばかしい。あいつが共産主義者なら、ウィンストン・チャーチルだって共産主義者だ」

「赤字と言ったんです、警部。金の問題は？」

「金ならたんとある。昔からね」

「確かですか？」

「違いない。金持ちの生まれだ。それに、毎年何万ポンドと稼いで、一銭も使わない。賭け事はやらない。煙草は吸わない。女遊びはしない」

「退屈しのぎにちょいとスパイ活動に手を出すのかもしれない。たまには退屈なときもありそうじゃないですか」

「いや。あいつは絶対に退屈なんかしないね。一つだけ趣味がある。もっと金をこしらえることだ」

「スパイをやればうんと金になる可能性がある」

「羊毛で充分儲けてますよ。わたしなら、あいつの名前はリストから外しますね。べつに恩義があるわけじゃないが」そう言うと、サグデンの二重顎が襟から出てきた。「あいつをスパイと考えるのは、おたくの時間の無駄ですよ」顎がさらに出た。「われわれにとってもね」

ピアスの耳のあたりがピンクに染まり、怒った顔になった。「それはわたしが決めます、警部」壁の地図のところへ歩いていき、数分間じっと見た。

「使者が必要になります、警部」ピアスは目を地図に据えたまま言った。「それに、速い車が」

サグデンは下品に笑った。「そう都合よくはいかんな、ミスター・ピアス。そううまくはね。こっちにあるのはトードフと自転車だけだ」

「自転車はありません、警部」トードフはもごもごと言った。

「じゃ、歩くしかないだろ」サグデンは自転車がどうなったかを思い出し、嚙みつくように言った。

「もちろん、ミスター・ピアスがきみにどこへ行ってほしいかによるがね」

ピアスは向きを変え、サグデンを見つめた。「まさか、このU2メッセージをわたしが郵送するとはお思いでないでしょうな、警部!」ピアスは高く細い鼻の上で眼鏡を押し上げた。放校処分の生徒名を発表しようとする校長のように見えた。「今すぐ暗号部に届けなくては。ロンドンのね」

サグデンはトードフにうなずいた。「支度しろ。頼むから、そいつをなくすなよ」旅行許可証を取るためにそそくさとオフィスを出ていくトードフの背中に向かって、「迷子になるな」と大声で言った。

　この見通しを考えると、クレイヴンの顔が明るくなったが、ほんの一瞬で、また陰気になった。トードフみたいな大きな男が永久に迷子になってしまうはずはなかった。

第二十五章

　ロンドンのトラファルガー・スクエアからホワイトホール大通りを歩いていくあいだ、シドニー・トードフはみじめな失望感を味わっていた。人生で初めて、財布の十シリング札を入れる部分に国家の運命を詰め込んで、二百二十マイルを旅してきたのだ。イングランドの心臓部を抜ける、ぞくぞくする五時間の旅（国鉄、二等、食堂車なし）のあいだ、彼に向かって帽子を上げる人すら一人もいなかった。まして、怪しんで眉を上げる人などいない。ため息をつき、財布がまだポケットにあるのを確かめて胸をぽんぽんと叩くと、この重大な旅も終わりに近づいたが、ここにきて、思ったとおり何者かに襲われ、小さい紙切れがもともと意図されていたように悪人の手に渡ってしまったらどうなるのだろうと、またしても考えた。

「まだそこにある」静かな声がした。「ホワイトホールを歩くあいだじゅう、胸を叩き続けるのはよせ。かゆくてたまらないみたいに見える」声は途切れた。「救命艇支援に旗を一本、いかがですか？」さっきより大きな声になった。

　トードフは足を止め、ズボンのポケットに手を入れた。目の前の若い男は薄黄色のオイルスキン製防水コートを着て、暴風雨帽《サウウェスター》までかぶっていた。「航海にはいい日和だ」青年は言って、ぶるっと体を震わせた。

「あっちではわたしを待っているのか？　ミスター・ピアスから電話があった？」トードフは訊きながら、募金を入れる救命艇の形をした容器に六ペンス硬貨を落とした。我ながら冷静沈着な態度だと満足していた。

「ずっときみを追って、報告が入ってきている。ラッデンからここまで、止まるたびにね。ほら、ダウニング・ストリートに曲がろうとしている女の子がいるだろう」救命艇の艇長は頭をくっと八分の一インチほど左へ傾けた。「彼女はキングズ・クロス駅からきみについて来た。きみは駅の軽食堂で〈ウォールズ〉のポーク・パイを食べたと言っていた」

トードフは感心したが、同時にちょっと腹が立った。「トイレにも行った」むっとして言い返した。

「わかっている」青年はうなずき、別れの挨拶に帽子の縁に触れてから、歩道の先へすっと進み出ると、近衛連隊のネクタイを締め、毛羽立った山高帽をかぶった長身でやせた若い男の鼻先で、コインの詰まった救命艇をガシャガシャと振ってみせた。男は左手首の内側の時計に目をやり、器用に救命艇は見ないで済ませた。

「うまいもんだ」トードフは感心した。ラッデンからホワイトホールまで、自分の移動経路がすっかり記録されていたのだとわかって、嫌な気分だった。救命艇の男が転んで帽子のひさしをだめにすればいいと思いながら、きびきびと歩き続け、戦没者記念碑《セノタフ》を通り過ぎた。

「おい、ちょっと！」今度の声は年取ってしわがれ、歯がなかった。「こっちだ」トードフは左を向き、目立たないアーチ道に曲がり込んだ。壁には〈小便無用〉という注意書きが薄れかけていた。

「おまえさんのことだ」ひどく老いた声は言った。声の主はどこかと、トードフは丸石敷きの狭い中庭をきょろきょろ見回した。どうということのない場所に見えた。細長く、片側には大昔の廏舎のドアらしきものがずっと並んでいる。その一つがキーッとあいて、彼は中に入った。「ミスター・パリスターがお待ちかねだ」年取った声はつっけんどんに言った。「ほら、ぐずぐずせんで」

「どうも」トードフが暗がりに足を踏み入れると、背後で鉄柵がカチャンと閉まった。「MI5ですか?」無邪気に訊いた。

「言葉には気をつけろよ、お若いの」金ボタンのついた青い制服姿の顔色の悪い老人が言った。「ここはラッデンじゃないんだからな」

トードフはぐっと唾を呑み、ここがラッデンならいいのにと、半分願った。

クリストファー・パリスターは受話器を耳から離し、持った手を伸ばして、しかめ面をしてやった。きんきんした声は続いている。

「はい」パリスターはうなずいた。「はい、もちろんです。ええ、当然です」受話器をデスクに置き、そのうちひとりでに落っこちるか、こもった熱で火を噴くのではないかとでもいうように見守った。爪で二度コツコツ叩くと、ふいに音がやんだ。受話器を取り上げ、耳につけた。

「もしもし。まだつながってますか?」

怒った声が、つながっていると答えた。

「いや、すみません。その話は大部分聞き逃してしまった。繰り返していただけますか?」

受話器から金属的な音が大きく響いた。あまり大きな音なので、戸口に立っていたシドニー・トードフは思わず同情して片耳を手でふさいだほどだった。

「ちっちっ」パリスターは言った。「我慢がないな」受話器を架台に戻し、トードフに目をやった。

「トードフ刑事ですね」友好的な声音だった。「今の電話はおたくの同僚の方からだった。サグデンという人です」名前をわざと強調して発音し、トードフが顔をしかめるのを見てにやりとした。「牡牛のごとく怒鳴る、というやつだ。煙草はいかがです？」

トードフは首を振って「いえ、けっこうです」と言うと、サグデンの件に戻った。「警部は何の用だったんですか？」

「きみが無事に到着したか、知りたがっておられただけだ。たいへんご心配のようだった。キングズ・クロスと間違えてグランサムで降りてしまったんじゃないかとね！」

トードフは鼻を鳴らし、それから、そんな音を立てたのを謝った。

「いや、いいんだ、気にしないで」パリスターは煙草を振って、煙の輪を作ろうとした。「たいした意地悪じいさんのようだな！」そのとおりだという表情がトードフの顔に現われたのを見て、彼はうなずいた。「あの人のことは忘れていい」〈公用《OHMS》〉のメモ用紙でデスクの隅の埃を払い、トードフが部屋の奥の小さな窓に近づき、外を眺めるのを見た。

「檻の中の暮らしにも慣れてしまう」パリスターは言った。「最初は気が滅入るが――やがて、檻はこちらを閉じ込めておくだけじゃなく、ほかの人間を中に入れさせないためのものでもあると気がつく。と、マントヒヒが北極グマに言ったようにね」立ち上がり、トードフのそばに来た。「筋向いのあそこがスコットランド・ヤードだ。気を楽にしてください。味方に囲まれているからね」言葉を切り、トードフの顔を注意深く見た。「なあ、トードフ、きみはサグデンじいさんが電話で知らせてきた風貌と似ても似つかない。どうしてボスってのは、ああでなきゃならないんだ？」

トードフは振り向き、明るくにんまりした。「きみのボスはピアスだね？」

「そうだ」パリスターは必要以上に荒っぽく煙草を揉み消した。「これまた意地悪じいさん。環境のせいじゃなく、生まれつきさ」パリスターの長く白い顔が、一瞬、嬉しそうに輝いた。「二人そろって」と想像の世界に目をやり、「ラッデンに閉じ込められている。テーブルの両側に一人ずつ。にらめっこだ」

「三人だ」トードフはクレイヴンのことを思い出して言った。ちょっと悪いような気がしたが、それも長くは続かなかった。

「なおさらいい」パリスターは言った。「意地悪三じじい」これにメロディをつけ、行進曲ふうに歌い出したが、電話が鳴って、歌は止まった。電話は妙にリズミカルに、スロー、スロー、クイック、クイック、スローと鳴った。「黙れよ、シルヴェスター」パリスターはいらいらと言った。

電話は古めかしいデザインの緑色のもので、部屋の片隅、窓から離れたところにぽつんとある小さなテーブルに載っていた。パリスターは受話器を取り、ボタンを押した。それから数分、規則正しい間隔を置いて、「はい、サー」が続き、最後に「かしこまりました、サー」と言ってから、彼は受話器を置いて、トードフのほうに向き直った。

「訂正。意地悪四じじい。今のはね、トードフくん、意地悪中の意地悪、エース、親玉。マルプラケっていう主席意地悪だ。縞のズボンを穿いた、すごくビッグなボスじじいさ。きみは例の紙を持ってすぐ動き出すようにと、彼は言ってる」パリスターはポケットから鍵束を取り出し、部屋中の戸や引出しに鍵をかけていった。「紙はちゃんと持っているだろうね。もし持っていなかったら……」右手を水平にして、喉を掻き切る真似をしてみせた。「よし」手を差し伸べた。「暗号部の部屋にお連れするよ。これであいつらもしばらく楽しめるだろう。ああいう頭があると、人生つらいね。朝のコーヒーの時間にはもう新聞のクロスワードをすべて片付けてるんだからな」

トードフはメッセージの紙を相手に渡し、財布を内ポケットに戻そうとしていたが、ふと目を上げた。不自然な沈黙が部屋に降りていた。パリスターはぺちゃくちゃしゃべるのをやめ、呼吸さえ止めてしまったようだった。セロファンの袋に入った小さな紙切れをじっと見つめ、眉根を寄せて注意を集中させている。

「これだけか？」

トードフはうなずいた。「それ以上だったら、暗記は難しかったな」顔が赤くなってきた。「万が一、盗まれたらと思って……」

「暗記したのか！」パリスターの顔がまた明るくなった。「よくやった。すばらしい警官だな、きみは。これでぼくは基本法を破る必要がなくなった。秘密文書は絶対にコピーしないこと。じゃ、暗号部の連中にこれを届けたら、きみとぼくは話をしよう。それに、食事だ」

トードフを優しく廊下に押し出し、ドアを閉めて、別々の鍵三本で施錠すると、その鍵を別々のポケットにおさめた。「この仕事は悪い影響を与える」トードフを連れてリッチモンド小路に入りながら、パリスターは言った。「しばらくすると、自分が神様だと考え始めるんだ」

第二十六章

「ここで働くのは楽しいでしょうな」サグデンは肩越しに言った。「ワラジムシの集団なみに地下暮らし」気がつくと、二人は自動的に歩調を合わせ、ぴったりくっついて、ほとんど一列縦隊で歩いていた。

「だが、ちょっとうるさいな」マーカス・ピアスはコンクリートのトンネルにこだまする自分の声を聞いた。

サグデンは上を見た。「働く者の安全のために、鉛を張ってあるそうだ。光線に焼かれちまわないようにね！」サグデンはふいに足を止めたので、すぐ後ろにいたピアスはその背中に追突した。「聞くところでは」サグデンは言った。「肉があいう光線に当たると、中から外に向かって焼かれていくとか」鼻をひくつかせ、また歩き出した。「自分を肉の塊と考えることがありますか？」

ピアスはサグデンの背中を見て、ぶるっと震えた。「あまりないな」

「内側から焼けていく」サグデンの足が速くなっていた。「まずは内臓、それから皮膚、最後は目玉！　考えるだけでも楽しい！」

光が変化し、二人はトンネルを出た。またサグデンは急に止まり、ピアスは今度はサグデンの帽子のつばに顔をぶつけた。「考えるだけでも楽しい！」サグデンは言って、ファイリングデールズ・ムアをじっと見渡した。百フィート先に、弾道ミサイル早期警戒システムの三つの巨大な球（レーダーを収容した直径約四〇メートルの球体）の一つがあった。「金を湯水のように使ったな」サグデンはむっとした。「青いペンキまで塗ってある」

「カモの卵《ダック・エッグ》」ピアスは痛む鼻をこすりながら言った。

サグデンはゆっくり振り向き、ピアスをじっと見つめた。眉毛が上がったが、言葉は出なかった。

「ダック・エッグ」ピアスは三個の薄青い球に顎をしゃくって言った。「あれが公式の色だ。明るい青空を背景にすると、カムフラージュになる」顔から離した手を暗い灰色の雲のほうへ振った。雲ははるかに北海のほうまで続いていた。鼻は赤くなり、目には涙が出ていた。

「そういう意味だと思ったんだ」サグデンはほっとしたようだった。「一瞬、あんたの気がおかしくなったのかと疑ったがね」ピアスの胸をつついた。「そういや、昔、おふくろに〝ダック・エッグ〟と呼ばれたもんだった」頬がピンクに染まり、ほんのしばらくだが、温和といっていい様子になった。

ピアスはぎょっとして、科学に避難することにした。「電磁波の対流圏散乱装置。球体はレードームと呼ばれている」これから帽子をまわして寄付を募ります、とでも言い出しそうだった。

「ほう、初耳ですな」サグデンの声は平板で冷たく、顔はいつもの土気色に戻っていた。三個のレードームのほうに親指を突き出した。「わたしの若い頃は、球が三つといえば質屋の看板だった。こいつはカネ《ブラス》の無駄だ」

「真鍮《ブラス》は使われていない。グラスファイバーです」

サグデンは耳を貸さなかった。「五千万ポンド近くかけた」ぶつぶつ言っていた。「ミサイルが来る四分前に警報を出すためにな」首をかしげて暗算を始めた。

ピアスはコンクリートの通路から土の塊を蹴り出した。土が少し靴についてしまい、「ちぇっ」と言った。「四分は長い時間に思えることもあります」レードームの向こうに目をやり、ファイリングデールズ・ムアのごつごつした荒地を見ていた。真っ赤な自動車が一台、高速でウィットビー方面に向かって走っていくのが遠くにごく小さく見えた。

サグデンは暗算をすませ、「ええ」と同意した。「耳の穴に指を突っ込むくらいの暇はある」

今、二人はレードームの張り出した部分の陰に立っていた。形のそろったガラス・パネルが魚の鱗《うろこ》のようにきちんと組み合わさっている。「そういうことを考えていたんじゃありません」ピアスは静かな声で言った。黒いコートの前をかき合わせ、体を震わせた。「あのイタリア人の娘のことを考えていたんですよ、警部。彼女の最期の四分間は、いやというほど長いものだった、そう思いませんか?」

答える代わりに、サグデンはくるりと後ろを向き、コンクリートのトンネルの奥を凝視した。「みんな同じだ」ピアスを見ずに言った。「殺されるやつらはな。みんなそういう四分間を味わう」重い足取りでトンネルのほうへ歩き出した。「これをやった犯人が二度と犯行を繰り返さないようにするのが、わたしの仕事だ」歩調が少し速まった。「ああ、ちょっとは進展があったらしいな。クレイヴンがあんなふうに走るのは見たことがない。あいつ、気をつけないと、頭が吹っ飛ぶぞ」

トードフは分厚い黄色い円盤をしげしげ眺め、フォークで押すと、それは力なく辛子《からし》のほうへ動いていった。

「ヨークシャー・プディングと呼ばれるものだ」パリスターは言った。

「ふうん」トードフは無礼な態度だったと気づいて、顔がほてった。「うちのほうのとは違うな」円盤にナイフの刃を押し入れた。ざらっとした感触とともに、ナイフはゆっくり沈んでいった。

パリスターはテーブルに身を乗り出し、トードフに耳を近づけろと合図した。

「バージェスとマクレインはこれを食って育った」ささやき声で言った。「フィルビーは職員食堂委員会の委員だった（二重スパイだった三人は後にソ連に亡命した）」訳知り顔でうなずき、ポテトを少し食べた。「あいつらが逃げ出したのもわかるよな、そう思わないか？」

トードフは礼儀として答えないでおいた。缶詰の豆を一つフォークにのせ、口に入れた。缶詰の豆の味がした。

「そうだ」急に自分の無礼を償おうと思い立った。ソース瓶の向こうに手を伸ばし、メニューを取り上げた。裏側には誰かがグレイヴィーでロールシャッハ・テストをやってあった。「暗号を書いてあげるよ」

「ストップ！」パリスターは狼狽して甲高い声を出し、隣のテーブルにいたダーク・スーツ姿の青年四人は、まるで電源を切られたかのように身をこわばらせた。一人は薄青いライス・プディングを入れたスプーンを水平にして、口へ運ぶ途中だった。

パリスターは顔を回し、その青年を興味を持って眺め、「続けてくれ」と優しく言った。青年はプディングを口に入れ、スプーンを出すと、感謝を示してうなずいた。パリスターは礼儀正しく会釈を返し、トードフのほうに向き直った。トードフはまた赤くなっていた。「困るなあ。公安だよ！　ペンはこの建物に持ち込まないこと。ブリーフケースもね」パリスターは首を振り、悲しげな顔をした。

「すっかり変わっちまったんだ。昔はバージェスとマクレインがここでクロスワードをやったもんだがね」くすくす笑った。「それも、《テレグラフ》（右派寄りの日刊全国紙）のやつさ」

それからは二人とも黙ったままで、ようやく口をきいたのは、ホワイトホールに出て、パリスターがタクシーを拾ったときだった。「歯痛だ」タクシーが交通の流れをくぐってしかたなくUターンをやってのけたとき、彼はトードフに言った。「歯が痛いようなふりをしてくれ。すごく痛む」よしというようにうなずいた。「それでいい。その調子でやってくれよ」

トードフは傷ついた。知る限りで彼の顔は前と変わっていないし、普通の表情を浮かべているのに。

「レスター・スクエアの王立歯科病院まで」パリスターは緊急事態だという雰囲気を出し、トードフに続いてタクシーにぱっと乗り込んだ。「お気の毒にねえ」タクシー運転手は言い、荒っぽくギアを換えた。

「いったいなんの……」トードフは言いかけた。

「しっ！」パリスターは身を乗り出し、運転手の頭の後ろにある引き窓を閉めた。「この仕事では気をつけなきゃだめだ。王立歯科病院はウェストミンスター・シティ参考図書館の隣にある」

「図書館長の歯が痛くなったときは便利だな」トードフは言った。

「場所柄、ちょっとやかましいときもある」パリスターはふと黙り込んでから、「ぼくは館長を知っている」と言った。

それは良かったと言うべきか迷ったが、言わないことにした。窓からトラファルガー・スクエアの噴水を見た。水は出ていなかった。

「ぼくも司書なんだ」パリスターはなぜかひそひそ声になっていた。タクシー運転手の首に目をやり、聞き耳を立てているかどうか確かめたが、運転手はセント・マーティン・イン・ザ・フィールズ教会の前の横断歩道に歩行者より先に達することに気を取られていた。「例の暗号の件だが」パリスターは続けた。「警部はきみがいつラッデンに戻ると期待している?」

「明日の晩」トードフは言った。「どんなに遅くともね」

「それは無理だ。暗号が解読されるまで待たなきゃならないだろう」

「もちろんだ。そのためにここまで来たんだから」

「しっ! 歯痛だからね」

タクシーは王立歯科病院の外に着き、パリスターはトードフが降りるのを助けた。「足を引きずることはないぞ」と釘を刺し、運転手に金を払った。

トードフはタクシーが動き出し、フェイナム・ハウスのほうへ向かうのを見送ってから、頬をふくらませていた舌を外した。「なんのつもりなんだ?」不審そうに訊いた。

「これから教えるよ」パリスターは相手の腕を取って、セント・マーティン・ストリートを歩いていった。「ぼくにわかる限りで、あの暗号は偽物だ」

トードフは足を止め、パリスターをじっと見つめると、何を言うべきか考えた。

「本当さ。偽の暗号だ」トードフを押して前に進めた。「というのはどういう意味か、これから教えてあげるよ」

トードフはようやく言葉を見つけた。「きみも一緒にラッデンに来て、サグデンに伝えたほうがいいと思う」

「まだだめだ」パリスターは言った。左へ曲がり、図書館に入った。「まずは証拠だ」

先に立って二階へ上がり、早足で受付デスクに近づくと、カウンターをノックした。

「ノックしましたね」図書館員の顔がカウンターの反対側の下から上がってきた。その顔が赤くてらしているのは、力を使っていたせいで、親切心を表わすものではない。攻撃から身を守ろうとでもしているように、膝立ちになっているらしかった。

「『簡略書名目録』をお願いします」パリスターは言った。

「全巻ですか?」

「ええ、そうです、よろしく」

図書館員は肩をすくめたので、一瞬、その肩が目に入った。男はトードフを見上げた。「今、しまったばかりなのに」ぶつぶつ言ったと思うと、頭はまた消えた。

書物は一冊ずつ、隠し場所から出てきた。四冊あり、大きくて重い。地味な茶色のバックラム装丁で、手前の端は脂っぽく汚れている。

「『クライストチャーチ補遺』も?」非難じみた言葉がくぐもって聞こえ、カウンターの下からくしゃみが続いた。

「あったほうがいいと思います」と言いながら、パリスターは重い四冊をトードフに渡した。「あとはぼくが持っていく」いかにも寛大そうに言い加えた。

図書館員はあとの三冊を手に、カウンターの下から浮上してきた。こちらは小さくてずっと薄く、汚れもだいぶ少ない。偉大な特権を授与するという態度で本を渡した。「いつも同じだ。ホッジソンの店が本の販売をやるとね」まるでミスター・ホッジソンに手紙を書いて、やめてくれと頼むつもりのような口ぶりだった。

パリスターは同情するようにうなずいてから、先に立って閲覧室を横切り、奥の窓に近い無人のテーブルまで行った。「さあ、行くぞ」年配の聖職者の脇を通りざま、彼は言った。『英国人名辞典』の前で背を丸め、ふんふんとうなずいていた聖職者は顔を上げ、書誌学に対する真の情熱を認めて、にっこりした。

トードフはパリスターの隣に腰を落ち着け、大きな本をテーブルに滑らせた。「たいした読書が始まるのかな」

「まあ、見ててくれ」パリスターは派手な身振りで一冊を開き、標題ページを出した。「なんて書いてある?」手品師の手つきでページをとんとんと叩いた。

トードフはなにも感心するほどのことはないと思いながら、ゆっくり読み上げていった。「『簡略書名目録、一六四一年〜一七〇〇年にイングランド、スコットランド、アイルランド、ウェールズと英国領アメリカで印刷された書籍、および他国で印刷された英語書籍』」悪夢のような不調和感に見舞われ、一瞬、クリストファー・パリスターは見た目どおりに頭がおかしいのだろうかと思った。「オーケー。それで? それで?」

「それで、もっと先まで読んでくれよ、さあ」パリスターはまたいかにも優しく、無限の忍耐心で待っているという素振りを見せた。

トードフは先を読んでいった。「ドナルド・ウィング(イェール大学図書館)著、一九四八年」ゆっくり顔を上げた。「ウィング!」顎ががくっと下がった。

「ウィング」パリスターは言った。「番号は何だった?」

「Wing H429」トードフの声がやや甲高くなってきて、隣のテーブルの読者は脅すように咳をしてから、また眠ってしまった。

パリスターはページを繰った。「エフ、ジー、エイチ、H201、H397、H429！」きれいに切った爪でそこに印刷された項目を叩いた。「トードフくん、これが暗号だ。それほどのものじゃないにしてもね」目を近づけ、数秒間じっと読んでいたが、やがてのっそりと頭を上げた。「なんとまあ」とつぶやいた。「ずいぶんおかしな話になってきた。どういうことだと思う？」項目を読み上げるその声から、軽い調子は消えていた。

「H429。著者ホール、トマス。『Comarum αχοδμια　長髪の忌まわしさ』。印刷者J・G。出版者ナサニエル・ウェブとウィリアム・グランサム。一六五四年。八折判《オクタヴォ》、（前書四ページ）本文二九五ページ。LT、C、LCL、DC、EN、CH、MH、NU」

「やった！」トードフはささやき、自分の息にくすぐられたかのように、鼻がひくついた。「そいつだよ。決まった！」ゆっくり顔を回してパリスターを見た。「長髪か」ひそひそと言った。「長い髪が切り落とされていたんだ。なんてことだ、ひどい」

パリスターは目録第一巻の後ろの見返しを開いた。「確かにひどい」と言ったが、てきぱきした口調だった。「彼女は死んだ。それは取り返しがつかない……」

「だが、犯人を見つけることは……」

「犯人を見つけることはできる」パリスターはポケットから手帳を取り出した。「何をぐずぐずしているんだ？　文字を読み上げてくれ。それで本がどこにあるかわかる。本のありかがわかれば、犯人も見つかる」

トードフはうなずいた。「そのとおりかもしれない」とつぶやいた。「最初はLTだ」

パリスターは所蔵先のアルファベット順リストに指を走らせた。「というと、大英博物館のトマソン小冊子コレクションに一冊入っている」

トードフはパリスターが名前を書きつけるのを見守った。「次はCだ」

「ケンブリッジ大学図書館」

「DC」

「南ロンドンのダリッチ・カレッジ」

「EN」

「エディンバラ。法曹図書館にある」

「CH」

「あれ」パリスターの口の端が下がった。「ちょっと遠いな。カリフォルニアだ。ハンティントン図書館」

「例のカリノフスキーってやつはアメリカ人だ」トードフは言った。

「アメリカ人ならほかにもたくさんいる」パリスターはがっかりしていた。「次のは?」

「MH」

「またアメリカだ。ハーバード大学」

「あとはNU」

「ニューヨークのユニオン神学校。それでおしまいか?」

トードフは唸って、本を押しやった。「わからないな」

「ぼくも同じだ」パリスターは手帳をしまった。「奇妙だ。『コマールム・アコスミア』。つまり、〝髪の贅沢〟。意味を成さない」

「おい！」トードフが突然椅子から飛び上がった。「ホッジがない。ホッジを調べろ。紙切れには"Hodg."とあった。どういう意味だ？」トードフの哀れっぽい吠え声が閲覧室全体に響き渡り、三十対近い目（ほとんどは眼鏡つき）が彼のほうを向いて、黙れとばかり、睨みつけた。脅しは効かなかった。「いったいどういう意味なんだ？」トードフはほとんど叫んでいた。

「われわれはここから追い出される、という意味さ」パリスターが頭で示した先を見ると、さっきの図書館員がこわい目つきでこちらに歩いてくるところだった。右前方に用務員の老人を伴っている。

「ホッジソン！」

パリスターがふいに勝利の叫びを上げたので、トードフは仰天した。ばかな話だが、一瞬、パリスターは老用務員に挨拶の声をかけたのかと思った。それから、図書館員の声がした。二人が出ていきそうだというので、いかにもほっとした声音になっていた。「ホッジソンの競売場なら、チャンスリー・レーンです。いちばん下のほう、法曹協会の隣です」

「さっさと動け」パリスターは言った。

「おい、その言い方は……」

用務員の声は顔と同じくらいきつくなっていた。

「いや、あなたに言ったんじゃない。友人のトードフに言ったんですよ。遅れないうちに行かなきゃならない。ホッジソンの店の書籍競売にね」パリスターは図書館員に微笑した。「どうもありがとう」

「どういたしまして」図書館員は『簡略書名目録』を閉じ、全巻を集めていった。「幸運を祈ります」

トードフが通り過ぎたとき、館員は笑顔で言った。「でも、書籍競売は昨日で終わりましたよ！」

「〈ボブ・マーティンの薬〉（犬用の栄養剤）を試してみたことがあるかね？」クレイヴンが喘ぎながらトンネルから出てくると、サグデンはにこりともせずに迎えて言った。クレイヴンの喉の中では空気が袋入り乾燥豆のようにゴロゴロいい、脈は鍛冶屋のふいごのようにドクドク打っていた。「急いで来たんです」と言ってから、ふと愉快な考えが頭に浮かんで、明るくなった。「きっかり四分で走った」

友好的とはいえない沈黙を破るのは、彼自身の荒い息と、はるか向こうのゴースランドのあたりから聞こえる一羽のカモメの鳴き声だった。サグデンもピアスも、愉快そうな表情がまるでない。ピアスはゆっくり向きを変え、カモメのほうを睨みつけた。「声が止むってことがない」いらいらとつぶやいた。

新鮮な空気が功を奏してクレイヴンが少しずつ平常に戻るのをサグデンは見守っていた。「歩いてくれば、話がしやすかったろうがね」

警部の論理にひとこと物申したい気持ちを抑え、クレイヴンはポケットからメモ帳を出すと、ファイリングデールズの空気をもう一度深く吸い込んでから、報告を始めた。「人事管理棟にあるファイルによれば、カリノフスキーは……」

「ああ！」ピアスはカモメに背を向け、思慮分別のある顔になった。

「……このレーダー基地建設（一九六二年）の最初の鍬入れのときから配属されています」クレイヴンは声をやや上げ、我ながらいい表現だったと満足して、ほんの一瞬、反抗的な気持ちでサグデンをじろりと見た。

サグデンは唸ったが、その唸りにはどこか軽快な調子があった。「いいぞ。進展している。カリノフスキーか！」目がぎらぎらしてきた。もしピアスがその肘の届く距離にいたら、あばらをつつかれていただろう。

　クレイヴンはまた空気を吸い込み、続けた。「デンビーは……」

「なに！」ピアスの眉毛が半インチ上がった。

「デンビーは早くからここに来ています。野外空間保存連盟の代表として、苦情を述べに来た」クレイヴンは治安判事裁判所で起訴状を読み上げるように、メモを読んだ。

　サグデンはごつごつした荒地に生えた草の中に唾を吐いた。「やっぱりな。左翼だ」どんよりした灰色の雲に目を上げ、救いを求めた。

「ニクソンは……」クレイヴンの声はささやくような小声になった。

「よしてくれ！」サグデンは叫び、百ヤード離れたあたりで一羽のライチョウがカッカッと鳴きながら飛び立った。

「残念ですが、そうなんです」クレイヴンはわずかながら愉快そうに言った。「よくここに来ていた。彼の会社は追跡用レーダー・アンテナを製造した」

「で、ハーデイカーは？」ピアスが訊いた。

「はい。彼は核武装反対運動《CND》の連中に交じって、ブルドーザーの前で座り込みをやった」あいつを消すいい機会だったのになと、クレイヴンは嘆息した。

「吹けば埃が立つもんだ」サグデンは唇をすぼめ、ふっと吹くジェスチャーをつけた。ピアスはたいして面白がるふうもなく笑った。「すると、残りはブランスキルだけだ」

「ブランスキルもここに来ています。何度も」クレイヴンはうなずきながら言った。「州議会議員として、公式訪問があった」メモ帳をしまい、ポケットを叩いた。「日付はすべてわかっています。警備部はすごくきちんとしている」

ピアスは鼻を鳴らした。「まったくな。ヨークシャーじゅうの人間がどこかの時点でここに来たとみえる」

サグデンはまた唸っていた。「あの娘以外はね」ぞっとしたようにクレイヴンをねめつけた。

クレイヴンはうなずいていた。


トードフは印刷された張り紙を見上げた。〈第一六〇期初回書籍競売〉。読み上げる声には、いやいやながら畏怖の念がこもっていた。「束の間の夢のごとしって感じだな」くしゃみをすると、競売人のテーブルからもうもうと埃が上がった。彼はまたくしゃみをした。

「そのとおりさ」パリスターは親しげに言った。「本はいつでも回転させておく」競売場を見回した。背の高い本棚がずらっと並び、どれも空っぽで厚く埃が積もっている。「カビに埃に杉の木《シーダーウッド》オイル！たまらないね」とつぶやいた。

「うん」トードフは言った。「好きなやつらにとっては、たまらない」試しににおいを嗅いでみた。

「鉛筆？」鼻の下にこぶしを押しつけ、それから勝ち誇ったように息を吐いた。

「ミスター・プレンダリース（ハロルド・J・プレンダリース、一八九八〜一九九七。英国の骨董品補修パイオニア）の発明だ」パリスターは傷んだ革の小片を床からつまみ上げ、左てのひらの上で粉々に崩した。「装丁の革がこんなにぼろぼろになるまで放っておくやつなら、本が競売で売り飛ばされるような目にあって当然だ」粉になった革を床に落とすと、どんよりした煙が立った。「難しいことじゃない。革に蜜蠟とラノリンを染み込ませてやれば……」

「ラノリンは羊毛の脂だ」トードフはふいにこれならホームグラウンドだと感じた。「ねちょねちょした羊の脂。ひどいにおいがする」

「そのとおり」パリスターは言った。「だから杉の木《シーダーウッド》オイルを使う」はっとしてトードフを見た。「どうしたんだ?」

「ジニー」トードフは顔をこわばらせ、不快そうに鼻を曲げた。「見つかったとき、彼女は羊毛脂のにおいがした。羊毛脂と腐敗……」

パリスターは手から傷んだ革の残りをはたき落とし、「血みたいに見えるな」と言った。


レンズ大尉の握手に温かみはほとんどなかった。ハリス部長刑事は前回を思い出し、いい気になってわざとらしく歓迎した。「いい日和ですね」

レンズは唸った。「サグデン警部は?」彼が言うと、その名前は口琴《ジューズ・ハープ》の独演のように響いた。

「申し訳ありませんが、今おりません」申し訳なさそうには聞こえなかった。「わたしでよければ、なにか?」

レンズは数秒間ためらったが、座った。肩のあたりが四サイズ縮まったように見え、顔が赤かった。

「カリノフスキー航空兵なんだが」

さては最悪の事態かと、ハリスは飛び上がった。

「逐電した!」と言ってから、アメリカ人にわかるよう翻訳した。「逃亡したんですか」

「まさか」レンズ大尉は言った。

長い沈黙があった。外のブラッドフォード・ロードで、トラックの運転手がへたくそにギアを変換してひどい騒音を立てた。

「おやおや」レンズは明るくなったが、またぐったりした。「カリノフスキーは」と言いかけたが、黙り込んだ。

「カリノフスキーは？」ハリスは不器用に先を促した。

黙ったまま、レンズは内ポケットを探った。「これをサグデンに見せてください」唸るように言い、なにかの小さな包みをテーブルに投げ出した。それは不透明のビニール袋にきちんと入っていた。

ハリスはあけようとした。

「気をつけてください」レンズ大尉の声音からすると、不発弾処理部隊の仕事のように思えたから、ハリスはその包みをおそるおそるテーブルに戻した。「証拠品ですから」レンズは言った。

「カリノフスキーの部屋で見つけた」大尉は続けた。「あいつはしょうもない過激派だったんだ」こわい顔になった。ハリスは包みをまた取り上げ、あけた。

中には最近の《ガーディアン》（左派寄りの日刊全国紙）が一部入っていた。

第二十七章

「もう一度おっしゃってください」ミスター・ミークは右手を右耳の後ろに当て、その耳をトードフのほうに向けた。

シドニー・トードフは競売場をさっと見回し、息を吸って、ミスター・ミークの耳に向かって大声で言った。「長髪の忌まわしさ」一呼吸置いて、もっと大きな声でもう一度繰り返した。

「はいはい、わめく必要はありませんよ」ミスター・ミークは小指を耳に突っ込み、数秒間かきまわしてから引き抜いた。「ええ、あなたでしたな」

「わたしが何だったって？」トードフは怒った顔になってきた。

「電話ですよ」ミスター・ミークは自信たっぷりにうなずき、オフホワイトのハンカチで耳掃除を始めた。「誓ってもいい」

「いつのことですか？」パリスターはぶつくさ言っているトードフを無視して訊いた。

ミスター・ミークはハンカチをしげしげ眺め、急いでしまった。「埃はどこにでも入り込む」と言ってから、考えに集中して顔を醜くゆがめ、すぼめた唇を鼻より先まで突き出した。「三週間と一日前」三度うなずき、横目で天井を見上げた。「あの扇窓を洗わせなければだめだな」

「扇窓なんかくそくらえだ」パリスターは言ったが、ミスター・ミークの耳には入らなかった。夢見るような様子のまま、ミークは続けた。「午後四時二十七分」トードフに向かって微笑した。「ケンプトン・パーク競馬場の四時半のレースの直前だった」

パリスターはデスクの端に気をつけて座り、懸命に興奮を抑えて、「その人物はどこからかけているか、言いましたか?」と訊いた。「いいえ。でも、北部でしたね」ミスター・ミークは答えた。「公衆電話からだった。ボタンを押して、コインが落ちる音が聞こえた」顔が明るくなった。「ランカシャーかな」

「ヨークシャーです」訂正がトードフの口をついて出た。

パリスターは怒って唸り声を上げた。

「ほらね」ミスター・ミークは言った。「こ、この人にはわかっている。こ、この人に訊けばいい」


サグデン警部はどすどすと表のオフィスに入ってくるなり、「戻ったぞ」と言った。「戻ったと言ってるんだ」声がすると、警察署の猫がライトフット巡査のデスクから飛び降り、威厳たっぷりに部屋を出ていった。ドアを抜けるとき、尻尾を上げ、ぴしっと打つように振った。

「トードフから連絡はあったか?」サグデンはライトフットをにらんだ。

「いいえ、警部」ライトフットは言った。「まだです。急いでなにかするってことがない人ですからねえ」顔がかすかに赤らんだのは、自分の階級を裏切る言い方だと認めたからだ。それから明るくなり、ピアスに向かって言った。「でも、ロンドンにいる人が、話をしたいと言ってこられました、サー。マルプラクティス《不正行為》という名前です」

「『長髪の忌まわしさについて。論文。論点が挙げられ、反駁の議論が多数提出され、もっとも重要な議論は再考され、論破される……』これですよ、ミスター・パリスター」ミスター・フォークスの細い、上流の声は、長いｓ（古い時代の英文に使われた長形のｓ字で、現代の小文字のｆに似て見える）を読み間違えることもなく、この標題にいかにも十七世紀らしい味わいを与えていた。「いい状態の本だ。それに、おそらくご存じでしょうが、かなりの希覯本です。前にうちで扱ったものは一九四八年に売れました。十五ポンドでね」ミスター・フォークスは咳をした。「安い《チープ》」と言い加えると、鳥の鳴き声のようで、その顔も鳥のように見えた。「しかし、これはもっとずっと値が張ります」ふいに思いついたことがあった。「うちがこれを持っていると、どうしておわかりになったんですか、ミスター・パリスター？」

「競売場のミスター・ミークという方が……」

「ああ、なるほど。あの人は大抵うちにまず電話してこられる……」また思いついたことがあり、フォークスはトードフの足元に目をやった。これでぴんときた。「あなたがたは法律を代表しておられる」

パリスターはうなずき、フォークスの顔にパニックの色がよぎるのを認めた。顔は青ざめ、さらに鳥のようになった。死んだ鳥の顔だ。

ミスター・フォークスの手がゆっくりとデスクの引出しのほうへ動き、ほんの一瞬、パリスターはどきっとした。そこからピストルを出すつもりかと思ったのだ。もちろん、真珠貝の握りにサイレンサー付き。だが実際には、その手はただ鍵穴にささっていた鍵を回し、はずして、ミスター・フォークスのベストのポケットに収めただけだった。ミスター・フォークスは息をついたが、前より少し呼吸が荒くなっていた。デスクから本を取り上げ、とんとんと叩いた。「ホール。トマス・ホール、キングズ・ノートンの牧師」大げさな敬意を見せて咳をした。「後に監督《ビショップ》（一部のプロテスタント教会で牧師の上に立つ聖職者）になった」

「おかしな監督だな」トードフはジーナ・マッツォーニの長い髪を思い出した。「まるでおかしな監督だ」

「著作は確かにちょっと変わっています」ミスター・フォークスは認めた。「彼の作品《ピース》を蒐集している人もいる」体の部分《ピース》のような猥褻な感じに聞こえた。「ことにアメリカ人の中にね」

「アメリカ人？」

「ええ。アメリカ人は清教徒の宗教的小冊子が大好きですから」

「おたくの引出しに入っているようなやつがね」パリスターは言った。

ミスター・フォークスは小さく悲鳴を上げ、ベストのポケットに入れた鍵を念のために触った。

「人の好みは十人十色」薄い笑みを浮かべた。「好色本を求める人はいつでもいる」そう言ったときの彼は流し目をした七面鳥みたいに見えた。「付録のほうなんです」本を開いた。指が少し震えていた。

「やや猥褻ですが」目玉は二歩先を行くかのように飛び出し、粗雑に印刷されたページをくまなく探していった。「八折判《オクタヴォ》、八枚折製《エイツ》（紙八枚ごとに綴じた製本）」彼は観察し、この作業を高度な書誌学的レベルにもっていった。「監督《ビショップ》にしては珍しい」とつぶやいた。パリスターを見上げてくすっと笑い、奇妙に歌うような調子で読み出した。「『付録。絵画、ほくろ、裸の背中、乳房、腕、等々に対するさまざまな反論と理由』」本から目を上げ、「おやおや」と甲高い声で言った。「確かに堅物だ。この〝等々〟がいいですな！」

咳をしてから、目下の問題に戻った。「『それは娼婦のしるしである。腐った杭にはペンキが塗られ、金箔を張ったナツメグはたいてい最悪のものだ』なかなかいいじゃないですか」

さらに数ページ繰ってから、顔を上げてパリスターを見た。「巧妙なやつだ。警句を使ってふざけている」にっこりして、印刷されたページに戻った。「聞いてくださいよ。『キリスト教徒はつけぼくろ《ビューティー・スポット》をつけるべきではない（つけぼくろを美しい場所《スポット・オヴ・ビューティー》と考えるのは間違っている）。なぜなら、キリスト教徒の美しさ《ビューティー》にはひとつの汚点《スポット》もあってはならないからである』！　うまいですよね。清教徒の道徳律だ。有能なるホール師《オン・ザ・ボール》！」パリスターがもう少しそばにいれば、肘でつつかれていただろう。万一を考えて、さらに離れた。

ここまで来ると、フォークスはこの本の精神をつかんできたかのように、声を大きく響かせた。また一、二ページめくった。「『裸の乳房は誘惑の魔手であり、不浄な行為へ人をそそのかすものとして知られている』」言葉を切り、そうだそうだというように、熱心にうなずき始めた。向こうにいるトードフに目をやった。「今どきのトップレス・ドレスを見たら、なんと言ったでしょうかね？」それからまた数ページ繰った。「『敬虔な既婚婦人は慎み深く肌を見せない』」ふとためらい、パリスターに向かって、否定するならしてみろとでもいうように片方の眉を上げた。パリスターは先を促すようにうなずいた。ミスター・フォークスは眉を下げ、続けた。「『浮薄な女、売り物の女のみが、店の飾り窓をあけて客を誘い入れる』」読むのをやめ、うんざりした顔になった。「思いまするに、監督様はちょっと文句が多すぎる（『ハムレット』の一節のもじり）」

「ちょっとどころじゃないな」パリスターは肩をすくめた。「そいつ、倒錯した〝おっぱい男〟なんだと思う」

ミスター・フォークスはひどく心配そうな顔になった。「言わせていただけますなら、ミスター・

パリスター、それは解剖学的にありえないと存じますが」首を振り、静かに感情を落ち着けようとしているような様子だったが、ふいに椅子から四インチ飛び上がった。

「あの野郎め」シドニー・トードフが大声を張り上げたからだった。本棚のガラス戸がガラガラと鳴り、隣室の客が本を一冊取り落とした。「彼女はそんなんじゃなかった」

「どうしてわかる？」パリスターはずけずけと言った。「きみが出会ったときにはもう死んでいただろう」

トードフは顔を赤くしていた。「ウォルター・ハースト」とつぶやいた。

「彼女を知っていたばっかりに、あいつはあんな目にあったんじゃないか。なあ、トードフ……」パリスターはフォークスの椅子に腰を落ち着けた。「この事件にはなにかひどく嫌な感じのものが潜んでいて、ぼくはそれを明るみに出すつもりだ。いったいなんだって、十七世紀の清教徒の小冊子が、若い娘が緑色の染料の中で茹でられるって話につながるんだか、ぜんぜんわからない。わかりますか？」ミスター・フォークスに質問をぶつけた。

「それは冗談ではないんですね？」フォークスは窓際に寄り、チェアリング・クロス・ロードの交通渋滞をじっと見下ろした。

「冗談ではありません」

「だろうと思いました」フォークスはふいに向きを変え、まっすぐパリスターを見た。「実は、驚いたとは申せません。こういう商売では、いろいろと奇妙なものにぶつかります」デスクの引出しのほうへ手を振った。「珍奇な本《キュアリアス》（好色本のこと）、珍奇な人間《キュアリアス》」

「猥褻な本、猥褻な人間」トードフは訂正した。

「同じことです」フォークスは部屋の隅から籐製の椅子を引っ張り出して、くるりと回し、古い封筒で埃を払うと、椅子の背を前に向けてまたがるように座った。パリスターに本を差し出した。「これには意外に隠されていることがまだありますよ。ごらんなさい。完璧な状態の本だ。見返しの遊び紙を見てください」

「R・M・M」パリスターは言った。「誰です?」

「リチャード・マンクトン・ミルンズ。ご存じですか?」

「聞いたことはあります」パリスターは用心深く言った。「名前くらいは」正直なところを見せた。

「十九世紀の国会議員です。一八八五年にフランスで死んだ。生前、貴族に叙せられ、ハウトン男爵となった。だからといって、人格に磨きがかかったわけではないが」

フォークスはトードフを見上げ、明るくにんまりした。「知識を見せて相手の目をくらますってやつです。そう感心しないでくださいよ。付け焼刃で頭に入れなきゃならなかった。仕事のうちです」

「で、その男爵がどうした?」パリスターはせきたてた。

「変わった男です。かなり裕福だった——遺産二万五千ポンド、といえば、一八八五年にはたいした額ですよ。それに、貴重な書籍もたくさん遺した」またデスクの引出しを指さした。「特殊な本。〝好色本《キュアリオシティーズ》〟。エロティカ。何万ポンドという価値がある」

「それで、これはその一冊なんですか?」

「ええ。疑いなくね。無邪気なほうですよ、ほかのと比べれば。これは誰でも見られる書棚に置いていたんじゃないかな。ともかく、そうしない理由はない。ぜんぶがぜんぶ、鍵をかけてしまっておかなければならないものではなかった。本当に貴重なものは特別室に展示して、友人たちを楽しませてやったそうです――スウィンバーン（詩人・批評家）やサッカレー（小説家）、中でも探検家リチャード・バートンとかね」

フォークスは身を乗り出し、椅子の背に両手をのせた。「秘密の一部を漏らしてしまったのはスウィンバーンでした。マンクトン・ミルンズはこの本を二冊所有していた。二冊目には違いがあるんです」パリスターに向かって指を振ってみせた。「二八九ページを見てください。なにかおかしいところがありますか？　あっ！　気をつけて」

フォークスが両手をひらひらさせたのは、パリスターが表と裏の表紙をぐいと反らしたからだ。

「そう手荒に扱うことはありませんよ」

パリスターはふいに本から目を上げた。「これだ、トードフ。これは絶対になにかのカギになる」トードフは紙屑籠を蹴飛ばすほどあわてて近づき、パリスターの肩越しに覗き込んだ。「なんとまあ」と言って、デスクに座り込んだ。「どういう意味だ？」

「U2。折記号《シグネチャー》です。もっとも、いったいどうしてそんな名前がついているのかは存じませんがね。どの本にもなんらかの形でこれが入っています。昔の本なら必ず入っている。印刷した紙を簡単に正しい順番にまとめられるよう、製本者の便宜のためなんです。ほら、この前のページにはU1、あとのページにはU3とある」

パリスターは勝ち誇って顔を輝かせていた。「わかった」フォークスのほうを向いた。「差し替え紙《キャンセル》ですね、もちろんだ」

「キャンセルです」フォークスはうなずいた。「U2をよく見てください。紙の簀《す》の目線が垂直でなく水平になっているし、透かし模様がほかのページでは見開き中央の余白のてっぺんにあるのに、ここではページの下にある。間違いなくキャンセルです」

「同じ透かし模様ですか?」

「ええ。印刷されたほぼ直後に差し替えになったに違いない。同じ紙を使っています」

「すばらしい」パリスターは言った。

「ああ、まったくだな」トードフは言った。

「すばらしいよ」パリスターは印刷されたページを慈しむようにとんとんと叩いた。「われらが著者トマス・ホール氏は、考えを変えて……」

「……あるいは、変えさせられた」フォークスが口を挟んだ。

「ええ、そのほうがありそうだ。それで、印刷所ではそのページを印刷し直し、古いほうを切り取って、新しいのと差し替えた。すっかりきれいに直った」

「ところが、すっかりきれいに直ったわけではなかった」フォークスは言った。「アルジャーノン・チャールズ・スウィンバーンによれば、初版の中の一冊だけ、〈差し替え〉の指示入りで誤って製本されてしまった。もとのページのまま。それがのちにマンクトン・ミルンズ所蔵図書に入った」

「その本は今どこにあるんです?」

「誰も知りません」フォークスは悲しげな顔になった。「『長髪の忌まわしさ』を手に入れた書籍商は誰でも、もしやあれではないかと、必ずU2のページを見るものです。たいへんな価値があるはずだ」

「大英博物館にはないんですか?」

「ありません。『長髪の忌まわしさ』は四部ありますが、みんな差し替えページを入れたものです。

差し替えが抜けた一冊も、もちろんあそこにあるべきなんだが、ないんです。マンクトン・ミルンズの私的コレクション——猥褻本——の大部分は、次も個人所蔵になった。ヘンリー・スペンサー・アッシュビーです。その後、大英博物館の〝秘蔵書籍〟に入り、これは文書で利用許可をもらわないと閲覧できません」

「でも、この本は違う？」

「ええ、さっき〝大部分〟と申しましたが、残りはマンクトン・ミルンズの執事が盗んで、勝手に売ってしまったんです」

「スウィンバーンはそれを見ているんですね？」

「もちろんです。大喜びでしたよ。マンクトン・ミルンズは変わった男だったと言ったでしょう。彼はこの一冊を特別に装丁させた。殺人罪で処刑された女性の皮膚をなめしたものを使ってね」フォークスはこの世の罪から自分を赦免するように肩をすくめた。

「しかし、どうして『長髪の忌まわしさ』を人間の皮で装丁したんだろう？　人間の皮だったら、もっと、なんというか……」パリスターはためらった。

「深遠な作品に？」フォークスは言葉を補ってから、首を振った。「人殺しの女性には、ほくろがあったんです。スウィンバーンによれば、うまく表紙の真ん中におさまっていたとか」

トードフはぽかんと口をあけ、それに気づいて、ぱくっと音を立てて閉めた。空気のきれいなラッデンに帰ったらほっとする、という顔をしていた。

「マンクトン・ミルンズの家は誰かが隅から隅まで調べたんでしょうね？　秘密の戸棚なんかはなかったのかな？」パリスターの言葉に温かみはなかった。

「ええ、きっとそうだと思いますね。しかし、その誰かとは、残念ながらわたしではない」フォークスは少し恥ずかしそうな顔になった。「この頃、わたしはここロンドンで仕事をするだけで、足で歩いて集めるほうは人まかせです」

「まあいい」パリスターはその点には突っ込まなかった。「誰かがやったに違いない。屋敷はどこにあるんですか?」

「ヨークシャーです」

トードフはまた口をぽかんとあけ、唸った。長く低い唸り声だった。

「フライストン・ホールという屋敷です」フォークスは地図がないかと見回したが、見つからなかった。「ウェイクフィールド付近のフェリーブリッジにある。エアー川沿いです」

トードフは今度は口笛を吹き、長く平坦な音を出した。パリスターは喜んでテーブルをドンと叩いた。本も嬉しそうに飛び上がり、パリスターはいとおしげにそれを撫でた。

第二十八章

「マルプラケ？」

「マルプラケ」

「ピアスだ。周波数帯変換機《スクランブラー》なし。たった今、ご存じの場所から帰ってきた」

「いや、ご存じじゃない」

「しかし、この電話で地名は言えない。大きな球《タマ》が三つあるところだ」

「すばらしい。わたしからおめでとうと言ってあげてくれ」

「こっちの警察官に、きみが電話を求めていると言われた」

「そのとおりだ」

「で、かけている。警察官は電話してきた人の名前はマルプラクティスだと言っていた」

「それは愉快！　うちからアラッシオに送ったやつは、きみは姿を隠したほうがいいと言っている」

「ラッデンにいれば、姿を隠したも同然だ」

「安全な隠れ場所とは限らないぞ。例の死んだイタリア人の娘には兄弟が六人、全員アラッシオにいる。みんな身長六フィート以上で、誰かに危害を加えてやろうと虎視眈々と狙っている。かれらがラッデンに行く交通費をまかなうために、町では募金をやっている」

「幸運を祈るね」

「それに、六人全員が共産主義者だ」

「えっ！」

「娘もそうだった」

「なんだって！」

「まったくな。大臣も同じことを言ったよ。もたもたしてないで、さっさとやれ、とさ。お言葉どおりに伝えているんだ。大任がきみ、ピアスの双肩にかかっている、とそう言った。やれやれ」

「しかし、例の暗号解読が済まないうちは、たいしてなにもできない。希望はありそうか？」

「今のところはだめだ。暗号課の全員が取り組んでいるが、誰にもわからない。フォンテーヌブローのNATOのやつらにまで助けを求めたそうだが」

「なんとまあ。よっぽど困ってるんだな！」

「それほど深刻に受け止めているってことさ。右にも左にも警戒信号がチカチカ光っている。ああ、それで思い出した、ピアス。おたくのあの若いの、パリスターだがね」

「よしてくれ！」

「頭がおかしくなった。返信料先払いの電報と海外電信に十四ポンド十シリング使ったよ。きみが承認してくれると言っていた」

「よしてくれ！」

「ケンブリッジ、エディンバラ、カリフォルニア、ハーバード、ニューヨーク、ダリッチ・カレッジ……」

「いったい何をやってるんだ？」

「言わなかった。しかし、十四ポンド十シリングはきみの部署の出費になるからな。ああ、そういえば、彼はラッデンに向かっている」

「ほう？　万歳三唱で迎えろと？」

「いや。関係者全員を集合させてくれと言っている。娘の死体が見つかった工場《ファクトリー》の中にね」

「このあたりでは工場《ミル》と呼ばれている」

「好きなように呼んでくれ。ことに例の図書館長、ダービーだったか、あいつは必ず来させるようにと言っていた」

「デンビーだ」

「ごちゃごちゃ言うな。工場《ファクトリー》に来させろ。図書館から離れてな」

「で、それはいつ？」

「明日の朝がいいだろうと言っていた。彼は今日中には着けない。まず大英博物館で二時間ばかり過ごさなくてはならないからだそうだ」

「なんのために？」

「知るはずないだろ。わたしは省を動かしているだけだ」

　シドニー・トードフは怒りと焦燥を感じていた。また腕時計に目をやった。それから、〈印紙部〉という部屋に続くアーチ型通路の上の壁に掛かった大きな真鍮の時計とまた比べ合わせた。どちらか一つが正しいと仮定すれば、どちらも正しく同じ時刻を示している。トードフはぐっと唾を呑んだ。

あと三十五分のうちに、彼の乗るべき列車はキングズ・クロス駅を発車する。ここの受付にいる眠そうな目をした太った男によれば、キングズ・クロスは今彼が立っている場所から北へ一マイルと四分の一、ロンドンの午後の混雑する道路を進んだところにあるという。大英博物館のパリスターはどうしているだろうと考え、きっとうまくいっているに違いないと思った。どっちみち、パリスターのほうは列車に乗るのにたいして問題はない。博物館から駅まで徒歩十分だ、と言っていた。

　列車のことを考えると、トードフの不安感は歯痛のようにずきずきと脈動し、乗り遅れてラッデン警察署にひどく遅く着いた場合のサグデン警部との会話の情景がふいに目に浮かんだ。「すみません、ちょっと遅くなりました、警部。万一の可能性があるかと、ストランドのサマセット・ハウス（遺言検認登記本署、内国税収入局などがあった建物）に寄ったら、青い制服を着た、でか足、でか鼻、禿げ頭の抜け作が、ある遺言状の写しを持ってくるのに十二分もかかったんです」「ほう、そうかね、トードフ。遺言状か。で、どういう遺言状なんだ、ええ？」「ハウトン卿の遺言です」「ハウトン卿だって？　わたしの知っていそうな人物かな、トードフ？」「いいえ、たぶんご存じないでしょう。いっぷう変わった国会議員で、マンクトン・ミルンズという名前です」「なんとまあ！　それで、いったいぜんたいきみはどうしてそのハウトン卿の遺言を見たかったのかね？」「彼の執事の名前が載っているかもしれないと考えたものですから」「頭が回るな、トードフ。で、殿様はいつ死んだんだ？」「一八八五年です。フランスのヴィシーで……」

　トードフはまたぐっと唾を呑み（呑み込むだけの唾を口の中に集めるのがだんだん難しくなってきていた）、横のカウンターに巨大な革装の本が一冊どさっと置かれると、ぎくっと三インチ飛び上がった。青い制服を着た、でか足、でか鼻、禿げ頭の男が仰々しい身振りでその本を開き、耳障りな音を立てて鼻を鳴らした。「ど・お・ぞ！」と長く引き伸ばして言ってから、男はゆっくり離れていった。

　トードフはページを繰った。四枚の大きなエレファント・フォリオ（普通のフォリオ（二折判）よりやや大きく、およそ三五センチ×五七・五センチ）に手書きで細かく書き込まれ、最後を見ると、証人二人の名前〝エドウィン・タイリーおよびE・グレアム・タイリー、ストランド区エセックス・ストリート一四番地〟で締めくくられていた。

　そのとき、いい考えがひらめいた。卿の執事がまんまと遺産をもらったにしても、遺言状の第一ページに名前が出てくる可能性は低い、と仮定して、時間節約のために後ろから見ていくことにしたのだ。法律用語が冗長に続く中から、法的相続者の名前を逆の順序で拾い上げていった――クルー卿ジョン、サー・ジョン・ウィリアム・ラムズデン（きっと地元の〝ジョン・ウィリー〟が成り上がって爵位をもらったのだ）、ジョージ・エドマンド・ミルンズ、ゴールウェイ子爵、ミセス・シャーロット・フィリップ、ロバート・オフリー・アシュバートン・ミルンズ。後ろから二枚戻り、その次のページをめくったとき、いちばん下にこうあった。〝……また、私の執事ジョン・デイに、生存中、年間五十ポンドを……〟

「あれ！」トードフはつい声に出して言った。「ひでえやつだ。殿様から年に五十ポンドもらっておきながら、エロ本を盗むとはな」

　〝エロ本〟の一語が鐘の音のごとく空中に残った。

　でか足、でか鼻の男が駆け寄ってきて、禿げ頭をトードフの胸に近づけ、見上げると、「おいおい！」と脅すように言った。

「ひでえやつだ！」トードフは言った。執事のことだ。

「おいおい」男はまた言った。

トードフはふと思いついた。「ちょっと、こっちに来てくれ」おかしな指示だった。男はすでにそこにいるのだ。「これを見ろ」トードフはジョン・デイの名前の上に指を一本置いた。「どう思う?」

男は一歩下がり、胸ポケットに手を入れて眼鏡を取り出すと、親指と人差指でさっとレンズをこすった。それから眼鏡をかけ、トードフの指をしげしげ見た。

「汚い(Dirty)」

「デンビー(Denby)じゃなく?」

「ええ。汚い《ダーティー》」

「そんなはずはない。デイ(Day)だ」トードフは急いで自分の指をはずした。

「ああ」男は言った。「そのとおり。デイだ。ジョン・デイ」

「ちぇっ。どうして手書き《ロングハンド》で書かなきゃならなかったんだ?」トードフは理不尽になってきていた。

「たぶん速記《ショートハンド》を知らなかったんじゃないですかね」男は自分の機知を面白がって数秒間けらけら笑い、それから同じ台詞を前より大きな声でもう一度言った。

トードフはなんとかまじめな顔を保った。「書き間違いってことはあるかな?」

男の顔が青ざめた。そのような非難はサマセット・ハウス、遺言検認制度、ひいては彼自身の存在意義の根底を攻撃するものだった。「ばかなことを言わんでください」彼はつぶやいた。「まったく、ばかばかしい」

トードフはがっかりしたが、あきらめた様子だった。「ともかく、写しをいただこう。一組、コピーしてもらえますか?」

男はうなずき、慎重に四ページを数えた。「八シリングです」

「郵送してもらえますよね」

「それだと、あと六ペンス」

「明日までに届くように？　今夜の便で？」

男は厳しい表情で男爵の遺言状の二枚目をとんとんと叩いた。「こいつは八十年近くここにあって、そのあいだ、あんたは一度も見せろと言ってこなかった……」言葉を切り、トードフの身分証をしげしげ見た。「なんだ！」と言って、肩をすくめた。「どうしてそう言ってくれなかったんだ？」

「今、言っているところさ」トードフは答えた。列車の時刻を思い出した。


発車二分前に駆け込み、列車が最初のトンネルに入るころには、パリスターを見つけていた。

「きみは脱走しちまったかと思ったよ」パリスターは言い、隣に座っているミスター・フォークスのほうへ明るく頭をかしげてみせた。「増援隊が来てくれた」

「増援兵一人です」フォークスは慎ましかった。窓の外のすすけた北ロンドンの光景に目を向け、にっこりした。「こうして旅に出ると、まるで昔に戻ったようだ」トードフの膝を軽く叩いた。「《タイムズ》の死亡記事。裁判関係記事の前にいつも読んだものでした」彼はうなずいて微笑し、「今でも読みます」と認めた。「習慣みたいなものですね。よく調べて、葬式の二十四時間後に到着するよう計らうと、ほぼ必ず、屋敷の図書室に通される。名刺が功を奏するんです。名刺と、山高帽がね。図書室に入ったら、あとはこっちのものだ！　競売で競《せ》る価値のあるものがなにかあるかどうかなら、二十秒でわかる。さらに五分あれば、秘宝を見つけ出せる」身を乗り出し、声をひそめた。車室には三人のほかには誰もいなかったのだが。「まず、家族聖書を見つけます。これは簡単だ。イミテーションの子牛革、ほとんど使われていない。その隣に家族の写真アルバムがある。これが第一の升目。今度は第八の升目、つまり聖書からできるだけ離れたところに行きます。そこまで行ったら、あとは簡単だ。書棚の刳《く》り形装飾を押してみる。ことのほか脂じみた彫り物が目についたら、引いてみる。驚きますよ。思いがけないものが見つかりますからねえ。秘密の戸棚、秘密の引出し。いやはや、秘密だらけだ」うっとりと白昼夢にひたっていた。「一度、アレティーノ（十六世紀イタリアの作家。好色文学で知られる）を見つけたことがあります。一年分の家賃がまかなえましたよ」

「まさか、ねこばばはいけない！」警察官としての訓練が勝ち、トードフは顔を赤くした。

「ああ」ミスター・フォークスはなにも白状しなかった。「アレティーノを取り除いてあげるのは、他界された方の思い出を美しくとどめておくための親切というものですよ」目をつぶり、微笑した。

「ことに一七三七年のコペンハーゲン版挿絵入り十二枚折《ドゥオデシモ》製！」

　パリスターは上着のポケットに手を入れ、フォークス所有の『長髪の忌まわしさ』を取り出した。

「もう一冊はきっとあっちにある」と言って、にやりとした。「そうでなかったら、われわれみんな、大恥をかく」

「あちらにあれば、見つけ出しますよ」フォークスの顔にはいかにも自信ありげな表情が浮かんでいた。「主人を建物から出してください」

「それはもう手配が済んでいるはずだ」今度はパリスターが自信ありげな表情になる番だった。「マルプラケは頼りになるからな！」その目にふと疑念がよぎったのは、ラッデンにいるピアスのことを考えたからだ。そんな思いは後ろへ押しやった。ピアスだってこの件の重要性は理解するだろう。パリスターは向かいの席のトードフを見た。「いったいどうしたんだ？　打ちひしがれたブラッドハウンドみたいな顔をしてるぞ」

　トードフの骨張った鼻がひくついていた。彼はパリスターの手の本を指さした。「またあのにおい。プレンダなんとやら」

「プレンダリース」

　トードフはうなずいた。記憶を引きずり出して見つめると、愉快とは言えなかった。

　三時間後、ウェイクフィールドを一マイル過ぎると、西ヨークシャー州の霧に突入し、杉の木《シーダーウッド》オイルのにおいは茶色い工場スモッグの悪臭に埋もれてしまった。トードフはパリスターがぶうぶう文句を垂れるのに耳を貸さず、二人と別れたから、パリスターはフォークスを連れてローカル線に乗り継ぎ、リーズからラッデンまでなんとか自力で行くはめになった。「寄るところがあるんだ」とトードフは言い、霧の中を手探りでリーズ・シティ駅の中央改札を目指した。「鼻の向くほうへまっすぐ進め（「本能のまま進む」の意味の成句）」と自分を励まし、二日ぶりに声を上げて笑った。

第二十九章

　サグデン警部は腹のたるみのいちばん上の段を染料桶にのせ、浮きかすの漂う黄色い液体をじっと見下ろした。信じられないという渋面を作っているので、小さい目はほとんどしわのあいだに隠れてしまっていた。

「ばかな話だ。ぜんぶがばかげて聞こえる」そう言いながら金属の桶を蹴り、ゴロゴロという音が長い染色場全体に響き渡るのに耳を傾けた。「ばかばかしい」また桶を蹴り、怒った様子で頭を振った。「いったいどこのどいつが娘一人を殺したりする……」振り向いて、三ヤード離れたところにいるピアスに向かって大声で言った。「いや、ひょっとすると娘二人かもしれない」向き直り、また染料液を見つめた。「たかが古本一冊のせいで。　おたくのあの若いのは頭がおかしい」

　ピアスは自分の所属部署への忠誠と、パリスターは才気煥発すぎるというひそかな確信とのあいだで板ばさみになっていた。クリストファー・パリスターに警告を与えようと、眉毛をすばやく上下に動かしたものだから、帽子が目の上にかぶさった。

「ばかげているにせよ、いないにせよ」パリスターはピアスの異様な表情など無視して言った。「そういうことがあったんです。絶対だ」汚れた屋根の支柱となっている圧延鋼製ガーダーの一つに寄りかかった。額をつけると、じめっとした鋼鉄はひどく冷たく感じられた。「いつもこんなにおいがするんですか？」

「いっつもね」サグデンは答え、くるりと振り向いてパリスターをねめつけた。「だが、死んだ娘が中に入っていると、よけいひどいにおいになる」それから、コンクリートの床に唾を吐いた。

遠くで織機がゆっくり呻き、次第に音高くスピードを上げていくのが聞こえるが、染色場全体は完全な静寂の霧に覆われていた。外は霧が濃いのでトラックは工場の構内にとまったままだ。隣の事務室でかすかにベルが鳴り、ドアが軋みながらのんびりとあいた。

「電報がいくつか届きました、警部」ライトフット巡査が誰も気づかないうちに染色場に入ってきていた。「ミスター・ピアス宛てです」

マーカス・ピアスは茶封筒の束を受け取り、残らず手で開封すると、読まずにパリスターに渡した。パリスターはぱっぱと見ていった。「ダリッチ・カレッジ」小声で言った。「U2差し替え済み《キャンセルド》。エディンバラ法曹図書館、差し替え済み。ハーバード大学ウィデマー図書館、差し替え済み。イェール大学、差し替え済み……」それ以上は声に出さなかったが、一通ずつ読みながらうなずき、すぐ脇にある使われていない染料桶の鋼鉄の蓋の上に紙をきちんと重ねていった。「すべて差し替え済みだ」ふと微笑が浮かび、細い顔が興奮に輝いた。彼はサグデンのほうを向いた。「昨夜、ドナルド・ウィング博士に電話をかけました。ニューヨークにね。博士は『簡略書名目録』が刊行されたあとで、さらに二冊、『長髪の忌まわしさ』が見つかったと教えてくれました。一冊はケンブリッジ大学キングズ・カレッジに、もう一冊はオックスフォード大学ベイリオル・カレッジにある」電報の束をとんとんと叩いた。「キングズのほうは、ほかのと同じように差し替えが入っているが、ベイリオルのほうは跡形もなく消えてしまった」

「そこになにか意味があるのか？」ピアスは訊いた。

「いいえ。たぶん不注意じゃないですか」パリスターはまたサグデンのほうを向いた。「例のデンビーという男はここに来ますか、警部？」

「一時間も前から来ているよ」サグデンは言った。「全員揃っている」のっそりと体を回し、唯一のドアのほうを向いた。茶色のドアの先は分解蒸留室だった。「あそこでちょいと脂汗を流してもらっている」と言って、意地悪な笑い声を上げた。

クレイヴン部長刑事は踵をカチッと一度打ち合わせ、その前を通ってみんなは分解蒸留室へ入っていった。有能な軍人のようなぴしっとした態度を見せるつもりなら、両手をコートのポケットから出し、顎の先をコートの襟から出せば、もっとぐんと決まったはずだ。

サグデンは部屋に足を踏み入れると振り向き、ピアスを見てにやりとした。「脂汗を流している」不快な大声で笑い、部屋の中を見回した。「あと一人でも増えたら、協同組合会館を借りる必要があるな」

部屋の真ん中にある分解蒸留用貯水槽の中には、どろっとした黒い液体がたっぷり入っていた。数秒ごとに水槽内の装置が水面を動かし、緩慢に気泡が上がってきては、静かにはじけた。

「ここは寒いな」サグデンは部屋の中をじろじろ見渡し、容疑者を一人ずつ確かめた。誰もなにも言わなかったが、ハーデイカーの歯が軽くカチカチ鳴った。三歩離れていても聞こえる音だった。「ここだ」サグデンはニクソンとカリノフスキーの脇を通って、開いた窓の下にあるごわごわした防水シートの作る小山のところまで行った。「彼女はここにいた」片足で防水シートをつつくと、かさかさと音がした。「このシートの下は寒い」目を上げて、ハーデイカーを見た。「死んでいたら、もっと寒いよな?」

ハーデイカーはなにも言わなかった。

「ちょっとにおいもする」サグデンは会釈してブランスキルの横を通り、窓のほうへ歩いていった。

「窓を閉められなくて申し訳ない、ミスター・ブランスキル。途中で引っかかって動かないんだ。もう何年もそういう状態だ」それからふいに声が大きくなった。「あんたがたの中の一人は、窓が閉まらないのを知っている。前にここに来たことがあるからだ。この中の一人」言葉を切り、こわい目つきで部屋をぐるりと見渡した。「ああ、この中の一人だ」誰も答えなかった。

「彼女がどうやって死んだかはわかっている」サグデンは副詞を強調して、言うたびに右手のこぶしで左てのひらをばしっと叩いた。「それに、いつ死んだかもわかっている」振り向いてハーデイカーを見た。「血がついていたぞ、ハーデイカー。例のブラットとかいう上っ張りにな。多量の血だ。ジーナの血。あれがすぐ着られるようにあそこに掛かっていたとは、殺人犯にはたいそう便利だったな。そう思わないか?」

ユワート・ハーデイカーはうなずいた。「いつもあそこに掛けてあるんです、警部。洗濯に出ているとき以外は」頭を振ってドアを示した。「羊毛洗浄用の小屋で洗います」しゃべると歯がさらにカチカチ鳴って、発音が不明瞭になった。

「その点は確かだ、サグデン」開いた窓に目をやっていたブランスキルは向き直った。しゃべると息が白い霧になって顔のあたりを渦巻いた。「ドアの後ろにブラットが掛かっていないとしたら、ずいぶんおかしな染色場だ」

「ああ」サグデンは言った。「おかしな染色場だ」独り言のように相手の言葉を繰り返した。それからふいに向きを変え、パリスターの視線をとらえると、部屋の奥の隅にいるデンビーに向かって言った。「教えてもらいたいんだがね、デンビー。このまえ大英博物館に行ったのはいつだった?」

カリノフスキーはさっとレンズ大尉に目をやり、信じられないというように〝やーれやれ〟と小声で漏らした。ニクソンは急にかっかっと笑った。そのあと、数秒間沈黙があった。水槽が静かにぼこぼこと音を立てた。

「まじめなご質問なんですね、警部」デンビーはレインコートの前をさらにしっかりかき合わせ、分解蒸留機につながっている黒い鉄パイプの上に腰を下ろした。

「もちろん、まじめだ!」サグデンは大声で答えた。「ここに遊びに来たわけじゃないんだ、デンビー」

「わかっています、警部」デンビーはしばらく間を置いた。「このまえの水曜日から数えて二週間前です。一月十三日。図書館協会の特別会議があって……」デンビーは動じるふうもなく、詫びるような表情でサグデンに微笑した。「ロンドンへ行く機会があると、大英博物館閲覧室を利用しないことはありません……」ふと思いついた。「その前の晩に閲覧申請票を数枚出しましたよ、警部。たぶんそれを確認できるでしょう」

「すでにやりました、ミスター・デンビー」クリストファー・パリスターが初めて口を開いた。「あなたは北図書館で仕事をされた」手にした紙片をじっと見た。「ピサヌス・フラクシ著、『禁書目録』……」部屋が薄暗いので、自分の筆跡を解読するのに時間がかかった。

デンビーはうなずいた。今、その顔に微笑はなかった。「『珍奇書に関する伝記的・書誌学的・図像学的・批評的注解』」と、あとを引き取って言った。

パリスターはぱっと顔を上げた。「ピサヌス・フラクシとは誰だか知っていますか?」

「もちろんです。ヘンリー・スペンサー・アッシュビーという、十九世紀の書籍蒐集家の筆名です」

「珍奇な書籍蒐集家……」

「珍奇書の蒐集家です……」

「では、ウィング博士はご存じですか?」デンビーは礼儀を見せて微笑した。

「もちろん、誰だか知っています。イェール大学のドナルド・ウィング博士ですが」

「もちろん、誰だか知っています。図書館の司書なら当然だ。でも残念ながら、お会いしたことはありません。いつかお目にかかりたいものです」デンビーは一瞬、いつになく生気に満ちて見えた。

「偉大な学者だ」と言い加えた。

「では、キングズ・ノートンの牧師、トマス・ホールはご存じですか?」

パリスターの静かな尋問のうちに、デンビーはふいに危険を嗅ぎつけたようだった。「おたくの若い方は知識が豊富ですね、警部……」

「彼の質問に答えてください。そうするよう勧めますよ、デンビー」サグデンは薄暗がりの向こうからねめつけると、一歩前に出た。

「わたしはそうしないよう勧めるね、デンビー」ブランスキルは怒りに顔を紅潮させていた。「もうたくさんだ、サグデン。ばかばかしい。こんな凍るような場所にみんなを呼び集めたあげく、デンビー相手に、この事件とはおよそ無関係な、愚にもつかない質問をする……」ジーナの防水シートに靴をこすりつけた。「どういうつもりなんだ? なにかのクイズか?」向きを変え、パリスターをじろりと見据えた。「そもそも、この若い人は誰なんです?」

サグデン警部は答えなかった。だが、怒気を含んだ唸り声を上げ、くるりと回ってドアのほうを向いた。ドアがぱっとあいて、前に立っていたクレイヴン部長刑事がアイルランドの葬送者のごとく悲痛な声を上げたからだった。ポケットから両手を出して後頭部を覆うと、部長刑事の小さな頭はすっかり隠れてしまったように見えた。かすれたテナーの声でアイルランド風な泣き声を上げながら、派手に悪態をつきまくっていた。

「そいつの悪態をやめさせろ」ブランスキルは脳卒中を起こさんばかりに怒り狂っていた。「やめろ！」クレイヴンに向かってわめいた。

クレイヴンは悪態をつくのはやめたが、まだ頭をこすっていた。

「すみません、部長刑事」ドアを抜けて入ってきたトードフは謝り、クレイヴンの頭をさすってやろうとしたが、はねつけられた。それでも嫌な顔はしなかった。「よろけて、ドアにぶつかってしまったもんで」中にいる人たちに説明すると、サグデンを探して部屋を見回した。「見つけました、警部。フォークスがやってくれました」向きを変え、ミスター・フォークスに感謝を示すと、フォークスはうやうやしく頭を下げた。「古典的な事例でした」勝ち誇った顔でパリスターに向かってにやりとすると、「賭けはあなたの負けだ。十シリング払ってもらいますよ」と言って、揉み手した。

パリスターは部屋を横切り、デンビーの脇に立った。本をトードフから受け取り、「U2差し替え済《キャンセルド》み。ウィング、Ｈ４２９」と言った。

デンビーは疲れたようにうなずき、「おめでとう」とつぶやいた。「二八九ページだ」

パリスターはごく慎重に本を開き、二八九ページを見つけると、差し替えられていない、トマス・ホールの原文を読んだ。「差し替えになったのも不思議はない」サグデンを見ながら言い、部屋全体を見回した。「明らかに殺人を招くものです。聞いてください」

「〝みずからを罪で飾る者は浅ましく飾り立てている。あたかも、こうすればもっと美しくなれると考えて、汚らしい犬小屋の中で転げ回ったかのようである。さて、罪とはすなわち、泥沼、汚物、愚行、汚点、不浄、不潔（これらの言葉は当時はすべて猥褻や官能的享楽を暗示した）、死である。ゆえに、それを探して見つけ出しなさい。罪深い恥を身にまとった者たちをつかまえ、切り裂きなさい。自負と虚栄の道を歩かせてはならない。滅ぼしなさい〟」


下の階の遠くで織機がカタンカタンと動く音が油っぽい木の床を通して上がってきた。濃さを増してきた霧のせいでくぐもった音はおどろおどろしく聞こえた。パリスターは目を上げ、トードフの視線をとらえた。「このページはこれだけで、あとは余白だが、ただし本が印刷されたあとで、黒インクの万年筆でなにか書き込みがなされた」その部分をよく見た。「ごく最近のようだ」サグデンのほうを向いた。「また暗号ですよ、警部。ATZEH, FUSEC……」文字群と文字群のあいだは気をつけて空けながら、暗号文字を読み上げていった。

「なんだって！」サグデンは二オクターブも高い金切り声を上げた。

「大丈夫です、警部」トードフが言った。一瞬だが、慰めるようにサグデンの肩を叩きそうに見えた。そしてポケットから封筒を一枚取り出した。「今回は簡単な暗号でした」かなり自己満足した表情だった。「このせいで、来るのがちょっと遅れたんです。図書館に寄って、解読してもらったもんで」デンビーのほうを向いた。「おたくのミス・アーバスノットはすごく有能ですね、ミスター・デンビー。解読に五分とかからなかった。〈ベントリー暗号法〉（商業通信用暗号。かつて電報料節約のため、決まった文章を短い文字の組み合わせで表わした）の羊毛業界版。わたしは見てすぐそれとわかった」サグデンのほうに向き直った。「兄のフランクが羊毛の仕事をしているんで、警部」

サグデンは目を見張ってトードフを見つめ、封筒をよこせと手を伸ばした。

「彼女は慣れていますからね」デンビーは説明していた。「毎日のように、誰かがあの暗号を使うために参考図書室に来ている。〝羊毛人の聖書〟ですよ」そう言うと、〝聖書〟の一語を俗な表現に使うという瀆神行為にブランスキルが憤慨して鼻を鳴らしたから、デンビーはそちらを見た。

サグデンはデンビーを無視した。「これは図書館の女性が書いたものなのか、トードフ？　単純な通信用暗号を解読した？」

「はい、警部。裏に」

サグデンは封筒をじっと見た。「これで決まりだ」顔を上げ、クレイヴンに向かって怒鳴った。「ドア。早く」

クレイヴンが体当たりしてドアをがしゃっと閉めると同時に、サグデンは窓際へ歩いていき、開いた窓を背にして立った。

「これで決まりだ！」警部はじっくり部屋の中を見回し、封筒をデンビーのほうへ振った。「ミス・アーバスノットの有能さは素晴らしいな、デンビー。よく聞け。〝B・F、一九六三年三月十三日、G・M、一九六五年一月二十五日。エレミヤ書、四章三〇節〟。バーバラ・ファースとジーナ・マッツォーニ」サグデンの声は荒々しく、一本調子だった。「両方だ。ひどいやつめ」

デンビーのほうへ一歩踏み出すと、相手はゆっくりと威厳を保って立ち上がった。「二人」サグデンは言った。「二人ともだ」それから言葉を切り、くるっと頭をめぐらした。

「トードフ」警部はぷりぷりして怒鳴った。「いったいどういう意味だ？　図書館に寄った？　最初から図書館にいたんだろうが！」

「いいえ、警部」トードフはすばやく首を振った。「わたしがあの本を見つけたのは、というか、ミスター・フォークスが見つけたのは、ブランスキルの自宅、〈石切館〉です。あれはブランスキルの本です」

サグデンはぽかんと口をあけ、驚愕のあまり息を呑んだ。

「そのとおりです、警部」ブランスキルは蚊の鳴くような声で言った。「わたしの本です」サグデンの前を通り過ぎ、パリスターに向かって手を出した。「わたしのだ」低く言った。

「なんてことだ」パリスターは言った。「あの顔」あとずさって壁に背をつけた。

ブランスキルの顔は崩壊していた。あとになって、ピアスはあの変化が現われたのはサグデンがエレミヤ書の章と節を口にしたときだったと言っていた。ブランスキルの口ががくっと下がって開き、目は表情をすっかり拭き取られたかのようにどんよりした。死んだ顔の死んだ目だった。ゆっくりと防水シートを踏みつけ、踏みながらもごもごと言葉を唱え始めた。

「〝辱められた女よ、何をしているのか？　紅《くれない》の衣をまとい、金の飾りを着け、目に目張りを入れ、美しく装っても空しい。愛人らは汝をさげすみ、汝の命を奪おうとする〟」

つぶやきが止まり、ブランスキルは防水シートの脇に膝をついた。すると、またつぶやきが始まった。最初は低く、だが次第に声は大きく、速くなった。指でシートを引っかき回し、ところどころで氷が張って木の床に貼りついてしまったのを引きはがそうとした。はがれると、その筋肉質の肩に精一杯の力をこめてシートを投げ出し、金属の貯水槽の側面にぶつけた。シートについた結び綱の一本は結び目が凍って鋼鉄のように硬くなっていたが、それが水槽に当たると、ガーンと割れ鐘のような音が部屋中に響き渡った。

床には長く黒い染みが伸びていた。ジーナ・マッツォーニの遺体があったところだ。べたべたした床板の上で、ワラジムシの一群がのろのろとあちらこちらへ這い回っていた。

第三十章

「わたしたちが感謝しなければならないのはトードフです」パリスターは忠誠心を過剰に見せつけて言った。デンビーのオフィスの窓際に立ち、コマーシャル・ストリートを緩慢に動く車の列をじっと眺めた。道路の向こう側に並ぶ店や家の屋根越しに、工業大学の新校舎が見えた。赤レンガは霧と煙の猛襲を受けて、すでに黒ずんでいる。これが確実にラッデンで過ごす最後の一時間だと思うとほっとした。帰りの切符が入っている内ポケットをぽんぽんと叩いた。霧は夜のうちに消えたが、それでも町は黒い絶望にとらわれているように見えた。向きを変え、リチャード・デンビーに話しかけた。

「わたしというよりは、あなたのほうでしょうがね」と言って、部屋の中を見回した。「なかなかいい部屋ですね。図書館の司書はいつでも逃避できる」にやりと笑うと、デンビーはうなずき、それからややや恥じらうような顔を作る程度の礼儀は見せた。「正直なところ、デンビー、犯人はあなただと思っていた。ご本人の図書館の中でこんなことを言っちゃいけないかもしれませんがね、実のところ、『長髪の忌まわしさ』はここ、あなたの部屋で見つかると思っていたんだ」

今度はデンビーが微笑する番だった。大げさにかしこまって頭を下げた。「気になさらないでください。あなただけじゃない。警部もそう考えておられたと思いますよ」

サグデンは唸ったが、なにも言わず、ただ椅子の横にある書籍カートに山と積まれた新刊のウェスタン小説を眺めていた。そのけばけばしい表紙に目を奪われている様子だった。

トードフはみんなを現在の問題に引き戻した。「わたしに感謝することはないですよ。ミスター・プレンダリースに感謝してください」

サグデンはウェスタン小説から目を上げ、また唸った。背骨が許す限りで、できるだけ深く安楽椅子に沈み込み（デンビーはそれを〝会長《チェアマン》の椅子《チェア》〟と呼んだが、ブランスキルは拘留され、図書館運営委員会にはもう会長は事実上いないのだということを一瞬忘れていたのだ）、顔を上げてトードフをねめつけた。亀の頭が甲羅から突き出すような具合に、襟から頭が出てきた。「誰だ、そいつは？」

「ミスター・H・J・プレンダリース」パリスターがトードフを支援しようと進み出た。「ほら」ブランスキル所有の『長髪の忌まわしさ』をデスクから取り上げ、サグデンの鼻の下に差し出した。サグデンは素直ににおいをかいだ。即座に反応があった。

「葉巻箱」

トードフはうなずいた。「鉛筆。杉の木《シーダーウッド》オイルのせいなんです、警部」ややもったいぶってその情報を投げ出した。

サグデンは平然としていた。陽気な笑顔で部屋を見回し、「葉巻箱」と、また言った。「ブランスキルの箱だ。手がかりの箱。あの箱にはなんだかおかしなところがあるとわかっていたんだ」トードフのほうを向いた。「わたしがそう言ったのを覚えているだろう？」

正面から挑まれて、トードフは臆病にも退却の道を選んだ。「はい、警部」目をつぶり、個人的観察を二つ三つ、つぶやいた。

「ロンドンからここまで来る列車の中でだと思うけど」パリスターはトードフ応援に最善を尽くして

いたものの、骨が折れた。

トードフはうなずいた。「うん。あのにおいを前にどこで嗅いだか、ふいに気がついて……」

「ああ」サグデンは言った。「ブランスキルの箱の中だ。あの箱について、わたしが言ったことをきみが覚えていてよかった」

「それでリーズで降り……」

「置き去りにされたわたしとフォークスは、なんとか自力でラッデンへ……」

「悪かった、パリスター。でも、急に思ったんだ。ブランスキルは木曜の夜、ＢＫＳ航空の飛行機でイェイドンに戻り、彼女を染色桶に入れ、それからロンドンのホテルにとんぼ返りしたのかもしれない。誰も彼が出かけたとは知らないうちに」

「で、彼はそうしていたのかね？」サグデンはつい感心したような言い方をしてしまった。

「かもしれない。可能性は確かにあります。そうしたに違いないと思うんです。木曜の夜にジーナを染色桶に入れるには、それしか方法がない。リーズで確かめると、ＢＫＳ四〇四便なら可能でした。ロンドン発、イェイドン行き。それから、レンタカーかタクシーでラッデンへ行く」

「それなら簡単にチェックできるだろう。念のためにな」

「そのとおりです、警部」トードフは威勢よくその案を切り捨てた。「そういうチェックなら誰だってできる……」右手の爪をしげしげ眺めた。

「ちょっと生意気になってるんじゃないか、ええ、トードフ？」

「いいえ」トードフは見事に立ち直った。「例のスコットランド・ヤードの連中の一人でもできる、という意味で言ったんです」

「なんだって」サグデンはいつになく嬉しそうな顔になった。「あいつらのことなんぞ、すっかり忘れていた」部屋を見回してにっこりした。「どこにいるんだ？　まだハルか？」

「たぶんヤードに帰ったんじゃないですか、これはＭＩ５の仕事だからもういいと警部に言われて」

トードフは明らかに人扱いを学びつつあった。

「きっとそうだろうな」サグデンは太った腹の上で太った手を組んだ。「きっとそうだ、まったくな」ぼてぼてした唇の上にまだ微笑がかすかに残っている。警部は愛想良くトードフに向かってうなずいた。「われわれがこの一件をどう解決したか、あいつらに説明する手紙を書くのを忘れるなと、あとで言ってくれよ」目がさらに輝いた。「一件どころか、三人の殺人をいっきに解決だ！」嫌な声でくっくっと笑った。「古い葉巻箱」もし手が届くなら、よくやったと自分で自分の背中を叩いてやっていただろう。

パリスターは部屋の向こう側にいるトードフの目をとらえた。その目は今にも上司に反抗しようと、ぎらぎらして飛び出しそうになっていた。

「残念だ」パリスターは沈黙の中に飛び込んだ。手にした『長髪の忌まわしさ』をひっくり返し、装丁の革に指を走らせた。「これを取っておけないのは残念だね、デンビー。でも、大英博物館のフランシスに渡して、マンクトン・ミルンズ蔵書に加えてもらうしかないだろうな」

リチャード・デンビーは気にしないという身振りを誇張して見せ、つぶやいた。「涙は流しませんよ。あそこが受け取ればいい」

パリスターはまだ指先で本を撫でていた。「たぶん本当の話でしょうね。確かに、こんな手触りの皮《スキン》はほかに知らない」顔がほんのりピンクに染まった。「本の装丁では、って意味ですけど」

「そりゃ、本当ですよ」デンビーの顔は暖炉の熱で赤くなっていた。「絶対確実にマンクトン・ミルンズの〝特別本〟です」手を差し出して本を受け取った。「彼は秘蔵本に人間の皮を使うことに執着していたし、鞭打ちや処刑に対して実に不健全な興味を持っていた。公開処刑を面白がって、しょっちゅう見に行っていた」本を爪でとんとんと叩いた。「これは確かに人間の皮です。白人女性のね」

サグデンははっとして頭を上げた。「どういう意味だ?」

デンビーはサグデンの反応に軽く微笑した。「マンクトン・ミルンズは友人の探検家リチャード・バートンに、ザンベジ地方から人間の皮を持って帰ってきてほしいと頼んだ。黒い皮」間を置いた。「女性のもの」また間を置いた。「できれば若い女」

「なんだって!」

「頼んだが、望みはかなわなかった」デンビーは肩をすくめた。「バートンは自分が皮を剝がれずに帰国できただけでも幸運だった。しかし、状況が違えば……」みなまで言わず、その考えは宙に浮いたままだった。

「たいした紳士たちだ」トードフはほとんど喜劇的な様子で憤慨していた。図書館長室全体に目を走らせた。「ここにある本の何冊が人間の皮で装丁してありますか?」

デンビーは明るくにっこりした。「がっかりさせて申し訳ないですがね、ミスター・トードフ。ほとんどは地味な布装、いくつかは革装です。ほくろのついたのはありませんよ」

サグデンはデンビーのいちばん上等な椅子から見上げた。「どのくらい前から知っていたんだ?」

デンビーは本をデスクに置いた。「何をです? ブランスキルがジーナを殺したこと? それとも、彼にこういう変態性があることですか?」

「結局は同じことになるな。その変態性とやらだ」

「三年前からです。三年とちょっと前、彼はわたしのところに来ました」デンビーは本をデスクの上でひっくり返し、背のてっぺんを指さした。「ここのところがぼろぼろに崩れ始めていて、どうしたらいいと思うか、司書としてのわたしの意見を訊いたんです」

「プレンダリース」トードフは言い、サグデンが顔を回してじろりと見たので、少し頬を染めた。

デンビーはうなずいた。「大英博物館の保存剤を使うように勧めました。最後にはそれで足がついたわけですが。ええ、もちろんわたしはＵ２のページを開きましたよ」パリスターのほうを向いた。「本に関わる人間なら誰だってそうするでしょう。すると、差し替えていないページが目に入った……」

「そこにはなにも書かれていなかったのか？　一つの暗号も？」

「ええ、警部。これはバーバラ・ファースが殺されるよりずっと前のことです。このとき、わたしはマンクトン・ミルンズの話に興味を持った」

「なぜだね？」

「ジョゼフ・ブランスキルが内密に教えてくれたんです。この本はフライストンのマンクトン・ミルンズ蔵書の中にあったものを彼が相続したのだとね」

「まさか、ミルンズの執事からではないでしょう？」トードフが口を挟み、きっぱり言った。「わたしは遺言状を見たんだ」内ポケットから書類を引き出そうとした。「ここに写しがある。まだ開いてみる暇も……」

「わたしも持っていますよ」デンビーは言った。「ファイルにしまってある。あれはサマセット・ハウスの中でもいちばんよくコピーされる遺言状の一つでしょうな」トードフがくしゃくしゃの紙を開くのを見守った。黒い複写写真《フォトスタット》のページに細い手書き文字が白で写っていた。

「一枚目のいちばん下のあたりです」デンビーは言った。「遺産受取人が三人——ロチェスターのロバート・ウィストン師、ウェイクフィールドのカール・ジョージ・ディ・バンセン、それにポンティフラクトのエイサ・ブランスキル」トードフの指がそれらの名前を見つけると、デンビーはうなずいた。「エイサ・ブランスキル、つまりジョゼフの祖父は、マンクトン・ミルンズの織物工場で働いていた。このとき相続した五千ポンドをポケットに入れて、彼はラッデンに来たんです」

「そのポケットには、ほかにもなにか入っていた」パリスターが言った。

「『長髪の忌まわしさ』。ええ、そうです」デンビーは言い、間を置いた。「二人とも、メソジスト教会の柱となる人物だった——マンクトン・ミルンズも、エイサ・ブランスキルもね」

「ねじくれた柱だな」パリスターは殊勝ぶって言った。

ドアのそばの椅子に座っていたミスター・フォークスが初めて口を開いた。「驚かれますよ。実情を知ったら、驚かれます」悲しげに首を振った。「メソジストの工場経営者はだいたい、こういうのに熱心でしてね」

サグデンは突風のごときため息を漏らし、「警察官てのは、おかしな仕事だ」と唸るように言った。「まったく、おかしな仕事だ」それから、ふと思いついた。「その本が人間の皮で装丁されていると、ブランスキルは知っていたんだろうな?」

「確実でしょうね」リチャード・デンビーは本の表面をまた撫でた。「そうでなかったら、表紙のこの出っ張りをどう説明します?」

「ほくろか？」

「ええ。豚や羊や牛や山羊にはない」

「それはそうだ。確かにな」サグデンはわざとらしく物分かりのいいところを見せた。「皮のことは知っていたかもしれんが、U2のほうはどうかな？　工場経営者がそんなことを知っているのは奇妙に思える」

デンビーは噴き出した。「書籍蒐集家にはありとあらゆる形とサイズがありますよ」

「その点はわたしも賛成します」ミスター・フォークスが言った。「まあ、あらゆるサイズがある。形はだいたい一つですがね」

サグデンは嫌な顔をした。「信じ難いな。ウォルター・ハーストの話では、ブランスキルの唯一の趣味は金を儲けることだった」本を手に取った。にょろにょろ動くわけでもないのに、しっかりつかんでいた。「ウィングだのなんだののことも、あいつは知っているだろうか？」

デンビーはためらった。部屋は静まり、隣の貸し出しカウンターから、ミス・アーバスノットが課そうとしている罰金に文句をつける女の声が漏れ聞こえてきた。「ここは正直に申しますよ、警部」デンビーの声で、ミス・アーバスノットの返事はかき消された。「彼がウィングについて知らなかったことは、絶対に確かです……」

「じゃあいったい誰が……？」

「わたしです、警部。ウィングのことを書いたのはわたしです」

「で、それをあんたの本の背の隙間に詰め込んだ……」

「いやその」デンビーはためらった。「そういうわけじゃない。鉛筆であそこから押し出したように見せただけで……」

サグデンの反応は驚くほど温和だった。「そいつはありがたいな、ミスター・デンビー。ラボの連中がちょっと騒いでいたんだ。あれがあそこにあったんなら、指紋を検査したときに見落としたはずはないと言ってね」それから声が大きくなった。「しかし、いったいなんで……」

「いいですか、警部……」デンビーは椅子から立ち上がり、デスクに近づいた。顔は青ざめ、少し汗ばんでいる。どこから話をすべきか、決めかねているようだった。「いいですか、警部」両手をデスクに突き、サグデンを見下ろした。

「ええ、ミスター・デンビー、どうぞ続けてください」

「バーバラ・ファース。バーバラ・ファースから始めましょう。彼女は一九六三年三月に殺された。ブランスキルの家のそばの石切り場で。髪はざっくり切り落とされていた」

「それはわかっている」

「ええ、警部。でもあの当時、ブランスキルがこれを持っているとは、あなたはご存じなかった」デンビーは非難するように人差指で『長髪の忌まわしさ』をつついた。「わたしは知っていました。でも、これは彼が殺人犯だという証拠には程遠い。そんな考えをにおわすことさえできなかった。だから胸にしまっていたんです」

デンビーは背筋を伸ばした。顔はやつれ、ゆがんでいた。「胸にしまっていた。すると今度はジーナが殺された。彼女の髪も切り落とされていた。しかも現場はブランスキルの工場の中。わたしとしては、なにかしなければならなかった」

ゆっくり向きを変え、もとの椅子に戻った。「それで、ウィングのことを書いた紙切れを落としたんです」肩をすくめた。「そのあとは、あなたがたが推理なさった」

「われわれが推理すると、どうして確信が持てたんです？」サグデンはささやくような唸り声で言った。「ヒントに気づかなかったかもしれない」

「確信はありませんでした。でも、ほかにもヒントを差し上げましたよ。ミスター・トードフが髪の毛強奪に関するクラフト＝エビングの論文を必ず読むよう、仕向けました。《テレグラフ＆アーガス》に電話して、警察が必ずジーナとバーバラをつなげて考えるようにしました」

「それに、ミスター・ミークに電話をかけた！」トードフは我慢できずに口を出してしまった。

「そういう名前でしたか？　本の競売場の男性ですね？　ええ、電話しました。ブランスキルの声をまねたつもりだったんですがね」

「彼はわたしの声みたいだったと思った！」

「申し訳ありません、ミスター・トードフ」リチャード・デンビーはにやりとした。「残念ながら、声帯模写は得意なほうじゃないので」警部のほうに向き直った。「ばかだったかもしれませんが、善意からしたことですよ」言いよどんだ。「疑念を表明するのは容易ではない……」ワイシャツの襟を引っ張り、パリスターに目をやった。「ことに、嫌疑をかけている相手が図書館運営委員会の会長となるとね」

パリスターは爆笑した。自分が上司ピアスを殺人犯と指摘しなければならなくなって決まり悪がっている情景がふいに脳裏に浮かんだのだ。それで一瞬、目が輝いたが、サグデン警部がまた話し出したので、しぶしぶ現実に戻った。

「やれやれ」警部は言っていた。「警察はさぞかし鈍いと思われたでしょうな、ミスター・デンビー」

「まあその……」デンビーは言った。「鈍いというより……」トードフに微笑して、「ちょっと理解が遅いというか」

サグデンはそう言われて明らかに不快げだった。やはりトードフを見たが、微笑はなかった。「警視を呼んでくれ」

トードフは受話器を取り、ダイヤルを回した。

「しかし、一つ気になることがある」サグデンはまた姿勢を崩し、椅子に背をもたせた。ブランスキル所有の『長髪の忌まわしさ』を取り上げ、ページを繰った。「U2、二八九ページ」ひとりごちた。「ああ!」本を開いて、ぞんざいに押さえた。「ベントリーの暗号の文字群がインクで書いてある。どれが〝バーバラ・ファース〟で、どれが〝ジーナ・マッツォーニ〟なのか、わたしにはわからない。だが見たところ、どれも黒インクを入れた同じ万年筆で書いてある。それも、同じときに書いたようだ」またぶつぶつ言い出した。「必要とあらば、ラボの連中が万年筆を探し出して、インクを比べてくれるだろう」ごく小声でつぶやいているので、警部は居眠りでも始めそうに見えた。「そういうような仕事は得意だからな」

その静かなぶつぶつ声にトードフが割って入った。「警視が電話に出られました、警部」二度繰り返すと、ようやくサグデンは受話機を受け取った。「ありがとう」サグデンに微笑を向けられたトードフは驚いて顔を赤らめた。「クレイヴンに入ってくるよう言ってくれ、トードフ、頼むよ。あいつは隣の参考図書室にいる。きっと眠りこけているだろうさ!」

サグデンは自分のジョークにふいに爆笑し、それから電話に向かって話し出した。

「彼はそっちにいますか、警視?」と訊いた。

電話から数秒間くぐもった声がして、サグデンは受話器に向かってにんまりした。「では、彼と話をさせてもらえますか?」完全に無表情のまま、しばらく待った。電話線を通して声がするのが聞こえた。「あんたか?」サグデンはしゃがれ声で言った。「おめでとうと言おうと思って電話した。うまくいった! 図書館に来てもらえませんかね。ええ、お願いします。今すぐ。あんたの椅子はわたしがあったためておくから」受話器をそっと下ろし、デンビーのほうを向いた。それから、クレイヴンがドアのすぐ内側に立ち、ドアがその背後でぴたりと閉められ、鍵をかけられるまで待った。

「今のはミスター・ジョゼフ・ブランスキルだった、デンビー」警部は言った。「ここに来て、あんたの話を聞いてくれるよう頼んだ。彼に――わたしにもだが――説明してくれればいい。たとえば、あんたが《テレグラフ&アーガス》に電話したとき、どうしてジーナの髪が切り落とされていたと知っていたのか。わたしだって知らなかった。知っていたのは殺人犯だけだ。それに、もう一つ。あんたの万年筆を鑑識ラボで調べてもらわなければならん」警部は手を差し伸べ、指をくねくねと動かした。

司書の方々へ著者より一言

司書の方々なら、本書で偽の目録記述を使う必要があったことを理解し、容赦してくださると思う。正しい情報は以下のとおり。

一六五三年三月二日。ロンドン、トマス・ガタカーに出版認可。ナサニエル・ウェブとウィリアム・グランサムの依頼によりJ・Gがセント・ポール大聖堂境内、小北門付近の熊の看板のもとにて印刷。一六五四年。

八折判、A－I八枚折製。全一二五ページ。

訳者あとがき

時は一九六五年一月末。舞台はイギリス北部、ヨークシャーの（架空の）田舎町ラッデン。産業革命以来、羊毛製品の製造で発展してきた地域だ。その毛織物工場の一つで、工員の死体が見つかった。被害者は若いイタリア人女性だった。戦後、敗戦国イタリアから出稼ぎに来た人たちの多くが、ヨークシャーの工場で働いていたのである。

ジーナ・マッツォーニは美しい娘だったが、自慢の長く豊かな金髪は切り落とされて束にされ、その髪と遺体は染色桶の中で羊毛とともに長時間高温の染色液で茹でられて、鮮やかな緑色に染まっていた。誰が、なぜ彼女を殺したのか？　こんな殺し方をする理由がどこにあったのか？

ラッデン警察では、サグデン警部の指揮下、クレイヴン部長刑事、トードフ刑事らが全力を挙げて捜査に乗り出した。実は、二年前にも管内で若い娘が殺される事件があり、やはり長い髪が切られていた。犯人はまだ逮捕されていない。地元の新聞はすぐに二件の殺人の関連をにおわせ、警察を非難した。

ジーナの周辺を調べていくと、彼女が何人もの男と付き合い、事あらば利用してやろうと、ゆすりの材料になるものを男たちからあれこれ手に入れていたことがわかり、そこから複数の容疑者が浮上してきた――工員寮の管理人、職場の監督、工場の経営者、公共図書館の館長、航空機製造会社の社員、駐留米軍基地の航空兵。男女関係のもつれが殺人につながったのか？　そのうち、容疑者の一人が殺されてしまった。

ジーナの遺品の中から、暗号メッセージを書いた紙切れが見つかった。意外にも、アメリカの偵察機の動きを告げているように見える。欧米とソ連は冷戦真っ只中という時代だ。ジーナ、あるいは犯人は、共産圏のスパイだったのか？　事件は急に国家の安全保障に関わるものとなり、トードフはラッデンからはるばるロンドンへ出向いて、情報局の若い職員パリスターの協力を仰ぐことに――

著者スタンリー・ハイランド（Stanley Hyland）は一九一四年一月二十六日、ヨークシャーのシップリーに生まれた（本書の舞台ラッデンは、このすぐそばに設定されている）。地元のブラッドフォード・グラマースクール（公立学校）からロンドン大学のバークベック・カレッジに進学。第二次世界大戦中は海軍で信号手をつとめ、暗号通信に従事した。ノルウェー海軍に協力して〝隠密活動〟に関わったこともあるという。

戦後は下院の図書館で研究職司書として五年働き、国会と政治に関する知識をたっぷり身につけた。その後、ＢＢＣに入局。報道部員から始めて、のちにトルコ局長となり、一九五八年にはテレビ部門に移り、政党の広報番組制作、選挙速報や党大会の中継放送などを担当した。テレビ出演に不慣れな政治家たちは頼りになるプロデューサーを求めたが、父親の代からの筋金入りの労働党支持者だったハイランドは、労働党党首でやはりヨークシャー出身のハロルド・ウィルソンに気に入られて、ウィルソンが首相だった一九六四年から七〇年まで、そのテレビ演説をすべてプロデュースした。

政治とは無関係な実用番組もいろいろ制作している。例えば「バックネルの家」という人気シリーズは、BBCがぼろ家を一軒購入し、バックネル氏が少しずつ修繕していく過程を見せながら方法を説明し、最後には素晴らしい家が出来上がる（それをBBCが売って利益を得る）、というもの。これは今に至るまでさまざまな形で続いている〝日曜大工《DIY》〟番組ブームのさきがけだった。こんなふうに、前例のないものを考え出す想像力と創造力は、小説にも生かされているといえるだろう。

一九七〇年にBBCを退職して、ハイヴィジョンという会社を設立。個人や企業からの依頼で、人が自信を持ってテレビで話ができるように訓練する仕事を請け負った。

一九四〇年に結婚した妻のノーラは考古学者で、本書の献辞から推察すると、小説のプロット作りに協力してくれるパートナーだったようだ。息子二人をもうけ、長い結婚生活を共に過ごしたが、運悪く、一九九四年に二人で事故に遭い、夫人は死亡。ハイランド自身も重傷を負って、つらい晩年となり、一九九七年一月十七日、八十三歳の誕生日を迎える直前に亡くなった。

推理小説作家としてのスタンリー・ハイランドは、作品を三作しか発表していない。一九五八年に出版された第一作『国会議事堂の死体』（国書刊行会。原題 *Who Goes Hang?*）では、修理工事の始まったビッグ・ベンの時計塔の中から、他殺と見られるミイラ化した死体が発見され、若手国会議員ヒュー・バート・ブライが超党派委員会を組織して謎の解明に当たる。下院図書館で働いていたハイランドならではの知識が縦横に生かされた作品だ。

七年のブランクを置いて、一九六五年に出版された第二作が本書『緑の髪の娘』（*Green Grow the Tresses-O*）である。イギリスでは、一九六四年十月の総選挙で労働党が勝利し、十三年ぶりに保守党から政権を奪回したところで、前述のように、ハイランドはこのときからハロルド・ウィルソン首相と親しくなった。防衛大臣のデニス・ヒーリーもまたヨークシャー人で、ハイランドと同時期にブラッドフォード・グラマースクールに通ったという縁がある。そんな高揚する気分が作者を故郷ヨークシャーに向かわせたのだろうか。『緑の髪の娘』では、ヨークシャーの田舎町に暮らす人々がリアリティとユーモアをこめて活写されている。

だが、作品はそんな狭い世界だけではおさまらない。片田舎で女の子がボーイフレンドに殺されたという単純な事件かと思いきや、サグデン警部が嘆息するように、いつのまにか「国連の様相を呈して」きて、イタリア語の手紙、アメリカ空軍、暗号メッセージと、まるでル・カレのスパイ小説さながらになってくる。

六〇年代といえば、ベルリンの壁が設置され、東西対立の危機感がことのほか高まっていた時代だ。二〇一六年に日本で公開されたスティーヴン・スピルバーグ監督の映画『ブリッジ・オブ・スパイ』は一九六二年の米ソ間の捕虜交換実話をドラマ化した作品だったが、この出来事が本書の中でちらっと言及されている。００７シリーズなど、スパイ物が人気を博していたあの頃を思い浮かべながら読むと、雰囲気がわかり、作者の鋭い皮肉もよく理解できるだろう。このあたりは、ＢＢＣでヨーロッパ向けの放送に携わったハイランドの経験が背後にあるのだと思う。そのうえ、司書の経験からは十七世紀の古文書をめぐる知識まで投入されて、事件は二転三転、仮定を立てれば覆され、文字通り最後の一行まで気を抜けない、わくわくする本格推理小説となっている。

彼の作品にはどれもどこか人を食ったタイトルがついているのだが、本書の*Green Grow the Tresses-O*という原題は、ロバート・バーンズの詩“Green Grow the Rashes O”（イグサは青々と茂るよ）をもじって、rashes（スコットランドの言葉でイグサ）をtresses（ふさふさした髪の毛）に置き換えたものだ。詩では、「毎日の生活はつらいことだらけだが、若い娘たちのあいだで過ごす時間だけは最高だ」と若い男が歌う。

最後の第三作 *Top Bloody Secret* は一九六九年に出版された。一見つながりのない複数の殺人、ギリシャで逮捕されたイギリスの国会議員、極秘作戦に国際陰謀と、複雑怪奇な事件が展開する。第一作に登場したヒューバート・ブライがこのときには野党の影の内閣の一員となっていて、探偵役をつとめ、第二作でおなじみの情報局員パリスター、マルプラケ、ピアスも顔を見せる。

ジョン・M・ライリー編 *Twentieth Century Crime and Mystery Writers*（第一版）で「スタンリー・ハイランド」の項を執筆したメルヴィン・バーンズは、「これらの作品全体を通して、ハイランドはイネス、ブレイク、そして（ことに）クリスピンの流れを正統に汲む、ユーモアのセンスと体制を笑いのめす態度を示している。それはこの分野での華々しい将来を予告するものだったが、残念なことに、あまりにも短いキャリアに終わってしまった」と評している。

しかし、『緑の髪の娘』で忘れ難い活躍を見せるサグデン警部とトードフ刑事――武骨な巨漢で口は悪いが頭の切れる上司と、若くてこき使われているものの、読書家で知性があり推理力の優れた部下との二人組、といえば、思い出すキャラクターがいないだろうか？　そう、レジナルド・ヒルのダルジール警視とパスコー部長刑事（のちに主任警部）である。一九七〇年に『社交好きの女』でデビューしたヒルは、おそらくハイランド作品のファンで、勝手知ったるヨークシャーを舞台に、古い世代と新しい世代の警察官が火花を散らしながら謎を解いていく物語なら、自分にも書ける、書こう、と思ったのではないか。ハイランドの作家キャリアは短いまま終わってしまったが、その流れを正統に汲んだヒルが二〇一二年に亡くなるまでに残してくれたダルジール＆パスコー・シリーズの二十二作もの名作推理小説を私たちが楽しめるのは、(たぶん)ハイランドの存在があってこそなのである。

二〇一六年七月

The Bobbs-Merrill 社
1967 年

司書作家が書いたイギリス・ユーモア・ミステリの伝統に連なる奇書

横井　司（ミステリ評論家）

スタンリー・ハイランドが日本に初めて紹介されたのは二〇〇〇年の一月。国書刊行会から刊行されていた「世界探偵小説全集」の第35巻として『国会議事堂の死体』（一九五八）が上梓されてのことだった。当時、同じ叢書を中心に本邦初訳ラッシュがあり、黄金時代イギリス本格の雄として面目が一新され、再評価著しかったアントニイ・バークリーが、フランシス・アイルズ名義で担当していた書評において「真の傑作《トゥー・ド・フォルス》」と評したほどの作品で、訳者である小林晋の解説も熱気のこもったものであった。『2001本格ミステリ・ベスト10』（原書房、二〇〇〇）で行なわれた、実質的には第一回目の海外本格ミステリ・ベストテンの投票結果は第8位。同じ叢書から刊行されたシリル・ヘアー『自殺じゃない』（一九三九）、エドマンド・クリスピン『白鳥の歌』（一九四七）の後塵を拝する形となったが、なかなかの健闘といえるだろう。ちなみに第1位はホルヘ・ルイス・ボルヘス＆アドルフォ・ビオイ＝カサーレスの『ドン・イシドロ・パロディ　六つの難事件』（一九四二）だった。

イギリス国会議事堂の時計塔、いわゆるビッグ・ベンからミイラ化した死体が発見され、約百年前に撲殺されたことが明らかとなった、という事件で幕を開ける『国会議事堂の死体』は、十九世紀の国会議事堂建設秘話を絡めながら、歴史ミステリとして展開する前半から一転して、現代ミステリ

（当時の）としての容貌を表わす。ペダントリーと伏線および構成の妙が大方の支持を集めたが、多くの評者が指摘していたのは、文章が凝りすぎで「読みにくい」という点であった。たとえば『2001本格ミステリ・ベスト10』に掲載された投票結果をめぐる座談会において、千街晶之と筆者（横井）の間で、以下のように述べられている。

千街◆ ヘアーの作品の弱点である特殊な法律的知識も出てこなかったし。

横井◆ 日本人が昔からよく知っているネタでした（笑）。それに比べると、スタンリー・ハイランドの『国会議事堂の死体』はわかりにくい。

千街◆『国会議事堂』のわかりにくさって、別の意味のわかりにくさのような気がするんですが。後半になって作者のやりたかったことがいきなりぐっと浮き上がってくるという鮮やかさはあるんですが、いかんせん前半が読みにくくて、何が起こっているのかすらよくわからない（笑）。訳者は小林晋さんですが、レオ・ブルースとかを訳させると読みやすい人なので、これは訳者の責任じゃなくて原文が読みづらいんでしょうね。

千街がいっている「ヘアーの作品」というのは、先にふれた『自殺じゃない！』のことである。またこの年、レオ・ブルースの『死体のない事件』（一九三七）も訳されており、海外本格ミステリ・ベストテンでは第5位にランクインしている。

このほか、ヴィンテージ・ミステリ・クラブ編『クラシック・ミステリのススメ』上巻（私家版、二〇〇八）のレビューでも、その読み辛さが指摘され、そのため初心者には推薦しかねる旨が書かれている。バークリーが「真の傑作」と書いたことにも疑問が呈されているが、「傑作《トゥー・ド・フォルス》」と訳された原文は、ルビからも分かる通りTour de Forceで、これはクリスチアナ・ブランドの長編のタイトルにもなっている成句である。ブランド作品の邦題が『はなれわざ』であったことを思い出せば、バークリー評の趣旨が見えてくるのではないだろうか[1]。

こうした受け取られ方をしたからなのかどうか、『国会議事堂の死体』以降の作品は紹介されないままなのである。ここに十六年の月日を経て紹介されるのが、ハイランドの第二作『緑の髪の娘』（一九六五）なのである。イギリス本国でも第二作の刊行までに七年ほど経っているから、その意味では遅きに失したということでもなく、本国の読者に比べれば倍近くではあるものの、同じくらい待たされての刊行となったわけだ。当時のイギリスの読者は、ハイランドの名前や作品を記憶に残していたのだろうかと、いらぬ心配をさせるが、そこはミステリ・プロパーではないアマチュア作家のことでもあり、問題なく受け容れられたのかもしれない。

このように刊行ペースが遅かったのは、本業が多忙を極めたからでもあろうか。そうしたスタンリー・ハイランドの経歴については、本書の「訳者あとがき」に詳しいので、そちらを参照いただきたい。

『緑の髪の娘』については、すでに『国会議事堂の死体』の「訳者あとがき」で小林晋によって次のように紹介されていた。

（略）容疑者の一人として、図書館勤務のかたわら、探偵小説を書いている、まるで作者の分身のような人物が登場したり、小道具に使用されるのが作品の版元でもあるゴランツ社の架空のミステリであるなど、作者の遊び心がうかがわれる。事件を追っていくうちに十九世紀の稀覯本が絡んでくるなど、いわゆるビブリオミステリにもなっている。処女作の素晴しさには一歩を譲るとはいえ、この作品も最後の最後まで気の抜けない作品である。

森英俊も『世界ミステリ作家事典【本格派篇】』（国書刊行会、一九九八）のハイランドの項目において「二転三転する展開とサプライズ・エンディングは、ここでも健在で、ビブリオ・ミステリとしても楽しめる」と評しており、両者ともネタバレをしない範囲で、ミステリとしての本作品の魅力を語って余すところがない。

その一方でジャック・バーザンとウェンデル・ハーティグ・テイラーの *A Catalogue of Crime*（一九七一。第二版、一九八九）では、「この作品は標準に達していない」、「多くの読者が驚愕の叫びをあげ、『椅子から3インチも飛びあがる』にもかかわらず、性格描写も推理《デテクション》もない。だが容疑者《レッド・ヘリング》は数多い」と、さんざんな評されようであった。この感想は、「暴言を吐くこと、怒鳴ること、おもねるような甘言、二重あご、絶え間のない不機嫌、ドタバタ騒ぎ、他人の苦痛への悪意ある楽しみ、（十八番《おはこ》のフレーズである）『怒りと憤り』の金切り声、主任警部による弱い者いじめ、すべての登場人物による愚行の記述」に紙面の半分が費やされ、その「間隙を縫って殺人物語《マーダー・ストリー》が秘かに語られ、ゆっくりと解明される」ことに由来するようである。ところが、そうしたドタバタ騒ぎこそが本書の読みどころなわけで、*Twentieth Century Crime and Mystery Writers* の第一版（一九八〇）でメルヴイン・バーンズが、ハイランド作品における「ユーモアのセンスと体制を笑いのめす態度」が、マイケル・イネス、ニコラス・ブレイク、エドマンド・クリスピンの（特にクリスピンの）「流れを正統に汲む」ものだという評言を忘れるわけにはいかない（引用は松下祥子訳。本書「訳者あとがき」から）。

バーザン&テイラーと、ラウリーの評価の違いは、イギリス風のユーモアが通じるかどうかの違いというふうにもいえそうだが、もうひとつ、イギリスに駐留しているアメリカ空軍に対する皮肉が、バーザン&テイラーにとっては気に食わなかったのではないか、と想像を逞しくしてしまう。

当時、アメリカとソビエト（現ロシア）の二大国間では冷戦の真っ最中であり、それを背景として、スパイ小説花盛りのころであった。冷戦やスパイ小説ブームという時代背景は、例えばあのアガサ・クリスティーでさえ、エルキュール・ポアロの探偵譚とスパイ・スリラーの要素を組み合わせた『複数の時計』（一九六三）という作品を書いていることからも、うかがい知れる。コリン・ワトスンの『浴室には誰もいない』（一九六二）という「ミステリ界を席巻しつつあったスパイ小説をおちょくった長編」（森英俊「きわめて英国的な殺人」『愚者たちの棺』創元推理文庫、二〇一六）も書かれていた。こうした時代の影響は『緑の髪の娘』においても顕著に現われていて、男女関係のもつれが動機だと思われていた田舎の殺人事件が国際的なスパイ事件へと発展していく、という展開を見せる。このようなスリラー・テイストはイギリス作家が得意とするところだが、それをシリアスに扱うのではなく、肩すかしをくらわせるあたり、マイケル・イネスに通ずるひねくれ振りといえそうだ。スパイ小説ブームの背景を揶揄していると思しきタッチは、ハイランドの資質というべきかもしれないが、あるいはコリン・ワトスンの作品などを意識していたのかもしれない。

時代思潮の影響は、デブで意地悪なサグデン警部というキャラクター造型にも見られるように思う。ハイランドが活躍した同じ時代に、ジョイス・ポーターがデビューさせた「史上最悪の警官探偵」（森英俊、前掲『世界ミステリ作家事典』）ともいわれるウィルフレッド・ドーヴァー主任警部を思い出さずにはいられない。当時、警察官への信頼が薄れ、もはやナイオ・マーシュのロデリック・アレン主任警部やマイケル・イネスのジョン・アプルビー警部のような紳士的な警官探偵にリアリティーが感じられなくなったことから生み出されたと思われるのがドーヴァー警部で、本書の「訳者あとがき」で松下祥子氏があげているレジナルド・ヒルのダルジール警視の源流はこの辺りではないかと筆者（横井）は考えている。もっともイギリスには、三枚目の意地悪キャラがヒーローとして描かれる伝統があり、ミステリ・ジャンルでは近年においても、R・D・ウィングフィールドのフロスト警部やピーター・ラヴゼイのピーター・ダイヤモンド警視などが登場している。ドーヴァーが運の良さと偶然によって事件を解決するのに対して、サグデンの場合は、いちおう根拠のある推理によって事件を解決に導くあたり、三枚目ヒーローの系譜にあることをうかがわせる（それにしても、これら三枚目ヒーローが、そろいもそろってデブの巨漢なのは、なぜなのかしらん）。

『国会議事堂の死体』でハイランドを知った読者は、同作品のような重厚な作風を期待すると面食らわせられるかもしれないが、右に述べてきたようなイギリス・ミステリの系譜にある作品がお好きな方であれば、楽しいひとときを過ごせるに違いない。

二〇一六年九月

（1）バークリーの書評は近年、『アントニイ・バークリー書評集』Vol.4（私家版、二〇一六）に訳された。以下にその全文を引いておくことにする。

今月は、休暇に読むのにぴったりの作品が数多く刊行されているが、そのなかでも最初に紹介したいのが、都会的な特徴と優れたユーモアセンスを含んだスタンリイ・ハイランド『国会議事堂の死体』（ゴランツ、15シリング）である。本作の発端は、ミイラ化した死体がビッグ・ベンの鐘楼室の壁の空洞から発見されるという衝撃的なものだ。下院の図書館の元館員であった作者は、国会内の物事の進み方を知り尽くしており、それを筆先で見事に表現している。過去の虚構と現代の事実を合体させるという作者の企みは、やや冗長のきらいはあるものの強烈な「最後の一撃」を演出することに成功した。（三門優祐訳）

（2）もっとも、警官が信用されていたからこそ、思いきったパロディが可能だったとも考えられる。実際に警官が無能であるなら、無能な警官を創造しても、ユーモアとして受け取られないだろうから。なおポーター自身は、空軍婦人部隊の士官だった頃に、いやな奴は昇進させて他の人間に押しつけるという慣習を見聞したことと、いろいろな部署にたらい回しされている年輩の警官に会ったことから、ドーヴァー警部を生み出すヒントを得たと答えている（「ＥＱインタビュウ」『ＥＱ』一九八二・七）。

〔訳者〕
松下祥子（まつした・さちこ）
上智大学外国語学部英語学科卒業。訳書にアガサ・クリスティー『パディントン発4時50分』、ジャック・オコネル『私書箱9号』、レジナルド・ヒル『午前零時のフーガ』（以上早川書房）、グラント・アレン『アフリカの百万長者』、サッパー『恐怖の島』（以上論創社）他多数。

緑《みどり》の髪《かみ》の娘《むすめ》
——論創海外ミステリ 181

2016年10月25日　初版第1刷印刷
2016年10月30日　初版第1刷発行

著　者　スタンリー・ハイランド
訳　者　松下祥子
装　画　佐久間真人
装　丁　宗利淳一
発行所　論 創 社
〒101-0051 東京都千代田区神田神保町2-23 北井ビル
電話 03-3264-5254　振替口座 00160-1-155266

印刷・製本　中央精版印刷
組版　フレックスアート

ISBN978-4-8460-1574-9
落丁・乱丁本はお取り替えいたします